자서전

나 — 삶 — 쓰다

auto — bio — graphie

유호식

자서전

auto — bio — graphic

나 삶 쓰다

유호식

서양 고전에서 배우는
자기표현의 기술

민음사

마르쿠스 아우렐리우스 Marcus Aurelius

1121 — 180

"삶의 의미가 절제와 이성을 통해 완성을 향해 나아가는 과정 속에 있다는 것,
그것이 바로 마르쿠스 아우렐리우스의 철학이다."

미셸 드 몽테뉴 Michel de Montaigne

1533 — 1592

"몽테뉴의 글은 신세계의 발견, 종교 개혁, 그리스 · 로마의 재발견,
지동설과 같은 다양한 역사적 · 학문적 · 예술적 변화에 민감하게 반응한
한 지식인의 면모를 전적으로 보여 주고 있다."

프랑수아 르네 드 샤토브리앙 François-René de Chateaubriand

1768 — 1848

"샤토브리앙은 자서전 작가의 자아는 한 개인의 자아를 의미하기보다는
자신의 역사 의식과 불가분의 관계 속에 놓여 있음을 보여 줬다."

나탈리 사로트 Nathalie Sarraute

1900 — 1999

"사로트의 경우 성장은 '언어'를 통해 자신의 죽음과 어머니의 죽음으로 표현된다.
자기 삶의 드라마를 자살 시도와 살해로 형상화한 것은 그리 흔한 일이 아니다."

장 폴 사르트르 Jean-Paul Sartre

1905 — 1980

"사르트르는 자서전에 나타나는 진실과 거짓을 정확하게 구분할 수 없다고 말하며,
그것은 기억의 문제이지 성실성의 문제가 아니라고 지적했다."

위대한
자서전을 남긴
작가들

Sanctus Augustinus   성 아우구스티누스

1712—1778

"성 아우구스티누스에게 있어 개인사와 형이상학은
대립적인 것이 아니다. 이것은 삶을 구원이라고 하는 하나의 일관된
여정 속에서 이해하고자 하는 노력을 반영하고 있다."

Jean-Jacques Rousseau   장 자크 루소

354—430

"루소는 프랑스 문학사에서 최초로 자신의 독창성을 획득한 작가다. 그는 글쓰기의 주체이자
대상으로 자기 자신을 제시하는 순간 새로운 글쓰기가 가능하다는 것을 인식했다."

André Gide   앙드레 지드

1869—1951

"지드의 문학은 천국과 지옥을 연결하고자 하는 간절한 바람의 산물이지만,
그것은 결코 결정적인 해결책을 찾을 수 없는 문제다."

Michel Leiris   미셸 레리스

1901—1990

"레리스는 문학의 본질에 대해 자문함으로써 인간의 조건에서 벗어나기 위해
자신의 모든 것을 '참여시키는 시인'이라는 이상적 자아상을 형상화할 수 있었다.
자신에 대해 말한다는 것이 새로운 출발을 가능케 하는 원동력으로 작용했던 것이다."

1918—2000

Louis-René des Forêts   루이 르네 데 포레

"고백과 침묵을 순환의 리듬 속에서 이해되는 상호 보완적인 관계로 볼 때,
고백은 고독에서 벗어나기 위한 몸부림으로, 타인과 관계 맺는 방식으로 나타난다."

일러두기

인·지명은 대체로 외래어 표기법을 따랐으나, 몇몇은 예외를 두었다.

자서전은 삶을 디자인하는
가장 훌륭한 방법이다

　자서전을 처음 읽은 것은 대학교 3학년 때였다. 그때 루소의 『누벨 엘로이즈』에 관한 수업을 들으면서 호기심에 루소의 『고백록』 1권을 힘들여 읽었던 기억이 있다. 대학원에 진학하여 지도 교수이신 오생근 선생님께서 미셸 레리스의 『성년』을 소개해 주셔서 자서전을 전공하게 되었다. 선생님께서는 텍스트를 빌려 주시면서 "한번 읽어 보고 이야기하지."라고 말씀하셨다. 지금은 텍스트를 구하기도 쉽고 참고 자료도 많이 있지만 당시에는 책 한 권을 구하면 복사해서 돌려 보던 시기였다. 일곱 번을 연달아 읽어 보아도 말씀드릴 만한 것이 아무것도 없었다. 그때 느꼈던 난감함 때문에 지금까지 레리스를 놓지 못하고 붙들고 있는 것 같다. 책이 너덜너덜해져서 여러 번 다시 제본하는 바람에 여백에 써 놓았던 생각들이 잘려 나갔지만 그 책은 여전히 서가의 한구석을 차지하고 있다. 비루하든 당당하든 그 텍스트는 내 삶의 한 부분을 이루고 있고, 내 역사를 증언하고 있다.

　프랑스 파리 10대학에서 모니크 고슬랭 선생님의 지도를 받으면서 자서전을 본격적으로 공부하게 되었다. 고슬랭 선생님은 무엇보다 텍스트를 꼼꼼하게 읽을 것을 요구하셨고, 자서전을 하나의 문학 장르로 읽을 것과 연구 방법론에 대해 끊임없이 강조하셨다. 면담도 멀리 있는 학교에서 하지 않고 고등사범학교에서 수업이 있으신 날에 근처의 카페에서 해

주셨다. 이 책은 오생근 선생님과 고슬랭 선생님에게서 배운 것들로부터 비롯되었다.

　이 책의 전반부는 인접 장르와 비교하면서 자서전의 정의를 소개하고, 자서전을 둘러싼 주요 쟁점이 무엇인지, 자서전 작가가 자서전을 쓰는 동기가 무엇인지에 대해 성찰하고 있다. 자서전이 거대 장르와 구분되는 장르 특유의 글쓰기 방식과 독서법을 갖고 있다는 사실을 강조함으로써, 자서전이 충분히 연구 대상이 될 수 있음을 보여 주고자 하는 것이 이 부분의 목표다. 후반부는 그리스와 로마를 거쳐 성 아우구스티누스에서 시작하여, 루소와 레리스에 이르는 과정을 통해 자서전이 어떤 흐름으로 이어지고 있는가를 보여 주고자 했다. 특히 시대와 흐름을 놓치지 않도록 자서전의 주요 작가들을 '더 살펴보기'에 배치하여 자기를 인식하고 자기 정체성을 규정하는 방식이 어떤 큰 변화 속에 놓여 있는가를 살펴보고자 노력했다. 그 과정에서 자서전은 읽어야 하는 하나의 텍스트인 동시에 '하나의 행위'라는 사실을 강조하고자 했다. 삶을 텍스트화하여 이해하는 행위, 다시 말해 구체적인 자기 통일성을 확보하기 위해 자신의 삶을 이야기로 제시한다는 의미에서 모든 이야기는 넓은 의미에서 자서전적인 행위라고 할 수 있다. 일관된 이야기로 제시할 수 없을 것 같은 부정확하고 부조리한 과거의 경험에 시간의 지속성을 부여함으로써 삶을 '구원을 향한 도정'이라는 하나의 통일된 체계로 설명하고자 했던 성 아우구스티누스도 그렇지만, 그렇게 확보된 시간 지속성, 통일성이 환상에 불과하다고 강조한 레리스도 이야기를 통해 자기 정체성을 확인하고자 한 것은 분명하다. 차이가 있다면, 자신의 삶이나 자아에 대해 일정한 비전을 드러내고자 했던 성 아우구스티누스나 루소와는 달리, 레리스는 글쓰기 이전에는 이러한 비전을 갖고 있지 않았다. 그에게 삶은 드러내는 것이 아니라 구성하는 것이었다. 자서전적인 성찰의 글쓰기는 자기 자신과 개인적 관계를 맺도록 도와주는 계기였던 셈이다. 글쓰기를 통해 자신의 삶을 출산한다는 의미에서 자서전 작가에게 과거란 재해석됨으로써 삶에 대한 전망적인 비전을 열어 줄 수 있는 가능성이라고 할 수 있다.

　　자서전의 핵심은 '돌아본다'는 것이다. 자신의 삶을 뒤돌아보는 것은 회고하고 반성하는 것을 의미하지만 그 과정에서 자서전 작가는 자아의 독창성을 인식하게 되며 더 나아가 현재의 자신을 변화시키게 된다. 시기심, 죄악, 증오를 공공연히 드러내는 행위가 자기만의 개성을 제시하는 행위로 간주되고, 이러한 과시적인 글쓰기가 자신을 변모시키는 계기로 받아들여진다. 자기 성찰로부터 이 모든 변화 가능성이 생긴다는 의미에서 고백은 궁극적으로 자기 구원의 행위라고 할 수 있다. 자서전적인 성찰의 글쓰기가 연금술이 되는 것은 바로 이 때문이다. 자기에 대한 글쓰기는 '표현'을 넘어 '창조'를 지향한다. 현재의 '나'는 과거로부터 비롯되었지만 과거에 종속되어 있지 않다. '나'는 글 쓰는 과정에서 생성되는 텍스트 내적 자아이지만 그 내적 자아가 현재를 살아가는 '나'를 만들어 낸다. 삶과 글쓰기는 서로 맞물려 있다는 의미에서 자서전적인 성찰의 글쓰기는 산파술이다.

　　이 책의 큰 틀은 민음사에서 기획하고 서울대학교에서 진행했던 시민인문강의에서 발표한 내용으로 이뤄져 있다. 시민강의에 참여하게 된 것은 국문과 박성창 선생 덕분이다. 연구년을 맞이하여 외국에 나가 있

자서전은 삶을 디자인하는
가장 훌륭한 방법이다

는 나에게 메일을 보내 참여할 것을 요청했었다. 지난 몇 년간 내 공부의 방향이 그나마 일관성을 갖고 있다면 그것은 모두 이 책을 염두에 두고 있었기 때문이다.

민음사의 양희정 부장님, 유상훈 편집자가 독촉해 준 덕분에 책을 마무리할 수 있었다. 손에 들고 있어 봤자 크게 고치지 못한다는 것을 알면서도 완성된 초고를 섣불리 내놓지 못했다. 자서전 작가들은 다소간 자기 노출증이 있기 마련이지만, 나로서는 속에 있는 것을 꺼내 놓는 것이 여전히 어색하다. 하지만 마무리를 지었다는 기쁨 또한 없지 않다. 롤랑 바르트는 자서전에 수록한 한 사진에 '사랑의 요구'라는 제목을 붙여 놓았다. 사랑은 이미 주어졌거나 아니면 욕망하는 것이었기에 사랑을 요구할 수 있다는 것을 오랫동안 이해하지 못했다. 은사님들이 베풀어 주셨던 많은 가르침이 사랑의 요구였음을 이제 겨우 깨달았지만 그분들은 모두 정년을 하셨다. 이 책이 너무 늦게 나온 것이 아니라고 믿고 싶다. 언제나 믿어 주신 부모님, 사랑하는 현정, 현준, 승준에게 이 책을 '사랑의 증표'로 건네고 싶은 마음은 감출 수 없다.

2015년 봄

유호식

차례

서론

　　자서전을 쓰는 사람은 스스로 자신의 신화를 만들어 간다. 그가 성공 가도를 달음질쳐 왔든, 세상과 권력에 대해 냉소적인 태도를 보이든 상관없다. 삶을 이야기로 풀어낼 때 그는 이야기라고 하는 무대에 자신을 올려놓고 자신을 드러낸다. 그러나 모든 '이야기'에는 삶을 넘어서는 부분 또는 삶을 압도하는 부분이 있다. 지나간 과거를 복구하기 위해 암중모색하는 과정에서 과거가 그의 탐색에 저항하면 할수록 과거를 탐색하고자 하는 욕망은 집요해진다. 그리고 자신이 걸어온 삶의 무게가 이야기의 무게로 바뀌는 순간, 삶은 드디어 깊이를 획득한다. 그 깊이는 어쩌면 경험의 순간에는 존재하지 않았을지도 모른다. 텍스트에 쓰여진 삶이 자신이 만들어 간 과거의 기록이면서 경험된 과거의 사실을 넘어선다고 말하는 것은 그런 의미다. 인생의 의미를 정리하면서 파편화된 과거에 통일성을 부여하고자 할 때, 그는 실현하지 못할 미래의 전망을 깨닫게 되기 때문이다.

　　흔히 자서전은 허구가 아니라고 말한다. 그래서 자서전은 소설과는 구별되는 특별한 독서법을 필요로 한다. 자서전에는 자기를 객관적으로 서술하고자 하는 '진실의 담론'과 자신이 옳았음을 증명하고자 하는 '정당화의 담론'이 서로 구분되지 않을 정도로 뒤엉켜 있다. 사실 한 작가의 문학적인 기획은 당시의 역사적 상황과 밀접하게 관련되어 있다. 그 관계는 어떤 글쓰기를 선택했는가에 반영되어 있다. 18세기 중엽, 루소가 자서전을 쓰던 당시, 프랑스 사회는 정치·경제뿐 아니라 인간에 대한 이해의 측면에서도 근본적인 변화를 겪고 있었다. 한 인간을 계층적이고 역사적인 관점에서 규정하기보다는 그가 갖고 있는 독특한 심리 상태에 따라 그의 정체성을 규정하고자 하는 움직임이 처음으로 생겨났고, 어린이는 관찰과 교육의 대상이 되었으며, 이전 세대에 유행했던 좌충우돌형 모험 소설을 대신하여 주인공이 사회의 가치를 내면화하는 과정을 서술하는 성장 소설이 문학사에 새롭게 등장했다. 이런 상황에서 루소는 자신의 삶에 대한 독창성을 자각하고 있었을 뿐 아니라 자기 정당화의 글쓰기가 자기 성찰의 글쓰기와 구별되지 않는다는 사실, 다시 말해 자서전이라는 장르의 특성을 명확하게 인식하고 있었다. 그는 시대의 공기를 호흡하고 있었던 것이다. 루소 덕분에 프랑스의 자서전 역사가 새롭게 쓰이게 된 것은 분명하지만, 그렇다고 해서 루소에게서 모든 것이 완성된 것은 아니다. 루소 이후에도 프랑스 자서전 작가들은 마치 거대한 산맥처럼 이어져 내려왔고 자서전 장르를 갱신했다. 그런 의미에서 한 장르의 역사는 그 장르를 구성하고 있는 작품의 역사이며 동시에 그 작품이 놓여 있는 문맥의 역사라고 할 수 있다.

　　자서전은 편지, 회고록, 일기, 자전적 소설 등과 함께 '자기에 대한 글쓰기'에 속하는 대표적인 장르다. 그러나 대중적 인기와 상관없이 문학 연구가들 사이에서 자서전은 소설이나 시 또는 연극과 같은 주류 문학에 속하지 못하고 '하위 문학'으로 평가 절하되어 왔다. 이러한 평가에도 불구하고 자서전은 여전히 대중적인 사랑을 받고 있다. 작가를 비롯하여 정치인, 연예인, 운동선수, 기업인 등 사회적 명성이 있는 사람들은 어떻게 해서 현재 자신이 누리고 있는 지위를 얻게 되었고, 자신의 철학이 무엇인지를 자서전에서 밝히고 있다. 인터넷이 활성화되면서 이러한 현상은 더욱 일반화되었다. 이제는 작가뿐만 아니라 평범한 시민도 SNS나 홈페이지, 블로그 등에 자신의 사진을 공개하고 생각과 일상을 익명의 독자들과 기꺼이 나누고 있다. 현대인은 내면적이고 사적인 것을 공공연하게 드러내는 것을 부끄러워하지 않는 인간, 공적인 시선에 자신을 노출시키는 자기 과시적인 인간으로 보일 정도다. 이러한 유형의 글쓰기 덕분에 자기에 대한 글쓰기뿐 아니라 문학 일반에 대해 새로운 성찰의 가능성이 제시된 것도 사실이다. 블로그에 올라온 '의견'에 대해 독자들이 실시간으로 즉각적인 반응을 보임에 따라 작가와 독자의 상호성에 대해 새로운 관점이 요구되었고, 인터넷이라는 물질적 제약이 내면의 움직임을 드러내는 글쓰기에 일정한 영향을 끼쳤다. 또 인터넷을 이용한 글쓰기가 책이라는 전통적인 매체와 긴장 관계에 있는지 아니면 상호 보완적인 관계에 있는지도 고찰할 필요가 있다.

　　자서전을 비롯하여 자기에 대한 글쓰기 속에 자아의 형성 과정과 변모 과정을 공개적으로 드러내는 이러한 현상을 사회학자들은 사회 분화에 따른 개인주의의 발달과 연결시킨다. 20세기 전반부에 생산 중심주의와 더불어 합리성이 강화되면서 집단 속에 개인이 용해되고 사라져 가는 경향이 심화되었다면, 후반부에는 개인적인 것과 공적인 것이 분리되고, 개인의 자유와 자율성에 대한 열망이 고조되었다. 타인과 구별되는 차이를 통해 끊임없이 자기 자신을 증명하도록 요구받고 있는 것이다. 개인의 자율성 확대가 차이 정체성에 대한 요구로 드러나면서 자기에 대한 글쓰기는 자기 정체성을 구성하고 표현하는 방식으로, 특히 개인성을 긍정적으로 제시하는 방식으로 평가받고 있다. 그래서 자기에 대한 글쓰기는 자신의 삶을 소유하는 방식이면서, 자칫 잊힐 수도 있었던 그 삶을 죽음으로부터 지켜 내는 주체적인 행위, 그리고 타인에게 자신을 드러내는 행위, 다시 말해 자신을 독서의 대상으로 만드는 행위가 되었다.[1]

개인의식이 고양되면서 자서전이 발전하게 된 역사적 문맥을 고려하면 자서전은 근대의 이데올로기를 충실히 반영하고 있는 것처럼 보인다. 이러한 사실을 주체의 분화, 작가 신분의 민주화, 사적 영역의 확장이라는 차원에서도 확인할 수 있다.

자서전은 다른 어떤 장르보다 주체의 분화를 잘 보여 주는 장르다. 자서전 작가는 현재의 입장에서 과거의 자기 자신이 어떠했는지를 회고적으로 기술한다. 그 과정에서 자서전 작가는 자신을 글쓰기의 주체이자 글쓰기의 대상으로 분화시킨다. 나탈리 사로트가 자신의 자서전 『어린 시절』을 어른과 아이, 두 명의 화자가 나누는 대화 형식으로 구성한 것은 자서전의 장르적 특성을 문학적 독창성으로 형상화한 결과라고 할 수 있다. 특히 아이 – 화자는 과거의 시점에서 자신이 느끼고 경험한 사실을 서술하며, 어른 – 화자는 그렇게 서술된 과거가 지닌 주관성의 함정을 지적하고 현재의 관점에서 의문을 제기하면서 최대한 객관적인 글쓰기가 되도록 길잡이 노릇을 한다. 이와 같은 점에서 보면, E. H. 카가 역사를 "과거와 현재의 끊임없는 대화"라고 정의한 것을 자서전 기술에도 정확하게 적용할 수 있다. 자서전은 경험의 과거와 글 쓰는 현재가 끊임없이 대화를 나누는 공간이기 때문이다. 주체이자 대상으로 분화되는 이와 같은 특성을 통해 자서전에서는 과거와 현재의 관계라고 하는 시간의 문제가 장르의 특성으로 제기된다.

이때까지 글쓰기가 정치가, 성직자, 고위 관리와 같은 상류층 사람들에게만 허용되었던 극히 제한된 지적 행위였다면, 근대의 자서전에 이르러 글쓰기는 출신 성분에 관계없이 모든 사람에게 개방된 글쓰기가 되었다. 몽테뉴는 상인 집안 출신이었고, 루소는 제네바의 가난한 소시민에 불과했지만 자기에 대한 글쓰기를 통해 문학사의 주역이 될 수 있었다. 자서전은 거의 최초로 작가의 출신 계급이 문제되지 않는 장르였던 것이다.

자서전은 작가나 독자들의 관심 영역이 공적 영역에서 사적 영역으로 변화하고 있음을 보여 주는 장르라는 사실도 주목할 만하다. 근대 이전에는 자기에 대한 글쓰기가 주로 공적 생활을 거론하는 전기에 한정되었다. 반면, 자서전은 인간의 내적 공간을 탐구함으로써 프랑스 근대 문학의 특징이라고 할 수 있는 심리 소설의 탄생과 동일한 궤적을 그리고 있다. 자서전은 문학 공간이 나르키소스적 체험 공간으로 변화하는 상황을 가장 잘 보여 주는 장르인 셈이다. 현대에 들어서 이러한 현상은 좀 더 광범위하게 전개되고 있다. 자서전은 평범하고 심지어는 진부하기까지 한 일상성을 드러내는 탁월한 장르로 각광받고 있다. 그러나 자서전에 기록되는 순간, 일상성은 진부함을 벗어 던지고 그 속에 내재되어 있는 성스러움이 드러난다. 자서전적인 성찰의 글쓰기는 표면에서 깊이를 발견하고, 텅 비어 있는 시간과 공간에서 충만함을 탐색할 수 있는 계기가 되는 것이다.

　　자서전이 총체적이고 논리 정연하며 지속적인 시간을 전제하고 있다는 점도 기억할 필요가 있다. 조르주 귀스도르프는 자서전을 "시간의 흐름 속에서 한 개인의 통일성과 정체성을 구축하는"[2] 프로그램으로 정의한 바 있다. 여기에서 잘 알 수 있듯, 자서전은 경험의 장을 구조화함으로써 삶에 결정적인 양태를 부과하는 자기 인식의 수단으로 이해되고 있다. 자서전이 자기 인식의 수단이 되기 위해서는 자율성과 통일성을 지닌 '자아'라는 개념이 전제되어야 한다. 한 개인의 모순된 경험을 하나의 전체로 통합할 수 있는 가능성을 전제함으로써 인간은 통합적이고 자족적인 개성을 지닌 자, 즉 집단과는 구별되는 개인으로서의 정체성을 지닌 자로 받아들여진다. 자아를 인식하는 방식이 바뀌면서, '나'는 단순히 글을 쓰는 자가 아니라 자신과 타인의 차이를 인식하고 자신을 글쓰기의 대상으로 삼는 자로 존재하게 된다. 인식의 주요 대상이자 해석되어야 하고 기록되어야 하는 대상이라는 자서전적 자아가 형성된 것이다. 그러므로 자서전적인 글쓰기의 관점에서 볼 때 낭만주의적 자아의 발견은 개인적인 삶도 이야기의 대상이 될 수 있다는 "개성 속에 내재된 이야기성의 발견"[3]을 의미한다. 이제 우리는 왜 자서전이 18세기에 이르러 현대적인 자기 표현의 양식으로 발전하게 되었는가를 이해할 수 있다. 18세기야말로 인간에 대한 관심이 극도로 고조되어 인간의 개성을 표현할 수 있는 새로운 유형의 글쓰기가 요구되던 시기였기 때문이다.[4]

　　하지만 자기 성찰의 형식을 통해 자신을 정립하고자 하는 시도는 흔히 파편화된 자아 인식, 혼종적 장르를 특징으로 하는 포스트모던한 현대적인 현상과는 대립적인 것으로 보인다. 사실 현대에 들어, 근대의 시작을 알렸던 데카르트적 주체 의식은 하나의 유령으로 취급받고 있다. 또한 전통적인 자서전의 토대가 되었던 자의식 탐구, 작중 인물, 이야기 또는 줄거리 등의 개념으로는 현대인의 심성을 제대로 드러낼 수 없다는 비판도 강하게 제기되고 있다. 연대기적으로 구성된 선적 구성물로서의 텍스트를 대신하여 파편화된 텍스트가 유행하는 것도 이와 비슷한 문맥에서 이해할 수 있다. 자아가 자율적인 총체가 아니라 사회적 구성물이라는 사실을 그 누구도 반박하지 못하며, 단일한 정체성이 아니라 다양한 인물의 시점에서 복수의 현실을 보여 주는 텍스트가 더욱 각광받고 있는 것도 부정할 수 없는 사실이다.

이러한 시대 상황에서 제각기 다른 경향을 표방하던 작가들이 앞다투어 자서전을 쓰고 있고 또 대중적인 인기를 끌고 있는 현상을 어떻게 이해해야 할까? 그것은 일시적인 유행에 불과한 것인가? 아니면 누보로망이 상징적으로 보여 주고 있는 '이야기의 죽음'과 후에 푸코가 철학적으로 선언하게 될 '주체의 죽음'이라는 위기 상황이 오히려 자서전이 발전할 수 있는 풍요로운 토양을 제공한 것일까?

누보로망을 대표하던 소설가였던 알랭 로브그리예가 1986년에 「나는 나 이외의 어떤 것도 결코 말하지 않았다」[5]라는 제목으로 행한 한 강연은 그가 자서전적인 글쓰기로 회귀하고 있음을 보여 주는 대표적인 예라 할 수 있다. 다소 도발적인 이 강연을 통해 그가 누보로망의 글쓰기를 포함하여 그동안 추구해 왔던 자신의 문학적 이상이 실패했음을 고백하는 데까지 나아갔다고는 말할 수 없을지 모른다. 하지만 그가 개인 체험의 회복을 통해 작가라는 개념으로, 나만의 삶으로, 결국은 자서전적인 효과로의 '회귀'를 선언하고 있다는 데에는 의심의 여지가 없다. 그 의미를 어떻게 해석하든 간에, 이 강연은 현대 프랑스 문학이 처한 특별한 양상을 대변하고 있는 듯하다. 문학의 가능성을 글 쓰는 자의 삶의 가능성과 분리하여 생각할 수 없다는 것이다. 이러한 문맥에서 우리는 자서전 장르의 문학사적 의미에 대해 질문할 수 있다. 미레이유 칼-그뤼베르는 자서전이 1960년대에 제기된 문학적 탐색을 위한 특권적인 장이 된 이유를 다음과 같이 설명하고 있다.

> 자서전은 문학에 관한 질문들뿐 아니라 문학이 문학에 대해 제기하고 있는 질문들, 말하자면 문학의 존재 조건이라고 할 수 있는 모순을 구체화시켜 보여 주고 있다.[6]

이 예문은 왜 자서전이 새로운 유형의 글쓰기로 받아들여지고 있는지를 잘 요약하고 있다. 자서전은 한 작가가 자신의 삶에 대한 탐색의 결과를 조리 있게 요약하여 제시하는 개인적인 표현 방식이라기보다는 자신의 존재에 대해 의문을 제기하는 방식으로, 다시 말해 문학 자체에 대해 사유하는 열린 공간으로 기능하고 있다. 특히 자서전 작가가 주체이자 대상이 된다는 사실은, 마이클 셰링엄이 적절하게 지적했듯이 "자서전의 주체가 혼성(hybrid), 즉 과거와 현재, 자기와 타자, 자료와 욕망, 현실 참조적인 것과 텍스트적인 것, 발화된 것과 발화되고 있는 것의 결합"을 이루어 내는 '과정'을 보여 주고 있다는 극히 현대적인 주체 의식과 관련되어

있다.[7]

　　그렇다면 자서전이 구체화시켜 보여 주고 있는 문학의 존재 조건
이라고 할 수 있는 모순은 무엇인가? 그 누구도 모순의 실체에 대해서는
확실하게 언급할 수 없다. 그러나 자서전을 하나의 장르로 규정하는 데 동
원되는 이론과 작가들이 자신의 삶을 구체적으로 서술한 자서전 속에서
실제로 어떤 문제들을 다루고 있는지를 살펴보면, 역으로 자서전이 제기
하는 '문학적 모순'을 이해할 수 있을 것이다. 이 책의 제1부에서는 먼저
자서전의 정의를 검토하고, 글쓰기와 정체성의 관계에 대한 철학적 성찰
을 소개한 후, 정신분석학이 자서전에 어떤 영향을 끼쳤는가를 검토함으
로써 자서전에 대한 전반적인 이해를 돕고자 한다. 이어 제2부에서는 자
기 정체성을 확신하고 있는 성 아우구스티누스에서부터 출발하여, 근대
자서전의 모델인 루소를 거쳐, 정체성을 탐구로서만 의미가 있을 뿐 구체
적으로 포착할 수 없는 모호한 유령과 같은 것이라고 생각한 레리스에 이
르기까지, 자서전 작가들이 자신을 규정하기 위해 어떤 문제를 제기하고
있는지를 구체적으로 살펴보고자 한다.

나 삶 쓰다
auto — bio — graphie

1부
자서전이란
무엇인가?

1

자서전과
인접 장르

자신의 삶으로 이야기를 만들다!

자서전(autobiography)이라는 용어는 그리스어 어원을 가진 세 단어의 합성어로 알려져 있다. 'auto-bios-graphein'은 '나 – 삶 – 쓰다'라는 의미로, '내가 나의 삶에 대해 쓴다.'라는 의미를 담고 있다. 여기에는 행위의 주체인 '나', 서술의 대상인 '나의 삶', 그리고 글쓰기라고 하는 '행위'가 분명히 드러나 있다. 자서전은 자신의 삶으로 하나의 이야기를 만들어 내는 행위인 것이다.

자서전 연구가들은 자서전이 특별한 역사적·사회적 조건 속에서 발전해 왔다고 지적하고 있다. 역사적으로 살펴보면, 자서전은 '데카당스'로 일컬어지는 문명의 위기 상황 속에서 발전해 왔다. 성 아우구스티누스의 『고백록』이 로마 제국의 쇠퇴기에 등장했고, 몽테뉴의 『수상록』은 중세가 저물고 르네상스기에 접어들면서 새로운 개인이 탄생한 것과 관련되며, 루소의 『고백록』은 절대 왕정이 붕괴되고 부르주아 계급이 떠오르면서 세계의 중심에 놓인 자아를 의식하면서 전개되었다. 현대에 들어 자서전은 정체성의 위기, 거대 담론의 몰락, 주체의 죽음 등을 반영하고 있다. 자서전은 문명사적인 전환기 때마다 새로운 양식을 선보임으로써 한 개인이 느낀 위기의식을 적절하게 표현하고 있다. 이때 표현되고 있는 개인주의적 양상과 인식론의 핵심이 시대마다 다르다는 사실에는 의심의 여지가 없다.

자서전 작가들은 자신의 삶을 성찰하는 과정에서 이러한 위기를 형상화하고 있다. 가족사를 서술하든, 아니면 역사의식이나 자신의 미적 의식의 획득과 관계하든, 자신의 삶에 대해 기술함으로써 자서전 작가들은 자기 정체성을 형성하고자 한다. 특히 자신이 타자와 맺는 관계를 통해 자의식을 획득해 가는 과정을 서술하면서 자서전은 '자기의 체험'을 만들어 나가는 흥미로운 공간이 된다.

필립 르죈은 근대에 들어 자서전이 유행하게 된 현상을 "자기 삶의 소유주가 되시오."라고 하는 부르주아적 현상[1]과 18세기 말에서 19세기로 넘어가는 과정에 있었던 낭만주의적 자아의 발견과 관련하여 설명하고 있다. 이 시기에 이르러 인간은 하나의 계층이나 집단을 대표하는 인물이 아니라, 내면적인 존재 방식을 가진 주체적 '개인'으로 존재하게 되었다는 것이다. 문화사적으로 보아도, 로욜라와 예수회 신부들이 신앙을 기록한 일기를 쓰면서 자기에 대한 글쓰기가 널리 유행했는데, 그것이 사실은 14세기 초에 시계가 발명되면서 한 개인이 시간과 맺는 관계가 변한 사실, 그리고 15세기 중엽부터 인쇄 기술이 혁신적으로 발전하면서 양피지를 대신하여 종이가 사용된 사실과 관련되어 있음을 고려해 보면, 개인의 삶을 서술하는 글쓰기가 근대에 들어 발달할 수밖에 없음을 이해할 수 있다. '자서전'이라는 용어가 1830년경에 문학사에 수용되었다는 사실을 통해서도 자서전 장르의 발달과 근대정신의 형성이 밀접한 관계를 맺고 있음을 이해할 수 있다.

자기에 대한 글쓰기의 역사가 고대 그리스 시대까지 거슬러 올라가고 있음에도 불구하고, 19세기에 들어 '자서전'이라는 용어가 수용되었다는 사실에서 근대 이전에는 자기에 대한 글쓰기가 개념적으로 뚜렷하게 정의되지 않은 채 그때그때 유행하던 다양한 장르를 통칭하고 있었음을 알 수 있다. 그래서 사회적·역사적·종교적 필요에 따라 자신의 공적인 삶을 서술한 전기적 특성이 우세하기도 했고, 종교적 삶을 기록한 내면의 기록이라는 형식으로 나타나기도 했으며 때로는 정신을 수련하기 위한 윤리적 규범을 적어 둔 메모 형식을 띠기도 했다. 그러나 역사적 발전 과정을 살펴볼 때, 자서전은 기독교의 반성적 자기 성찰(examen de conscience)의 전통과 자기의 존재 의미를 질문하는 인문학적인 자기 검토(examen de soi)의 전통, 두 방향에서 발전해 왔다고 할 수 있다.

루소가 『고백록』이라고 하는 근대적 자서전을 쓰기 이전에, 자서전은 인접 장르와 서로 영향을 주고받으며 발전했다. 인접 장르로는 종교적 고백록, 회고록, 전기, 서한문, 자전적 소설을 들 수 있다. 그중에서도 종교적 고백록과 회고록, 자전적 소설이 자서전의 내용과 형식에 지대한 영향을 끼쳤다. 서구의 기독교 전통에 뿌리를 두고 있는 종교적 고백록은 회심(回心)을 고백하는 과정에서 내면 성찰의 필요성을 강조했다. 자서전에 '참회록'이나 '고백록'과 같이 종교적 기원을 암시하는 용어가 많이 사용된 것은 그 때문이다. 하느님께 고백함으로써 죄지은 인간이 새로운 인간으로 태어날 수 있다는 점 때문에 고백록을 쓰는 것은 자신을 구원하는 행위로 여겨졌다. 이 관점은 이전의 글쓰기에서는 볼 수 없었던 새로운 양상을 자서전에 부여했다. 자서전은 단순한 글쓰기가 아니라 구원의 관점

자서전과 인접 장르

에서 삶을 연금술적으로 변환시키는 행위인 것이다.

전통적인 회고록은 영웅이나 공직자들이 자신의 무훈이나 공적인 삶을 서술하면서 자신을 영웅화한 것이다. 그 과정에서 개인의 삶과 모럴이 이상화되었는데, '회고록'에서 역사적 문맥을 제거하고 개인사에 중점을 두고 발전한 것이 자서전이라는 주장도 있다. 근대의 자서전은 '영웅적인' 것의 개념을 바꾸어 놓았다는 것이다. 회고록이 영웅적인 삶을 제시함으로써 한 인물의 삶을 도덕적으로 정당화하고자 했다면, 루소로 대표되는 근대의 자서전에 이르면 외적인 행위는 더 이상 영웅적인 것으로 간주되지 않는다. 감히 타인에게 고백하지 못했던 것을 거짓 없이 솔직하게 드러내는 용기가 영웅적인 행위가 된다. 글쓰기 자체가 영웅적 행위로 변한 것이다.

18세기 들어 개인주의적 성향이 강조되면서, '누구누구의 생애'와 같은 제목을 달고 한 개인의 삶을 전체적으로 형상화한 자전적 소설이 끼친 영향도 잊을 수 없다. 이와 같은 변화에 대해 장 마리 굴모는 17세기 말부터 진행되었던 "사적인 영역에 대한 관심"에 주목한 바 있다. 일인칭 소설의 주인공들이 자신의 운명에 대해 자신의 목소리로 이야기하는 것처럼, 이야기의 사실성은 내적인 사실을 개인적 진술을 통해 이야기할 때 얻어진다는 것이다. 그 결과 "사적 영역은 허구적인 이야기의 사실성이나 역사에서의 실제적인 인과 관계를 보장하는 근거"[2]로까지 그 중요성이 확장되었다는 평가를 받고 있다.

현대에 들어 정신분석학이 대중화되면서 자서전의 주제나 형식에도 많은 변화가 생겼다. 꿈이나 환상이 자서전의 주요 내용으로 등장했고,

자유 연상이 체계적으로 사용되면서 자서전에서는 논리 정연한 이야기보다는 파편화되고 탈중심화된 서사 구조가 선호되기도 했다. 한 개인의 기원에서 유년기가 차지하는 중요성이 강조되면서 사로트의 경우처럼 '어린 시절'을 제목으로 제시하는 자서전이 많이 등장했다.

20세기 후반에 이르러, 자서전에 허구가 가미된 새로운 형식인 '오토 픽션(autofiction)'이 사전의 표제어로 등재될 정도로 문학사적인 쟁점이 되었다. 자신의 삶을 서술하는 글쓰기의 전략 또한 전통적인 자서전과 비교할 수 없을 정도로 완전히 변했다. '자서전'이라는 용어로 이처럼 광범위한 작품을 포괄하는 것은 부적절하다는 평가가 있기도 하다. 그래서 금욕주의자들의 글쓰기를 후기의 종교적 자서전 전통과 구분하기 위해 미셸 푸코가 제안한 '자기에 대한 글쓰기'라는 용어가 좀 더 널리 사용되고 있다.

문학가들이나 문학 비평가들은 '자서전'이라는 용어가 문학사에서 뒤늦게 등장한 것에 근거하여 자서전이 자연스러운 장르가 아니라고 주장하기도 한다. 그들은 자서전을 포함하여 개인의 내밀한 심정을 드러내는 문학 형태, 다시 말해 '내'가 '나'에 대해 말하는 문학에 대해 일정한 편견을 보인다. 이러한 편견 중에서 17세기 프랑스 철학자 파스칼이 "자아는 가증스러운 것"이라고 하면서 "몽테뉴가 자신을 묘사할 어리석은 계획"을 세웠다고 비판한 것은 널리 알려져 있다. 소설가 앙드레 지드와 프랑수아 모리악도 자서전에 비해 허구가 훨씬 진실된 장르라고 지적했으며, 19세기 저명한 문학사가 알베르 티보데도 "자서전은 예술가가 아닌 자들의 예술, 소설가가 아닌 자들의 소설"이라고 하면서 "심오하고 다양성을 갖는 소설과 피상적이고 도식적인 자서전을 대립"시킴으로써 자서전을 폄하했다.[3] 문학을 비롯하여 예술이 '아름다움'을 추구하는 데 반해 자기에 대한 글쓰기는 '진실'을 추구하기 때문에 자서전은 문학에 포함되지 않는다는 전통적인 편견 또한 무시할 수 없다.

르죈은 많은 작가가 아직도 자신의 작품을 자서전으로 분류하는 것에 대해 거부감이 있다고 하면서 그 거부감을 세 가지로 정리했다. 자서전이라는 용어는, 도덕적으로는 세상사에는 무심한 채 자기 자신만을 응시하는 나르시시즘과 같은 '악'을 환기시키고, 심리적으로는 자신에 대해서 알 수 없는데도 자신에 대해 탐구하고자 하는 어떤 '실수'를 의미하며, 미학적으로는 예술적인 배려를 하지 않고 기억나는 대로 서술하는 하나의 편리한 수단, 일종의 알리바이에 불과하다는 것이다.[4] 이와 함께 르죈이 자서전을 읽는 독자의 심리를 분석해 놓은 것도 주목할 만하다. 허구에서는 작가가 사실이 아닌 상상을 기술하기 때문에 독자는 작가의 의도와는 달리 허구 속의 사건과 실제 사건 사이의 유사성을 찾는 반면, 자서전의 경우에는 작가가 진실만을 말한다고 주장하기 때문에 독자는 작가가 변형시킨 것이나 오류를 찾게 된다는 것이다. 소설이 자서전보다 더 진실되다는 신화는 이와 같은 독서 방식에서 나온 것일 뿐이라는 것이 르죈의 진단이다.[5] 이러한 진단 외에도, 자서전이 "모든 것"을 다 말하고 모든 진실을 다 드러낸다고 해도, 자서전이 '언어'를 사용하는 문학 작품인 이상 언어의 형태를 띤 모든 것은 사실을 투명하게 드러낼 수 없고, 우리가 우리 자신을 설명하기 위해 들려주는 이야기는 사실이라기보다는 거짓말, 또는 가장 긍정적인 의미에서 허구일 수밖에 없다는 주장도 가능하다.

자서전에 대한 부정적인 시각은 부분적으로는 자서전이 명확하게 규정되지 않았기 때문이기도 하다. 실제 삶과 상상된 삶, 경험과 이야기, 한마디로 말해 과거와 현재라는 두 축 사이에서 이루어지는 다양한 관계로 인해 자서전은 모순적이고 불안정해 보인다. 어떻게 규정해야 자서전을 하나의 명확한 장르로 인식할 수 있을까?

　자서전을 하나의 장르로 규정하고자 하는 자서전 연구가들에게 자서전과 허구를 구분하는 문제는 해결할 수 없는 난제처럼 다가온다. 대부분의 자서전 작가들은 자서전에 자신이 썼던 허구 작품들, 예를 들어 자신의 소설 제목을 제시하거나 그 내용을 암시함으로써, 자서전과 소설의 연관성을 스스로 노출하는 경우가 많이 있다. 현대의 주요 작가들은 자서전과 허구의 관계 자체를 자서전의 주요 테마로 제시하거나 자신의 문학적·철학적 입장이나 정치적 입장을 소설이나 자서전에서 확인할 수 있도록 삶의 내용을 재구성하고 재배치하기도 한다. 독자의 입장에서도, 자서전만을 전문적으로 쓴 작가가 아니라면 그 작가의 주요 작품과 자서전의 관계에 대해 관심을 기울이는 것은 어떻게 보면 당연하다고 할 수 있다. 프랑스 문학 연구에서 흔히 랑송주의라고 불리는 전기적 비평 방법론이 유행할 때 한 작가의 소설 작품과 자서전의 관계를 연구한다는 것은 작품을 이해하기 위해서라기보다는 자서전을 통해 '작가'를 규정하기 위한 것이었다. 초기 정신분석학도 그러한 경향이 있어서 한 작가의 작품을 연구하여 그 작가를 지배했던 콤플렉스를 규명해 냄으로써 그 작가에 대한 연구를 종결하는 경우까지 있었다. 현재 프랑스 문학에서 이런 연구 경향은 더 이상 유효하지 않다. 그렇다고 해서 이런 연구가 아무런 의미가 없다는 것은 아니다. 오히려 문학 비평이 성립한 19세기부터 시작해서 20세기 중엽에 신비평이 주도권을 확실히 확보하기 직전까지 작가의 개인사와 작품의 상관관계를 연구하는 것은 문학 연구의 주된 흐름이었다. 그 흐름의 중심에는 자전적인 것과 허구적인 것의 관계를 탐구하려는 오랜 지적 열망이 자리하고 있었다. 물론 연구가들은 자서전을 통해 소설의 내용을 이해하는 데 도움을 얻고자 했다. 그러나 구조주의 이후, 작가에서 텍스트로 연구의 중심이 이동함에 따라 자서전과 허구의 관계에 대한 관심은 새로운 국면을 맞이하게 되었다. 이제 자서전은 소설을 설명하기 위한 부차적인 텍스트가 아니라 그 자체로 독서의 규약을 갖고 있는 독립적인 텍스트로 기능하고 있다.

이러한 변화 과정을 잘 보여 주는 작가가 20세기 초반 프랑스를 대표하는 소설가 앙드레 지드다. 자서전『한 알의 밀알이 죽지 않으면』에서 확인할 수 있듯이, 그는 진실을 서술하는 데 있어 소설이 자서전보다 유리하다고 주장했다. 그의 주장은 다음의 인용문에서 확인할 수 있다. 그러나 그의 작품을 섬세하게 들여다보면 지드가 자서전과 허구를 상호 보완적으로 이해하고 있음을 알 수 있다.

모든 것을 다 말하는 것이 여전히 나의 의도였다. 그러나 속내 이야기에는 기법을 동원하지 않으면, 억지로 하지 않으면 넘어설 수 없는 어떤 단계가 있다. 그리고 나는 특별히 자연스러움을 추구하고 있었다. 확실히 나에게는 정신적인 욕구가 있어서 각각의 특징을 더 분명하게 그려 내기 위해 모든 것을 의도적으로 단순화한다. 사람들은 선택하지 않고는 그려 낼 수 없다. 그리고 가장 곤란한 점은 동시적으로 존재하는 모호한 상태를 연속적인 것으로 제시해야 한다는 사실이다. 나는 대화를 좋아하는 사람이다. 그리고 내 속의 모든 것은 싸우고 서로 반대하고 있다. 아무리 진실에 대한 열망이 크다고 하더라도, 회고록에서 성실하게 말할 수 있는 것은 결국 반 정도밖에 되지 않는다. 모든 것은 사람들이 말할 수 있는 것보다 항상 더 복잡하기 마련이다. 그래서 사람들은 소설에서 더 진실에 가까이 다가가게 되는지도 모른다.[6]

『한 알의 밀알이 죽지 않으면』은 다양한 이야기로 구성되어 있다. 한 청소년이 사촌 누나를 사랑하고 그 사촌과 성관계 없는 결혼을 하게 되는 이야기가 하나의 축이라면 신앙심 깊은 아이가 피아노에 입문하고 시와 문학에 헌신하게 되는 과정을 밝히는 일종의 소명 이야기가 또 다른 축을 이루고 있다. 그러나 지드가 솔직하게 고백하고 있는 동성애 경험은 스캔들을 불러일으켰고, 심지어는 정신적인 자살 시도로 평가되었다. 이 작품의 핵심은 성적인 것과 종교적인 것의 관계를 개인적인 성격이 형성되는 과정으로 제시하는 데 있다. 특히 지드는 동성애에서 느꼈던 쾌감이 '악'이 아니라 인간이 고통스럽게 직면하는 자기 인식의 과정이며 그것이 사회적이고 관습적인 것을 넘어서 자신의 본성이었음을 밝히고자 한다. 그는 첫 에피소드에서부터 유년기에 식탁 밑에서 벌어졌던 모호한 체험을 서술하고 있으며, 후에는 청소년들을 상대로 했던 동성애 체험을 서술하고 있다. 그러나 지드는 자서전에서 자신의 모든 것을 완전히 다 설명할 수는 없다는 느낌을 받게 된다. 이 예문에서는 성실성의 요구에도 불구하고 자서전에서는 개성의 복잡성과 모호성을 제대로 제시할 수 없으며, 허

자서전과 인접 장르

구를 사용하는 소설에서 역설적으로 진실을 드러낼 수 있다고 선언한다.

 "나는 대화를 좋아하는 사람이다."라는 표현은 단순히 사람들끼리의 대화를 의미하는 것은 아니다. 그것은 장르 간의 대화를 의미하기도 한다. 자서전과 소설의 대화도 그 대화에 포함된다. 이러한 사실에 주목하여 필립 르죈은 『자서전의 규약』에서 '자전적 공간'이라는 용어를 사용하여 자서전과 허구의 관계를 다루고 있으며, 특히 『모호성 연습: '한 알의 밀알이 죽지 않으면' 독서』에서 지드 자서전의 특징과 문제점을 구체적으로 다루고 있다.

 지드는 자신의 개인사와 허구가 섞인 글에서, 또는 개인사를 서술하는 자서전과 허구를 창조하는 소설의 관계 속에서 자신을 좀 더 구체적으로 포착할 수 있다고 믿었다. 『위폐범들』을 예로 들면, 가짜 소설가이자 올리비에를 유혹하고 있는 파사방은 장 콕토를 모델로 삼았고, 『위폐범들』이라는 소설을 쓰고 있는 소설 속의 소설가 에두아르는 지드 자신이며, 올리비에는 지드의 동성 애인이었던 마르크 알레그레를 모델로 했다는 것이다. 그리고 자서전과 마찬가지로 소설에서 지드는 자기 정당화를 시도하고 있다. 『배덕자』에서 주인공 미셸은 폐결핵에 걸렸을 때 부인이 정성스럽게 간호한 덕분에 목숨을 부지했는데 정작 부인이 전염되어 병을 앓게 되었을 때에는 어린 아랍 아이와 동성애에 빠져 부인이 죽도록 방치한다. 도덕적 관점에서 보면 미셸의 행위는 비난받아 마땅하지만 욕망과 관능의 관점에서 보면 독자들은 미셸의 정신적 변화를 이해하게 된다. 이러한 변화 과정을 통해 지드는 자신을 정당화한다. 지드는 '나'를 직접적으로 내세워 발언하는 자서전에서 불편함을 느꼈기 때문에 비록 개인적 삶에서 직접적으로 자양분을 얻어 형성되었지만 허구의 인물을 내세운 일련의 소설에서 더욱 자유롭고 진실되게 고백할 수 있었던 것이다. 지드가 구상한 '자전적 공간'에 따르면 자서전적인 자아의 풍요로움은 자서전과 소설과의 '관계' 속에서 발견되기 때문에 허구 인물을 통해 자아의 본질을 확인할 수 있다는 단언으로 나아간다.

　　한 가지 사건을 자서전과 허구, 두 가지 버전으로 제시한 데에서 알 수 있듯이, 지드에게 자서전과 허구는 전혀 대립적인 것이 아니다. 그러므로 성실성의 차원, 다시 말해 지드가 동성애를 직접적으로 고백하고 있다는 점이 자서전『한 알의 밀알이 죽지 않으면』의 특징이라고 한정할 수는 없다. 왜냐하면 동성애 체험은 허구화된 형태로, 이미 다른 소설에서 여러 번 다루어졌기 때문이다. 이 자서전에서 흥미로운 점은 그가 과거에 대해 1부와 2부에서 서로 다른 태도를 취하고 있으며, 그것이 형식의 차원에서 구분하여 제시되어 있다는 것이다. 1부에서 지드는 유년기의 프로테스탄트의 엄격한 교육에 열광하면서도 그 교육 때문에 자신의 진정한 본성이 발현되지 못했다고 서술한다. 그래서 1부에 서술된 유년기는 어둠 속에 잠긴 상태, 고발해야 할 시기로 제시된다. 반면 아프리카 여행에서 경험한 젊은 청년들과의 동성애 장면을 보면 마치 그가 지상의 양식을 먹고 풍요로워지고 해방된 듯하다. 그는 유년기를 고발하고 거부하기 위해, 그리고 동성애의 쾌락이 성스럽고 행복한 체험이었음을 밝히기 위해 자서전을 쓴 것이다. 이와 같은 관점에서 보면 그는 자서전에서 삶의 진실을 솔직하게 드러내고 있다. 그가 육체와 정신의 화해를 추구했다면, 소설과 자서전도 그의 삶에서 서로 화해하고 공명할 수 있을 것이다.

앙드레 지드 :
자전적 공간

…… 어머니가 살아 계실 때 내가 그토록 갈구하던 자유조차 마치 대양의 바람처럼 나를 어리둥절하게 만들었고, 숨 막히게 했으며 잔뜩 겁나게 했던 것 같다. 나는 갑자기 석방되어 현기증에 사로잡힌 죄수 같은 느낌이 들었다. 갑자기 줄이 끊어진 연처럼, 닻줄이 끊어진 배처럼, 바람과 물결에 따라 휩쓸리는 표류물 같은 느낌이 들었다.

매달릴 수 있는 것이라고는 사촌 누이에 대한 내 사랑밖에 남지 않았다. 그녀와 결혼하고자 하는 의지만이 여전히 내 삶을 이끌어 주고 있었다. 확실한 것은 내가 그녀를 사랑하고 있다는 것이었다. 내가 확신할 수 있는 건 오직 그것뿐이었다. 심지어 나 자신을 사랑하는 것보다 더 그녀를 사랑한다고 느끼고 있었다. 그녀에게 청혼했을 때, 나는 나 자신보다 그녀를 더 생각했다. 특히 위험이 가득 차 있는 것도 아랑곳하지 않고, 나는 내가 앞장서 그녀를 이끌어 가고 싶었던 그 끝없는 넓은 세계에 완전히 매료되어 있었다. 나는 내 열정으로 극복하지 못할 위험이 있으리라는 것을 받아들이지 않았던 것이다. 나에게 신중함은 전부 비겁해 보였을 것이고, 또 위험에 대한 그 어떤 염려도 비겁하게 보였을 것이다.

우리의 가장 진지한 행위들은 또한 가장 계산되지 않은 행위들이다. 사후에 그것을 설명해 보려고 해 봤자 헛된 노릇이다. 어떤 숙명이 나를 이끌어 가고 있었다. 어쩌면 내 본성에 맞서려는 은밀한 욕구인지도 모른다. 왜냐하면 엠마뉘엘에게서 내가 사랑한 건 바로 덕성 자체가 아니었던가? 만족할 줄 모르는 내 지옥이 결혼한 건 바로 천국이었다. 하지만 그 지옥을 나는 바로 그 순간에는 잊고 있었다. 어머니를 여읜 내 눈물이 지옥의 불길을 꺼 버렸던 것이다. 나는 창공에 현혹된 것 같았다. 내가 더 이상 보려고 하지 않은 것은 내게 더 이상 존재하지 않았다. 나는 나 자신을 전부 그녀에게 줄 수 있다고 믿었고, 아무것도 남김없이 그렇게 했다. 그후 얼마 뒤 우리는 약혼했다.[7]

『한 알의 밀알이 죽지 않으면』의 마지막 장면에서 지드는 어머니의 죽음에 이어 사촌 누이 엠마뉘엘(실제로는 자신의 부인이 되는 마들렌)과 약혼에 이르는 과정을 서술하고 있다. 지드의 작품은 거의 모두가 자전적인 공간 속에 위치해 있다.『좁은 문』은 주인공이 사촌 누이에게 사랑을 느끼면서도 그 사랑이 엇갈리는 과정이,『배덕자』는 신혼여행 중에 주인공이 동성애의 쾌락을 즐기면서 아내의 죽음을 방치하는 과정이 서술되어 있다. 지드의 개인사는 이들 작품을 상호 텍스트 삼아 함께 읽을 때 더욱 잘 드러난다.『한 알의 밀알이 죽지 않으면』은 자유롭고 관용적이었던 아버지가 돌아가신 이후, 청교도적인 어머니에 의해 억압받았던 지드가 자신의 동성애적 성향을 발견하게 되면서 자아를 찾아가는 과정을 서술하고 있다. 그런 면에서 볼 때, 이 작품에는 다른 작품들에 비해 어머니와의 관계가 보다 소상히 드러난다. 지드는 "우리는 사람 자체를 사랑하는 것이 결코 아니며 단지 그의 장점을 사랑하는 것"이라는 파스칼의 말을 인용하여 어머니와의 관계를 규정한다. 어머니는 아들을 있는 그대로 받아들이지 않았고 부분적이고 선택적으로 당신이 원하는 장점만을 사랑했다는 것이다. 하지만 아프리카를 여행하면서 약혼 전에 이미 동성애를 경험했고 동성애에서 생의 희열을 느꼈던 지드는 성장기에 겪었던 내적 갈등의 시기를 넘어 생애의 전환점에 와 있었다. 어머니의 죽음은 그러한 내적 갈등을 마감하는 상징적 사건이었을 뿐이다.

　　지드의 삶과 문학을 기독교적인 세계에서 불신앙으로 넘어가는 여정을 기록한 것으로 단순화할 수는 없다. 오히려 육체와 정신, 자유와 규율, 그리고 청소년기에 탐독했던 성경과 그리스 신화라고 하는 대립항을 '결혼'시키는 것이 그의 목표였다고 말하는 것이 정당할 것 같다. 텍스트를 끝맺는 사촌 누이와의 약혼 에피소드 또한 정신적인 존재인 엠마뉘엘과 소년들과의 육체관계에서 쾌락을 느끼는 자신과의 결합, 즉 천국과 지옥의 결합으로 이해할 필요가 있다. 그가 이 약혼을 "만족할 줄 모르는 내 지옥이 결혼한 건 바로 천국이었다."라고 지적한 것도 바로 그런 이유 때문이다. 이런 관점에서 볼 때 지드의 자서전은 "나는 누구인가?"라고 하는 근본적인 문제를 성 정체성의 문제로 제기하는 동시에, 보다 근원적인 문제, 즉 자신 속에 있는 두 가지 버전의 자아를 어떻게 결합시킬 수 있는가 하는 질문을 제기하고 있다. 지드의 문학은 천국과 지옥을 연결하고자 하는 간절한 바람의 산물이지만 그것은 결코 결정적인 해결책을 찾을 수 없는 문제다. 지드가 사촌 누이와 약혼한 것을 자신의 실질적인 본성(성 정체성)과 순수를 갈망하는 자신의 희망 사이의 결합으로 제시했다는 사실에서 이러한 문제의식이 차지하고 있는 뿌리 깊은 연원을 짐작할 수 있다. 그런 점에서 이 자서전을 쓴 데에는 자기 정당화에 대한 욕망이 감춰져 있다. 자신의 육체적 성향에도 불구하고 사촌 누이를 사랑했던 것 또한 진실이었음을 강변하면서 지드는 자기 행동을 정당화한다. "『배덕자』가 악덕을 중심으로 기성 종교로부터 해방된 과도한 개인주의의 위험을 경고한다면, 『좁은 문』은 미덕을 중심축으로 하여 역시 지나친 신비주의적 신앙의 위험을 고발"[8]하고 있듯이, 지드는 그 어느 하나에 치우치지 않는다. 천국과 지옥이 공존하는 긴장된 관계 속에서 인간의 삶은 의미 있기 때문이다.

2

자서전의
주요 쟁점

고백록이나 자서전이라는 용어가 텍스트에 쓰여 있는 것도 아닌데, 왜 나탈리 사로트의『어린 시절』이나 미셸 레리스의『성년』은 자서전으로 분류되고, 앙드레 지드의『배덕자』나 알베르 카뮈의『최초의 인간』은 자전적 소설로 분류되는 것일까? 자신의 삶을 서술하기 전에 친가와 외가에 대한 연대기를 기술함으로써 자신이 태어나기 이전의 역사까지 포함하고 있는 마르그리트 유르스나르의『세상의 미로』3부작은 어떤 장르로 분류해야 하는가? 어떤 한 작품이 자서전 장르에 속하는지 여부를 가늠하는 문제는 해결할 수 없는 난제처럼 보인다.

자서전은 인접 장르, 특히 자전적 소설과는 어떤 차이가 있는가? 자서전을 읽는 것이 다른 장르의 텍스트를 읽는 것과 구별되는 장르 특유의 독서법이 있는가? 자서전에서 자주 언급되는 주제는 무엇이며 자서전의 스타일과 주체의 정체성은 어떤 상관관계가 있는가? 더 나아가 자서전 속에 표현되어 있는 주체의 정체성 형성 과정은 시대에 따라 또는 역사적 변화에 따라 어떤 전형적인 양상을 보이는가? 이러한 질문들은 자서전을 읽을 때 제기되는 흥미로운 문제 중의 일부에 불과하다. 자서전이 다루고 있는 '진실'은 작가의 진실인가, 아니면 독자가 읽어 내는 독자의 진실인가? 작가의 진실이라면 경험된 사실의 진실인가, 아니면 글 쓰고 있는 현재의 진실인가? 자서전에서 이해해야 하는 것은 작가의 주체성인가, 아니면 텍스트 내에서 구성되는 주체성인가? 이와 같은 일련의 질문은 자서전 이외의 다른 장르에서도 제기되지만 자서전의 장르적 특성과 관련지어 제기될 때 훨씬 풍요로운 결과가 도출될 수 있다.

현재 프랑스에서 전개되고 있는 자서전에 관한 논의는 대체로 자서전의 장르적 특성을 어떻게 규정할 것인가(필립 르죈, 미셸 보주르), 자서전으로 알려져 있는 작품의 공통된 특징은 무엇인가(지젤 마티유-카스텔라니), 등장인물의 정체성은 어떻게 확보되는가(폴 리쾨르), 자서전과 허구의 특성을 모두 갖고 있는 오토 픽션을 어떻게 이해할 것인가(두브로브스키, 콜로나) 등을 중심으로 전개되고 있다. 이러한 논의들은 시학과 철학적 사유의 틀 안에서 이루어지고 있는데, 이들 외에도 제라르 주네트가 시학 연구의 틀 안에서 '허구의 글쓰기'와 '사실의 글쓰기'를 비교한 저작을 내놓은바 있고, 장 프랑수아 시앙타레토는 정신분석과 자서전의 관계를 집중적으로 거론하고 있다. 또한 정신분석을 원용하여 자서전이 과거의 환상을 포기하는 일종의 '장례식'을 치르는 의례라는 관점을 제시한 연구가도 있으며(나탈리 바르베르제), 설(Searl)과 같은 언어학자의 언어 행위 철학에 근거하여 자서전적 텍스트의 발화 내적 규칙을 만들어 내려고 노력하는 연구자도 있다(엘리자베스 브뤼스).[1] 여기에서는 자서전의 특징을 비교적 잘 부각시킬 수 있는 르죈의 '자서전의 규약', 자서전과 정신분석의 관계, 리쾨르의 '서사적 정체성' 등을 간단히 소개하고자 한다.

필립 르죈,
『자서전의 규약』

르죈에게 자서전을 정의하는 것은 무엇보다도 '규약'의 문제이며 '유형론'의 문제다. 자서전이 체계적으로 정의되어 하나의 장르로 인정받기 이전에 자서전은 어원에 근거하여 '자기가 쓴 자신의 전기'라는 식으로 정의되었다. 이러한 동어 반복적인 정의로는 인접 장르와 자서전을 명확하게 구분할 수 없다는 사실을 인식하고 자서전의 형태적 특성에 입각하여 시학적인 관점에서 자서전을 정의하려고 시도한 사람이 르죈이다.

자서전 분야의 획기적인 저서 『자서전의 규약』(1975)에서 자서전에 대한 정의를 내리기 전에 그는 『프랑스의 자서전』(1971)에서 루소를 전후로 하여 '자서전의 선사 시대'에 속하는 스물두 명의 작가와 루소 이후 여든세 명의 작가를 제시하고, 간단하게 그들의 작품을 소개함으로써 자서전 연구에 필요한 목록을 제시한 바 있다. 이 목록은 그 자체로 교육적일 뿐 아니라 자료로서의 가치도 탁월하다. (1998년 재판본에서 르죈은 1885년을 기준으로 이전에 출생한 자서전 작가 여든다섯 명과 이후에 출생한 자서전 작가 일흔아홉 명의 명단을 제시하고 있다.) 『자서전의 규약』에서 르죈이 제시한 '자서전'의 정의를 소개하면 아래와 같다.

한 실제 인물이 자신의 존재를 소재로 하여 개인적인 삶, 특히 개성의 이야기를 중점적으로 쓴 산문으로 된 과거 회상형의 이야기.[2]

르죈은 자서전이 하나의 독립된 장르임을 강조하기 위해 자서전과 인접 장르의 차이를 부각시키고 있다. 예를 들면, 이 정의에서 '실제 인물'이라는 요소는 소설의 상상적이고 허구적인 등장인물과 대비되며, '개인적인 삶, 개성의 이야기'는 공적인 삶을 기록하는 회고록과의 차이를, '자신의 존재를 소재로'라는 요소는 타인의 삶을 서술하는 전기와의 차이를, '과거 회상형의 이야기'는 현재형을 쓰는 내면 일기와의 차이를 드러낸다는 것이다.

르죈도 지적하고 있듯이, 이 정의에 어긋나는 작품이 여럿 있을 수 있다. 개인의 삶은 부차적으로 드러내면서 종교적인 회심을 부각시키고 있는 자서전은 어떻게 설명할 것인가? 이인칭이나 삼인칭으로 쓰인 자서전, 시로 쓰인 자서전은 존재하지 않는가? 과거를 회고적으로 서술하는 자서전으로 미래에 대한 기대나 예측을 표현할 수는 없는가? 물론 르죈은 『프랑스의 자서전』 재판본에서 자신의 정의를 훨씬 유연하게 적용하면서 시로 쓰인 자서전, 꿈이나 파편화된 텍스트, 에세이, 심지어는 일기까지도 자서전의 범위에 포함시켰다. 그러나 '자서전의 규약'이 자서전의 특성을 모두 설명하지 못한다고 해서 이 규약의 장점이 훼손되는 것은 아니다. 르죈에 의해 자서전의 시학이 정립된 이후 자서전 장르가 하나의 독자적인 연구 영역으로 확립되고 크게 활성화되었기 때문이다.

르죈의 자서전 정의는 어떤 특징이 있는가? 르죈은 자서전을 내용적으로 정의하지 않았다. 그에 따르면 자서전은 무엇보다 형태적으로 장르 고유의 특성을 갖고 있다. 그 특성은 '이름의 동일성'으로 제시되고 있다. 자서전의 규약은 텍스트에 등장하는 세 가지 이름, 즉 표지에 쓰여 있는 '작가'와 이야기의 '화자', 그리고 그 화자가 이야기하고 있는 등장인물의 '이름'이 동일하다는 사실에 토대를 두고 있다. 자서전은 텍스트 내적 요소인 등장인물과 오직 언어학적으로만 존재하는 화자, 그리고 텍스트 외적 요소로서 사회적으로 신분이 결정되어 있는 작가라는 이질적인 세 인물의 동일성에 근거하고 있는데 그 동일성의 근거가 바로 '이름'이라는 것이다.[3] 그러므로 르죈에게 '나'는 정해진 정체성이 없고 오로지 텍스트 내적인 '나'와 텍스트 외적인 '나'의 상호 작용에 따른 역할을 수행하는 존재다. 자서전에 기술되어 있는 '나'는 심리라든가 의도성과는 아무런 관계없는 일종의 '기능'으로 정의되고 있다.

　'이름의 동일성'에서 출발하여 르죈은 '자서전'만의 독특한 특성을 추출해 낸다. 우선 자서전은 작가가 자신의 이름을 내걸고 쓰는 텍스트이기 때문에, 자서전을 쓴다는 것은 작가가 자신의 삶에 대해 진실만을 충실하게 고백할 것을 공개적으로 선언하는 행동이 된다. 그래서 자서전 장르는 작가에게 거짓이 아닌 사실만을 서술할 것을 요구하는 특별한 유형의 글쓰기 방식을 전제하고 있다. 사실만을, 그리고 감추지 않고 모든 것을 말할 것을 요구한다는 점에서 자서전의 규약은 작가가 자신에게 요구하는 '담화 생산의 규약'이다.

　두 번째 특징은 '담화 생산의 규약'에서 연역되어 나온다. 자서전을 읽을 때 독자들은 자서전에 서술되어 있는 에피소드가 사실인지 허구인지에 대해 관심을 기울인다. 자서전이 허구와 다른 것은 에피소드의 진위 여부를 현실에서 확인할 수 있기 때문이다. 자서전은 장르의 특성상 '사실과 허구의 관계'를 문제시하는 장르인 것이다. 이 특성은 자서전의 '참조 기능(fonction référentielle)'에서 비롯된다. 참조 기능이란 자서전에 기술된 것을 현실에서 확인할 수 있다는 것을 의미한다. 자서전은 확인 가능한 현실을 바탕으로 이루어지기 때문이다. 그렇다면 작가가 실제로 경험한 사건을 서술한다는 것을 독자는 어떻게 확인할 수 있을까? 르죈은 텍스트에 쓰여진 사실이 '원래의 내용과 동일'하다는 것을 보증하는 요소가 표지에 쓰여 있는 작가의 이름이라고 주장한다. 작가의 이름이 외부 현실과 텍스트를 매개하면서, 그 이름을 통해 작가는 자신이 쓴 내용에 대해 '도덕적 책임'을 지게 된다는 것이다. 반면 아무리 어떤 독자가 한 텍스트를 자전적이라고 받아들여도 작가가 자신의 텍스트를 자서전이 아니라 자전적 소설이라고 주장할 경우, 작가는 텍스트의 내용에 대해 책임을 질 필요가 없다. 따라서 어떤 텍스트가 허구인지 아닌지를 구분하는 것은 세 이름의 동일성 여부이며, 이름의 동일성이 확인되는 순간 그는 글쓰기에 대한 책임을 떠맡게 된다.

마지막으로 자서전의 규약은 '독서의 규약'이다. 독자가 한 작품을 자서전으로 받아들일 때, 독자는 소설과 구별되는 자서전 특유의 독서 방식을 암묵적으로 받아들이게 된다. 독자는 이름의 동일성이 확인되는 순간, 다시 말해 자서전의 규약에 따라 그 작품이 자서전임을 확인하는 순간, 그 작품에 서술된 사건이 아무리 황당무계할지라도 그것이 상상 속의 사건이 아니라 실제 경험을 서술한 사건이라고 믿게 된다. 독자는 자서전 작가가 성실성과 진정성의 원칙에 따라 '자신의' 진실을 말하고 있다고 생각하며, 저자의 존재를 찾아내는 일에 흥미를 느끼게 된다. 그러므로 독자가 한 작품을 자서전이라고 받아들일 때, 독자는 소설과 구별되는 자서전 특유의 독서 방식을 암묵적으로 받아들일 수밖에 없다.

이처럼 '자서전의 규약'은 자서전을 쓰는 행위의 의미를 탐색하고, 현실을 형상화하기 위해 작가가 이용하는 서술 방법을 밝히며, 작가와 독자와의 관계를 설정하는 데 중점을 두고 있다.[4] 자서전 장르가 (텍스트 내적인) 문학적 가치와 (텍스트 외적인) 윤리적 가치를 동시에 표현한다는 것은 바로 이러한 삼중의 규약에 근거하고 있다.

자서전의 시학을 정립했음에도 불구하고 르죈의 유형론은 적지 않은 비판을 받아 왔다. 몇 년 뒤, 『자서전의 규약 2』[5]에서 르죈은 자신의 저서를 스스로 비판하고 보완하고 있다. 그가 비판하고 있는 논지는 다음과 같이 요약할 수 있다.

1 정의의 교조성: 자서전의 규약을 제안하면서 전제가 되고 있는 이론적 층위가 불안정함에도 불구하고 자서전의 정의를 지나치게 교조적인 것으로 제시하고, 자서전을 형식적으로 정의한 후 그 정의에 따라 텍스트를 재단하고자 했다는 비판이다. 이름의 동일성을 강조하면서 자서전을 규정할 수 있는 다른 가능성은 무시했으며, 자기 정의에 적합하지 않은 다른 유형의 자서전은 불가능하다고 선언할 뿐, 왜 그것이 불가능한지를 증명하지 않음으로써 연구자로서 책임을 회피했다.

2 실제 분석: 자서전을 정의할 때에는 엄격한 이론을 제시했지만, 실제 자서전을 분석할 때에는 그 이론의 예외라 할 수 있는 작품도 선택하여 분석함으로써 자서전 연구의 모호성을 초래했다.

3 독자의 기대 지평: 자서전의 규약을 독서의 규약으로 규정함으로써 어떤 텍스트를 자서전으로 규정하는 것이 독자의 기대 지평을 결정할

수 있다는 점은 강조했지만, 독자의 기대 지평이 역사적 상황이나 자신이 속한 계층에 따라 다를 수 있으며, 개인이 의식하지 못하는 무의식이나 아니면 적극적으로 외현화하고 있는 이데올로기에 따라 기대 지평이 다양하게 드러날 수 있고 같은 경험도 다르게 해석될 수 있는 가능성을 무시했다.

4 소설과의 관계: 소설과 자서전을 대립적으로 제시함으로써, 소설이면서 자서전일 수 있는 가능성을 무시했다.

5 자서전의 문학적 가치: 자서전을 형식적 요소로 규정함으로써, 자서전을 자서전으로 만드는 문학적 요소, 특히 문체의 문제를 간과했다. 자서전이 이름의 동일성에서 비롯되는 진실의 담론이긴 하지만 자서전을 문학으로 만드는 문학적 가치는 어디에서 찾을 수 있는지를 밝히지 못했다.

6 진실 문제: 자서전이 다른 장르와는 달리 진실성의 규약에 근거해 있다는 점을 강조했지만, 자서전 작가를 개인적이고 자율적인 존재로 상정하고, 진실성의 문제는 이름의 동일성이 확인되는 순간 저절로 해결되리라고 생각하는 오류를 범했다. 자서전 작가가 진실을 말할 것이라고 전제한 것이 환상에 불과하다는 사실을 이해하지 못했으며 거짓을 말할 경우 어떤 결과가 발생하는지를 검토하지 않았다.

르죈의 자아비판에 덧붙여 몇 가지 사항을 더 지적할 수 있다. 우선 르죈이 어떤 텍스트를 자서전의 전범으로 선택했는지를 주목해야 한다. 르죈은 루소의 『고백록』을 근대 자서전의 전범으로 제시하고, 이 텍스트를 토대로 장르 이론을 발전시켰다. 그러나 18세기는 프랑스 문학사에서도 매우 독특한 시기였기 때문에, 어떤 특별한 상황에서 발생한 문학 장르를 하나의 전범으로 일반화하는 것은 적절하지 않은 것으로 보인다. 자서전 장르와 관련하여 생각해 보면, 이 시기에 이르러 성장 소설이나 교양 소설이 발달하기 시작했다는 사실은 주목할 만하다. 괴테의 『빌헬름 마이스터의 수업 시대』와 같은 성장 소설이 잘 보여 주고 있듯이, 개인이 여행을 통해 확장하고 성장할 수 있다는 낙관적인 세계관이 이 시대에 널리 퍼져 있었다. 그러한 낙관론은 자서전 작가가 자신의 주체성을 드러내면서 시간의 문제를 다루는 방법에도 반영되어 있다. 장 마리 굴모에 따르면, 18세기 중엽은 대립적인 두 가지 시간관이 혼재되어 독특한 시간관을 형성하던 시기였다.[6] 한편에는 순환적이고 퇴행적인 시간이 있는데 그 시간관에 따르면 현재는 무엇인가를 잃어버렸다고 하는 상실의 개념에 근거하고 있기 때문에 완벽함을 찾으려면 기원을 발견해야 한다. 루소와 같은 자서전 작가가 과거에 잃어버린 행복을 찾는 과정, 행복의 기원을 찾는 과정을 삶을 회고하는 과정과 일치시키면서 시간 시퀀스를 재구성하고자 하는 것은 이런 유형의 시간관념에서 비롯된 것이다. 다른 하나는 선적이고 누적되는 시간이다. 이 시간은 획득의 관념과 연결되어 있다. 루소를 비롯하여 전통적인 서술 구조를 따르고 있는 자서전 작가들은 자신의 삶을 시간의 흐름에 따라, 다시 말해 과거에서 현재에 이르는 선적인 발전 과정을 통해 서술할 수 있다고 확신했다. 그 확신은 작가 개인에 속한 '개인사'를 통해 자신의 독특한 정체성을 형성할 수 있다는 확신, 즉 한 개인의 삶이 하나의 이야기로 기능할 수 있으며 그 이야기를 통해 주체성을 확립할 수 있다는 확신으로 이어지고 있다. 그러나 루소의 자서전이 근대 자서전의 원형으로 기능할 수 있다는 사실을 충분히 인정하면서도, 르죈이 자신의 정의를 일반화하는 오류를 범하고 있지는 않은지 의심할 필요가 있다. 루소의 자서전은 프랑스 18세기라고 하는 '특별한' 사회 구조와 이데올로기를 기반으로 하고 있는데 르죈은 역사적이고 한시적인 체계를 일반화하여 장르 고유의 내적 체계로 이해하고 있기 때문이다.

　　장르의 혼종성 관점에서도 르죈의 정의를 비판할 수 있다. 르죈은 인접 장르와의 '차이'를 통해 자서전을 구별하고 있다. 그런데 현대 문학 작품은 어느 하나의 장르에 속한 것으로 정확하게 규정하기가 쉽지 않을 정도로 혼종 양상을 보이고 있다. 스탕달의 『앙리 브륄라르의 생애』를 예로 들면 스탕달의 삶이 서술되고 있다는 사실을 통해, 즉 텍스트 외적 요소를 통해서는 이 작품이 자서전이라는 사실을 알 수 있지만, 이름의 동일성이 지켜지는 것도 아니며, 제목만 보면 마치 전기 같은 인상을 준다. 조르주 페렉의 『W 혹은 유년기의 기억』에서는 소설과 자서전이 규칙적으로 번갈아 등장하며, 레리스의 후기 자서전에는 에세이, 시 등이 자서전에 섞여 있다. 이와 같이 여러 장르가 혼재해 있고 자서전의 규약이 지켜지는 것이 아닌 데에도 연구자들은 이 작품들을 넓은 의미의 자서전에 포함시키고 있다. 르죈의 방법론이 자서전을 규정하는 데 기여한 것은 분명하지만 그것이 자서전 연구의 종착역이 아니라는 것 또한 분명하다. 게다가 르죈 자신도 자서전의 고전이라고 할 수 있는 루소의 『고백록』을 제외하면, 자서전 정의에 일치하는 작품들은 장르의 활력을 축소시키고 협소한 세계관을 보여 주는 것으로 간주했다. 또한 엄격한 정의에서 벗어날수록, 위반과 아방가르드적인 속성을 더 많이 보여 줄수록, 혼종의 양상이 다채로울수록 그 텍스트를 더욱 심도 있게 분석하고 있는 것은 역설적이다.

　　그뿐만 아니라, 르죈은 자서전을 정의할 때에는 인접 장르와의 차이를 강조하는데, 이때에는 이름의 동일성 여부는 부차적인 것으로 간주한다. 반면 '자서전의 규약'을 정의할 때에는 이름의 동일성을 강조하고 있다. 자서전을 정의하면서 서로 다른 층위의 기준을 제시함으로써 혼란을 초래하고 있는 셈이다. 세바스티앵 위비에가 자서전, 회고록, 내면 일기, 서한체 소설, 자전적 소설, 편지, 연대기, 여행 이야기, 오토 픽션에 이르기까지 다양한 형태로 이루어진 '자기에 대한 글쓰기'의 원칙에 대해 질문하면서, 이 장르들은 "나"라고 하는 일인칭을 사용하고 있다는 점에서 공통점이 있다고 지적하고, 이에 덧붙여 "분류하고자 하는 텍스트들을 단지 발화 양식에 근거하여 장르로 정의하는 것이 가능한가?"[7]라고 질문할 때, 이 질문에는 르죈의 '자서전의 규약'에 대한 의문이 담겨 있다.

자서전의 '현실 참조 기능'도 르죈의 정의에서 비판받는 개념 중의 하나다. 르죈은 자서전과 허구의 차이를 논하면서, 자서전이 "외부 세계에 지시 대상을 갖는 텍스트"[8]라는 사실을 강조하고 있다. 자서전은 그 내용을 언제든지 확인할 수 있는 검증 가능한 텍스트라는 것이다. 다시 말해 작가 – 화자 – 주인공의 '동일성'이라는 규약 이면에는 현실을 검증할 수 있는 가능성이 전제되어 있다. 그런 의미에서 르죈은 진실과 허구의 이분법을 자서전과 다른 장르를 구분하기 위한 분류 기준으로 제시하고 있다.

그러나 르죈의 정의가 발표된 이후, 세르주 두브로브스키가 『아들』(1977)을 통해 작가 – 화자 – 주인공의 동일성을 유지하면서도 텍스트를 허구로 규정하는 '오토 픽션'[9]을 제안함으로써 르죈의 자서전 정의가 불충분함을 증명한 바 있다. 물론 르죈이 제안한 정의에 일치하지 않는 텍스트가 출현했다고 해서 '자서전의 규약'이 의미 없는 것은 아니다. 오히려 르죈이『자서전의 규약』에서, 이론상으로는 가능하지만 실제 예가 떠오르지 않는다고 하면서 빈칸으로 남겨 놓았던 부분을 메우기 위해 두브로브스키가『아들』을 썼다고 고백한 것을 고려하면[10], 르죈의 정의는 새로운 작품을 창출해 내는 생산성을 가진 것으로 적극적으로 의미를 부여할 수 있다. 그렇지만 르죈이 현실 참조 기능과 진실의 문제에 대해 모호한 태도를 보이고 있는 부분은 여전히 문제다. 르죈도 자서전을 정의하면서 진실을 보증할 수 있는 지표를 현실 속에서 찾을 수 있다는 사실을 강조하지만, 자서전이 전기적이고 역사적인 실제 사실만을 서술한다는 사실에 대해서는 회의적이다. 자서전에서 드러나는 진실은 허구처럼 창조된 동시에 사실처럼 발견된 진실이라는 사실을 대부분의 자서전 연구가들과 마찬가지로 르죈도 받아들인다. 다시 말하면 자서전이 특별한 의미에서의 허구라는 것이다. 전기적 의미에서의 주체는 부재하고 언어 작용에 따라 시적 자아가 형성되고 있는 레리스의『게임의 규칙』(1948~1976)을 주목하면서 르죈이 '현실 참조 기능'을 자서전 장르의 절대적 기준으로 생각하지 않으며 오히려 자서전의 가능성을 허구와 사실이 일정 부분 겹쳐지는 부분에서 찾고 있다는 사실은 매우 시사적이다.

그러므로 '대상 지시 규약' 혹은 '현실 참조 기능'이라는 용어와 관련해서는 그 의미를 제한적으로 이해해야 할 것 같다. 현실 참조 기능이라는 원칙을 제시함으로써 르죈이 기여한 바는 자서전 장르를 정의하는 데 있어 작가의 의도라고 하는 자의적인 텍스트 외적 기준보다는 텍스트 내적 지표를 중시하는 것으로 연구 방향을 전환한 데 있다. 독자가 알지 못하는 저자의 의식이나 의도에 따라 텍스트를 판단하는 잠재적인 오류에서 벗어나고자 했던 것이 그가 자서전 규약을 제시했던 가장 큰 이유였기 때문이다.

　　이러한 발상의 전환을 통해 르죈은 사실성을 핵심으로 하는 자서 전과 상상을 본질로 하는 허구의 차이를 질문하고 있다. 허구를 동원하지 않고 경험된 현실을 객관적으로 서술할 수 있는가 하는 문제는 재현의 문 제, 즉 현실을 문학적으로 복제할 수 있는가 라는 문제와 연결되기 때문에 문학의 본질에 대해 질문하게 된다. 그러나 자서전이 아무리 진실에 근거 해 있다 해도 자신의 삶을 드러내기 위해 언어를 사용하는 이상, 문학 텍 스트는 현실 자체가 될 수 없고 단지 현실을 매개할 뿐이다. 현실을 투명하 고 지속적인 총체로 고려하고 그것을 텍스트에 옮겨 놓을 수 있다는 믿음, 경험의 진실을 글쓰기의 진실과 동일시하는 것은 일종의 신화에 불과하 다. 이와 같은 관점에서 보면, 자서전은 현실과 재현의 관계를 장르의 차원 에서 문제시하고 있다.

진실, 혹은
성실성과 진정성

　　르죈이 자서전을 "과거 회상형의 이야기"라고 정의한 것에서 알 수 있듯이, 자서전은 소설과는 달리 '이야기'라고 하는 장르에 속한다. 그런데 이야기와 소설은 완전히 다른 전략에 근거하고 있다. 장-조제 마르샹의 정 의에 따르면, 소설은 일어나고 있는 사건들을 그 사건들 자체의 순서에 따라 생생하게 차례차례, 현재 시제로 보여 주면서 성격을 드러내는 것을 목표로 한다. 반면 이야기는 사건들을 진술의 법칙에 맞게 재생산하는 것이며, 보여 주는 것이 아니라 인과 관계를 만들어 어떤 위기를 논리적으로 설명하는 것이다.[11] 자서전이 '이야기'에 속하는 장르라면, 그것은 자신의 과거를 '설명'하는 방식이라는 것이다. 그런데 자신의 과거를 설명하고 있는지 아니면 그대로 보여 주고 있는지 구분하기가 쉽지 않은 경우가 많이 있고, 심지어 주관성을 최대한 배제하고 객관적으로 서술함으로써 작가가 자신의 삶을 설명하고 있다고 보기 어려운 경우도 많이 있어서 이야기와 소설을 구분하는 것은 생각만큼 쉽지 않다.

르죈에게도 자서전을 인접 장르, 특히 자전적 소설과 구별하는 문제는 자서전을 하나의 독자적인 장르로 규정하는 문제와 직접적으로 연결되어 있다. 그에게 자서전과 자전적 소설은 명백하게 구별된다. 자서전은 작가 – 화자 – 주인공의 이름이 일치하는 텍스트, 즉 '동일성'이 가시적으로 확정되어 있는 텍스트다. 반면 자전적 소설은 언술된 '내용'을 통해 작가와 주인공의 '유사성'이 문제되는 텍스트다. 이러한 특성은 장르를 규정하면서 '작가'의 위상을 끌어들였을 때부터 예견되었던 사실이다. 자서전 작가가 등장인물과 동일하다는 것은 텍스트에 서술되어 있는 사실을 현실에서 확인될 수 있다는 것을 의미하기 때문에, 자서전을 논의할 때에는 '진실'의 문제가 끊임없이 제기되었다.[12]

'진실과 거짓'의 문제는 자서전 장르의 특성을 부각시키는 중요한 주제다. 그러나 사르트르와 같은 작가는 진실과 거짓을 정확하게 구분할 수 없다고 말하며, 그것은 기억의 문제이지 성실성의 문제가 아니라고 지적한다.

방금 내가 쓴 것은 거짓이다. 아니, 진실이다. 미치광이에 관해서, 인간에 관해서 쓰는 것이 모두 그러하듯이 진실도 거짓도 아니다. 나는 내 기억이 미치는 한 사실들을 정확히 적어 놓았을 뿐이다. 그러나 나는 어느 정도로 내 망상을 믿고 있었던 것인가? 이것은 근본적인 문제이지만 나로서는 분명하지 않다. 그 후 나는 우리의 감정에 관해서 다른 것은 다 알 수 있어도 그 힘만은, 다시 말해서 성실성만은 모른다는 것을 깨닫게 되었다.[13]

대부분의 자서전 연구자들도 마찬가지다. 그들은 진실과 성실성의 문제가 자서전 장르를 이해하는 데 필수적이라고 인정하면서도 그것을 직접적으로 다루지는 않는다. 그들은 주체의 문제나 애도, 성장 등의 주제를 다루거나 시학의 관점에서 사실의 글쓰기와 허구의 글쓰기의 특징을 규명하려고 할 뿐, '진실'이나 '성실성'의 문제가 자서전 장르 특유의 글쓰기 전략과 밀접하게 연결되어 있다는 사실을 분명히 밝히지 않고 있다.

자서전을 허구, 특히 자전적 소설과 구별하고자 할 때, 독자들은 암묵적으로 한 작가가 현실을 거짓 없이 사실대로 서술하고 있는지, 그리고 침묵을 지키거나 왜곡한 사건은 없는지를 우선적으로 질문한다. 자서전과 허구를 구분하는 문제는 결국 텍스트에 서술된 사건을 '현실'에서 확인할 수 있는가 하는, 르죈의 용어를 빌리면, '대상 지시 규약'과 관련된다. 진실과 거짓이 문제인 것이다.

진실, 성실성, 진정성

폴 존 에이킨은 이름의 동일성을 강조하는 자서전의 규약 덕분에, 자서전의 시학을 정의하는 데 방해가 되었던 성실성의 윤리라고 하는 텍스트 외적 차원에서 벗어날 수 있었다고 강조한다.[14] 그러나 '성실성'은 자서전 장르를 규정할 때 반드시 고려해야 할 요소다. 이름의 동일성의 토대가 되는 '현실 참조 기능'과 성실성의 원칙은 연결되어 있으며, 이를 재검토할 때 자서전이 갖고 있는 형식적 특성과 내용적 특성을 고려할 수 있고, 자서전의 문학적 가치를 제대로 파악할 수 있다.

자서전과 관련하여 성실성의 원칙은 자서전 작가가 자신의 개인사에 관련된 모든 것을 말한다는 원칙, 거짓을 말하지 않고 사실만을 말한다는 원칙과 관련된다.

루소는 말해야 할 '모든 것'을 자신에게 일어난 모든 것이라고 하면서, 좀 더 구체적으로 행위·생각·느낌의 차원을 제시하고 있다.

> 만약 내가 그 결과만을 떠맡아 "내 성격은 이렇다."라고 말한다면 독자는 내가 독자를 속이지 않는다고 하더라도 나 자신을 속이고 있다고 생각할 수도 있을 것이다. 그러나 내게 일어난 모든 것, 내가 행한 모든 것, 내가 생각한 모든 것, 내가 느낀 모든 것을 독자에게 솔직히 그리고 상세히 설명한다면 내가 그러기를 원하지 않는 한 독자를 속일 수 없다.[15]

'모든 것'을 말하는 것은 우선은 양적인 개념으로, 그것은 과거의 사실을 현재의 입장이나 작가의 비전과는 관계없이 사료나 고증을 통해 기술하고자 하는 실증주의적이고 객관적인 역사 서술 방법과 연결되어 있다. 그러나 한 개인의 과거를 서술하면서 모든 사실을 빠짐없이 서술하는 '객관적인' 서술이란 애초부터 불가능하다. 자서전 작가는 과거의 여러 에피소드 중에서 일정한 에피소드를 취사선택하고, 그것들의 의미를 글 쓰는 현재의 문맥에서 판단할 수밖에 없다. 이와 같은 관점에 서면, 에피소드들은 과거의 문맥에서 분리되어 현재의 관점에 따라 그 의미가 결정되는 말랑말랑한 찰흙과 같은 질료일 뿐이다. 과거를 객관적으로 서술한다는 관점을 강조하면 과거의 의미는 사건이 발생했을 때 이미 결정되어 있기 때문에 자서전 작가가 개입할 여지는 하나도 없게 되며, 글 쓰는 현재라는 관점을 강조하면 과거의 의미는 자서전 작가의 현재의 입장에 따라 결정되기 때문에 객관적으로 과거를 검증할 수 없게 된다. 이처럼 과거의 사실을 서술하면서 사실의 객관성과 관점의 주관성을 어떻게 조화롭게 서술할 수 있을까 하는 문제가 자서전 작가에게는 필연적으로 제기될 수밖에 없다. 다만 그러한 논의가 자서전 장르에서는 '성실성'과 진실의 차원으로 제기되었던 것이다.

진실은 거짓과 쌍을 이룬다. 서구 사회에서 거짓말에 대해서는 십계명 가운데 "네 이웃에 대하여 거짓 증언하지 마라."(「출애굽기」20: 16)라는 아홉 번째 계명과 연결되어 있다. 거짓말을 하는 것은 이웃, 즉 타인과 관계되는 문제다. 여기에서 성실성과 관련하여 한 가지 중요한 논점이 도출된다. 성실성의 문제는, 시앙타레토가 적절하게 지적했듯이 "타인의 시선 속에서 자신을 표상하는 것"[16]과 연결되어 있다는 것이다.

성실성은 건네진 말의 기획 속에서만, 타인의 타자성과 대면했을 때에만 존재한다. 다시 말하면 그 타자가 내가 표상한 것으로 축소될 수 없고, 동시에 나 자신의 타자성에 접근할 수 있도록 해 주는 잠재적 기대의 장소인 타자와 대면했을 때에만 성실성은 존재한다.[17]

성실성이 타자와 관련되지만 그 타자를 통해 '나 자신의 타자성'을 발견하게 된다는 점은 특히 주목해야 한다. 성실성은 '나'를 발견하는 방식인 것이다. 게다가 성실성이 '건네진 말의 기획 속에서만' 가능하다는 것은 성실성이 말을 건네는 자의 성실성임을 분명히 한다. 오직 '나 자신에 의해서만' 제기될 수 있다는 점에서 성실성은 거짓에 맞서는 '주관적인' 노력인 셈이다. 그리고 성실성은 타인과의 관계 속에서 '말'을 통해 이루어질 수밖에 없기 때문에 '언어에 대한 믿음'으로 이어지고 있다. 시앙테레토는 이 사실을 다음과 같이 지적한다. "(성실성은) 자기에 대해 고정된, 단일한 표상을 포기하기 위한 노력이다. 성실성은 관계를 이루는 것, 다시 말해 건네진 말 속에서, 건네진 말에 의해, 단어 속에서 자기 자신을 보기 위한 노력으로 정의할 수 있다."[18] 성실성이 나와 타인의 관계를 진실과 거짓이라는 용어로 문제시한다면, '나'를 글쓰기의 주체이자 대상으로 분화시키는 장르, 즉 '나'를 타자화하는 장르인 자서전은 '성실성'의 문제를 장르의 존재 조건으로 삼고 있다고 할 수 있다.

앞에서 언급한 사실을 다시 한 번 강조하면, 성실성은 서술된 사실이 실제 일어난 사건과 동일한 사건인가 하는 문제, 다시 말해 글 쓰는 주체와 쓰여진 자아가 아무런 차이 없이 정확하게 일치하는가 하는 문제로 제기된다. 그러나 문학에서 진실의 문제는 한 장르를 규정하는 정확한 기준이 될 수 없다. 특히 자서전처럼 현재의 기억에 의존하여 과거의 사건을 기술하는 시간의 드라마의 경우 사건이 발생한 시점의 진실을 전달하기란 불가능하다. 그리고 과거의 사실을 현재의 관점에서 전달하는 과정에서 특별한 가공 과정이 생겨나는데 그 가공 과정을 거짓이라고 할 것인지, 아니면 경험을 의미화하는 과정으로 이해할 것인지, 규정하기 어려운 문제가 드러난다.

　　경험을 가공하고 의미화 과정을 거쳐야만 과거를 서술할 수 있다는 것은 과거의 사실을 있는 그대로 전달할 수 없다는 것, 다시 말해 '성실성'과 구분되는 '진정성'의 원칙이 요구된다. 사실, 이 두 원칙을 엄밀하게 구별하기는 쉽지 않다. 성실성의 원칙은 원래 '나'에 대해 '모든 것을 말하기'라는, 자신에 대한 극도로 명민한 의식에서 비롯되었지만 글을 쓰는 현재와 글쓰기의 대상인 과거 사이의 거리는 글을 써 나감에 따라 점점 더 벌어질 뿐이어서 과거의 사실을 완벽하게 모사하는 것은 불가능하다. 진정성의 원칙은 자아가 말하기와 글쓰기를 통해 드러날 때 사실을 있는 그대로 사진 찍고 복사하듯이 제시할 수 없다는 사실에서 비롯된다. 진정한 말은 말의 내적인 원칙에 복종하면서 말 자체의 진실을 만들어 내기 때문이다. 그것을 장 스타로뱅스키는 "작가가 자신의 작품으로 가리키는 자는 자기 자신이며, 작가의 개인적인 경험의 진실에 독자가 동의하기를 호소한다."[19]라고 지적한다. 이 지적에 따르면, 작품은 존재와 일치하며 진실은 개인적인 경험과 분리되지 않는다.

　　진정성이라는 개념을 받아들이면서, 흔히 성실성을 정의할 때 사용하던 '모든 것을 말하기'라고 할 때의 '모든 것'의 개념이 변화한다. 그때의 모든 것은 이제 양적인 개념이 아니다. 그것은 자신에게 가장 중요한 사건을 의미하는 질적인 개념으로 변화한다. 사실만을 기록한다는 것도 실제로 경험했던 일만을 고백하는 객관적 엄정성을 의미하지 않는다. 그것은 환상이나 이상과 같은 의식적·무의식적 사건을 기술하는 주관적 엄정성을 포함하는 것으로 그 의미가 확대된다.

진정성이 제시되면서 이야기의 객관적 '정확성'은 그 의미가 퇴색하기에 이른다. 진정성은 이야기하는 사람이 채택한 설명 체계, 그 이야기가 놓이는 문맥을 통해 생성되는 이야기의 '의미'와 관계된다. 르죈이 진정성을 일인칭 담론의 특수한 효과로서 언술 행위의 현재 속에 드러나는 내적 관계로 규정할 때 사용하고 있는 의미가 바로 그것이다.[20] 정체성을 구축하는 문제는 '사실과 거짓'과는 다른 차원에서 제기되어야 한다는 것이다.

장르와 규약에서 발견할 수 있는 명백한 차이를 넘어서서, 주된 문제는 정체성을 구조화하기 위해 사용하는 전략의 문제다. 진실과 허구 사이의 선택은 어쩌면 또 다른 선택에 비하면 부차적인 것이다. 단일한 것과 복합적인 것, 단정하기와 문제시하기, 고정하기와 진동시키기 사이의 선택 말이다.[21]

이 인용문에서 르죈이 강조하고 있는 것은 진실의 문제를 참과 거짓이라는 '사실'의 관점에서 판단하지 않고 '정체성의 구성 전략'이라는 관점에서 제기해야 한다는 사실, 정체성을 드러내기 위해서라면 자서전도 허구를 끌어들일 수 있다는 사실이다. 예를 들면, 레리스는 자신이 양성애자라는 사실을 『성년』에서는 고백하지 않는다. 그러나 중세 기사들의 싸움을 기술하고 있는 한 에피소드를 동성애적 문맥에서 해석할 수 있도록 은밀히 배려하고 있다.[22] 동성애 경험을 직접적으로 고백하지 않은 것은 모든 것을 말한다는 성실성의 원칙을 위반한 것이지만, 진정성의 관점에서 보면 동성애 경험은 신화적 모티프 속에 감춰진 채 '암시'되어 있으며, 그것을 알아채는 것은 독자의 몫이다.

　　그런데 독자의 관점에서, '암시적으로' 고백한 것은 고백을 한 것인가, 하지 않은 것인가? 레리스가 동성애 체험을 공개적으로 말하지 않은 것은 텍스트를 읽지 못하는 독자에게는 의도적 침묵에 해당하며, 비유와 이미지를 읽어 내는 독자에게는 암시에 해당한다. 비록 의도적 침묵이 흔히 거짓말을 하는 이유로 들고 있는 '망각, 착오, 왜곡'이라는 현상과 아무런 상관이 없다고 해도, 그것은 넓은 의미의 거짓말에 속하며 그런 의미에서 의도적 침묵은 성실성의 원칙을 위반한 것이다. 하지만 거짓말을 하게 된 동인이나 거짓을 통해 드러나는 환상, 심지어는 침묵을 지키게 된 상황을 이해하면 그 작가의 진정한 면모를 이해할 수 있다. 진정성의 관점에서 볼 때 거짓말 또한 작가의 정체성을 이해하도록 도와주는 한 요소이기 때문이다.

　　성실성과 진정성을 엄격하게 구분할 수 있는 것은 아니지만 이 두 차원을 구분하기 위해 루소가 고백한 마리옹의 리본 사건을 예로 들어 보자. 이 에피소드는 루소가 여주인의 리본을 훔쳐 놓고 그게 문제가 되자 당시 자신이 관심을 갖고 있던 마리옹이 리본을 자신에게 주었다고 거짓말을 해서 마리옹이 쫓겨나게 된 사건이다. 성실성의 관점에서 보면 도둑질을 하고 거짓말을 했다는 사실을 기술함으로써 루소는 점차 타락해 가는 자신의 실존적 상황을 드러내고 있다. 하지만 진정성의 관점에서는 "아, 루소. 나는 당신이 좋은 사람이라고 생각하고 있었어요."라는 마리옹의 사랑 고백을 듣고 싶었던 자신의 욕망과 관련된다. 거짓말을 통해 그는 타인과 관계를 맺고 사랑하고자 했던 자신의 욕망을 실현하고 있다. 말하기 어렵고 심지어 말하기 불가능한 것을 말하지 않고 드러내는 방식을 통해 루소는 겉으로 드러난 사건 이면에 있는 자신의 내적 진실을 빠짐없이 말하고 있는 것이다.

이와 같은 관점에서 보면 루소는 자서전의 규약으로 '성실성'의 원칙을 제시했지만, 이때 '성실성'은 '진정성'의 원칙과 그다지 다르지 않다. 루소의 『고백록』 서문을 보면, 그가 자서전을 어떤 관점으로 이해했는지가 요약적으로 드러나고 있다. 그는 성실성을 진실과 연결시키면서 그 성실성 때문에 자신이 유일한 존재이며 개성을 지닌 자임을 선언한다. 자아의 상실을 통해 영원한 진리에 다가가고자 했던 성 아우구스티누스와는 완전히 다른 유형의 인간이 탄생하고 있음을 선언하고 있는 것이다.

그렇다면 그에게 진실이란 무엇인가? "여기 자연에 따라, 그의 모든 진실 속에서 정확하게 그려진, 인간의 유일한 초상화가 있다."[23]라는 문장에 따르면, 루소는 전적인 진실 속에 놓인 인간을 그리지만, 그 진실은 자신의 관점에 따른 '그의' 진실이다. 그리고 그가 따르는 진실은 '감정의 진실'이다. 그렇다고 해서 그 진실이 자연의 진실과 대립하는 것은 아니다. 자연의 진실과 '나'의 진실은 보완적이다. 루소의 성실성이 '감정'의 진실을 드러내는 것임을 이해하면 오직 사실만을 서술했다고 주장하고 있는 아래의 구절에서도 완전히 다른 문맥을 감지해 낼 수 있다.

> 소리 높여 외치리라. 나는 이렇게 행동하고 생각하고 존재했노라고. 나는 선과 악을 똑같이 솔직하게 말했다. 악한 것을 조금도 빼지 않았고 선한 것을 조금도 덧붙이지 않았다. 사소한 문채(文彩)를 사용하기는 했지만, 그것은 기억의 결핍 때문에 생긴 틈을 메우기 위해서였을 뿐이다. 진실이라고 알고 있는 것을 진실로 삼았고 거짓된 것을 진실로 삼은 적은 없었다. 경멸스럽고 비열했을 때에도, 선하고 관대하고 품위 있을 때에도 나는 나를 있는 그대로 드러냈다. 나는 당신이 보았던 대로 나의 내면을 펼쳐 놓았다.**[24]**

루소는 자신의 행동과 생각, 존재 방식 등을 '당신' 앞에서 솔직하게 드러낼 수 있고, 추호의 거짓도 없다는 것을 장담하고 있다. 여기에서 '당신'은 신으로서, 자신의 절대적 성실성을 보장하는 존재다. 그런데 선과 악을 '똑같이' 솔직하게 말한다고 하면서도, 자신의 악한 성격에는 '경멸'과 '비열'이라는 두 단어를 사용하고, 선한 성격에는 '선·관대·품위'라는 세 단어를 사용하여 자기 정당화의 의도를 은연중에 노출하고 있다. 게다가 '대단치 않은 문채'를 구사하여 기억의 결핍을 메우고 있기 때문에 '사실'만을 서술한 것도 아니어서 독자들은 그의 자서전에 허구가 개입되었을 수도 있다고 의심한다. 이처럼 루소에게서 성실성의 원칙은 이미 그 의미가 변화되어 있다. "나는 사실들을 빠뜨릴 수도 있고, 날짜를 바꾸고 실수할 수도 있다. 하지만 내가 느낀 것, 내 감정이 나에게 하도록 했던 것에 대해서는 잘못할 수 없다. 여기에서 문제되고 있는 것은 바로 그것이다."[25]라는 진술에서도 동일한 사항을 확인할 수 있다. 그는 다른 사람들이 성실성의 기준으로 삼는 객관적 자질(날짜와 사실의 기술) 대신 감정의 진실을 제시한다. 어떤 사실이 빠져 있다고 지적하면 그것이 실수라며 절대 의도적인 것이 아니라고 말할 수 있고, 또 빠져 있다고 해서 자신이 제시하고자 한 감정의 진실에는 어긋나는 것이 없다고 변명할 수도 있다. 그에게는 현실에서 확인할 수 있는 진실이 중요하지 않기 때문이다. 루소가 과거의 현실을 그대로 모사할 수 있고 그러한 모사를 통해 '진실'을 추출할 수 있다고 할 때, 그것은 자신의 내적 진실을 기술할 수 있다는 의미로 이해해야 한다.

이처럼 진정성의 원칙이 강조되면서 자서전을 읽을 때 성실성의 원칙과는 다른 독서법이 요구된다. 성실성의 원칙에서는 자서전 작가가 과거의 경험을 거짓 없이 사실대로 기술하고 있는가 하는 문제가 중요하기 때문에 비평가는 자서전 작가의 과거의 행적을 추적하고 그것의 진위 여부를 확인하는 것이 중요하다. 반면 진정성의 원칙에서는 과거를 어떤 맥락 속에 위치시키는 것이라는 관점이 널리 받아들여진다. 맥락과 글쓰기의 관계를 중요시하기 때문에 글 쓰는 '현재'에 작동하고 있는 작가의 '현재', 즉 상상적 창조 문제가 중요해지고, 독자 입장에서는 어떤 관점, 어떤 방법론으로 그 에피소드를 해석할 것인가 하는 문제가 중요해진다. 진정성의 관점에서 보면 자서전은 과거의 경험을 어떤 특별한 의도를 가지고 미학적으로 배열한 것이 되며, 이때에는 상상의 역할이 중요시되고 이에 따라 허구성과 사실성의 관계를 재정립하는 문제가 제기된다. 이처럼 성실성과 진정성은 모두 자서전에 중요한 영향을 끼쳤지만, 성실성의 원칙이 사실만을 말한다는 윤리적 차원과 관련된다면, 진정성의 원칙은 정체성을 정립할 때 제기되는 허구의 차원과 관련된다고 할 수 있다.

문학 텍스트로서의 자서전

　　기억을 통해 과거를 재구성할 때 그 과거는 변형될 수밖에 없다. 그래서 기억에 근거하고 있는 자서전적인 성찰의 글쓰기는 모든 것을 객관적으로 말하고자 하는 역사가의 야심과 자신의 삶을 구성하고자 하는 문학가의 욕망 사이에서 만들어진다. 조르주 귀스도르프는 "논리적 일관성과 합리화 과정"[26]을 자서전의 원죄로 들고 있다. 자기 이야기를 통해 자신을 탐구하는 것이 결코 객관적인 의미 탐구 과정이 아니며 자신의 삶을 하나의 드라마로 만들고자 하는 의도적인 행위라는 것이다. 이런 관점에서 보면 자서전은 작가가 만들어 낸 자기 삶에 대한 하나의 버전이라고 할 수 있다. 그것도 자신이 말하고자 하는 것이 왜곡되고 잘못 전달될 수밖에 없는, 항상 다시 써야 하는 나쁜 버전인 셈이다.

　　그러나 자서전이 문학 작품이 되는 이유가 바로 여기에 있다. 자서전에 제시된 삶이 한 개인의 객관적 삶이 아니듯이, 자서전은 '사실'의 진실보다는 한 '개인'의 진실을 추구한다. 그래서 노엘라 바라캉은 "소설과 자서전을 구분하는 것은 사실들의 정확성 정도나 작가의 성실성이 아니라 서사에서 자기 삶을 포착하고자 하는 의지다."[27]라고 지적한다. 이 지적은 두 가지 사실을 전제하고 있다. 하나는 '자기' 삶을 포착하려는 의지가 소설보다는 자서전에서 더 강하게 표출된다는 사실이며, 다른 하나는 "자기 삶을 포착하고자 하는 의지"를 혼란되고 모순된 것으로 보이는 삶을 하나의 일관된 이야기로 만들고자 하는 의지로 이해하고 있다는 사실이다. 물론 이 지적에서도 르죈이 제안한 작가-화자-등장인물에 이르는 이름의 동일성은 여전히 유효하다. 하지만 사실의 정확성과 자기 삶을 포착하려는 의지가 충돌할 경우 자서전에서는 자기 삶을 포착하려는 의지에 손을 들어주고 있다는 점이 중요하다. 이 관점에서 보면 내가 어떤 삶을 살았는지, 실제로 어떤 일이 벌어졌는지는 중요하지 않을 수도 있다. 중요한 것은 내가 그것을 어떻게 바라보고 있는가 하는 점이다. 내 삶을 하나의 대상으로 바라보는 나-주체에게, 과거는 구체적인 역사적 시간에 속하는 것이 아니라, 글을 쓰고 있는 현재, 내가 만들어 내고 제시하고 싶어 하는 현재라고 하는 욕망의 시간에 속해 있다. 자서전에서 성실성의 원칙 이상으로 진정성의 원칙이 요구되는 것은 이런 문맥이다. 요약하면, 자서전은 시간의 드라마이기 때문에 시간이 지남에 따라 과거의 사건은 걸러지고 변형되어 진실이 제대로 표현되지 못할 위험이 생겨난다. 기억 때문에 또는 언어 자체의 결함 때문에 사실과 허구가 구분되지 않을 가능성이 생기는 것이다. 특히 서술의 시간(현재)과 서술된 사건의 시간(과거)이라는 두 개의 시간이 맺고 있는 상호 관계에 근거하여 의미를 생성해 내는 자서전 작가들은 이러한 한계에서 벗어나기 위해 '진실'과는 구별되는 '진정성'의 원칙을 공개적으로 선언하고, 이것을 하나의 창조 원칙으로 내세운다. 프랑스의 대표적인 자서전 작가들이 진실과 성실성, 또는 진정성에 대해 자신의 견해를 제시하는 것은 하나의 전통처럼 되어 있으며 시대에 따라 다양한 양상으로 나타난다. 예를 들어 몽테뉴는 『수상록』 서문에 해당하는 「독자에게」에서 다음과 같이 주장했다.

독자여, 여기 선의의 책이 있다. 독자에게 처음부터 알리노니, 나는 여기에서 가족과 나 개인을 위한 목적 이외의 다른 어떤 목적도 제시하지 않았다. 이 책에는 독자에게 봉사하려는 의도나 내 영광을 위한 의도는 전혀 없다. …… 만약 세상의 호의를 얻고자 했다면 나는 더 잘 꾸미고 계산된 방식으로 나를 제시했을 것이다. 나는 이 책에서 사람들이 나를 가식이나 꾸밈없이, 단순하고 자연스러운 일상적인 행동 속에서 바라보기를 바란다. 왜냐하면 내가 묘사하고 있는 것은 나이기 때문이다. 나의 순진한 존재 방식과 마찬가지로, 적어도 예법이 허용하는 한, 내 결점들을 생생하게 읽을 수 있을 것이다. …… 나는 기꺼이 여기에 전적으로, 그리고 완전히 벌거벗은 상태로 나 자신을 묘사했다고 확실히 말할 수 있다. 그러므로 독자여, 나 자신이 내 책의 질료인 것이다. 이처럼 사소하고 헛된 주제에 대해 당신의 시간을 사용하는 것은 바람직하지 않다. 안녕.

몽테뉴.

1580년 3월 1일.[28]

여기에서 우리는 '나 자신을 책의 질료'로 삼아 타인과 관계를 맺으면서, 자신의 결점을 '가식이나 꾸밈없이' 드러내고, '전적으로, 그리고 완전히 벌거벗은 상태로' 자신을 '묘사'하고자 하는 성실성의 욕구를 읽을 수 있다. 물론 몽테뉴가 모든 사실을 다 말할 수 있다고 주장하는 것은 아니다. 그는 '예법이 허용하는 한'이라고 그 의미를 제한하고 있다. 또한 타자에 대한 배려를 강조하기 때문에 관용을 주장할 때조차 당대의 관습을 직접적으로 비판하는 데에는 조심스럽다. 그러한 특성은 의견을 직접 드러내지 않고 '인용'을 통해 자신을 드러내는 데에서도 드러난다. 그렇지만 그는 독자에게 봉사하고자 하는 유용성의 욕구도 없고 자신을 위대하게 채색하려는 자기 정당화의 욕구도 없이, 자신의 존재 방식뿐 아니라 결점까지도 완전히 드러내고자 했다고 주장한다. 이러한 방식을 통해 몽테뉴는 성실성 차원에서 프랑스 자서전 전통의 토대를 제시했다고 할 수 있다.

루소의 『고백록』에 이르면 상황은 약간 달라진다. 루소에게 성실성은 '주관성'과 관련되면서 사실을 나열한 다큐멘터리와 같은 특성보다는 문학 텍스트로서의 성격이 강조된다.

> 내가 지금 계획하는 일은 일찍이 예가 없는 일이고, 앞으로도 아마 그런 흉내를 낼 사람이 없으리라. 나는 세상 사람들 앞에 한 인간을 자연의 모든 진실 속에서 그대로 내보이고자 한다. 이 인간은 바로 나 자신이다. 오직 나뿐이다. 나는 내 마음을 느끼고 인간을 안다.[29]

루소는 자신의 글쓰기가 전무후무한 일이 될 것이라는 사실과 진실을 드러낼 것이라는 사실을 연결함으로써, 타인과 구별되는 유일성이 '자연의 모든 진실'을 드러내는 방법임을 분명히 한다. 게다가 "오직 나뿐이다. 나는 내 마음을 느끼고 인간을 안다."라는 지적은 자기 인식의 토대로 '감정'을 제시하고 있다는 점에서 중요하다. 데카르트의 코기토와는 달리, 루소가 세계와 인간을 인식하는 방식은 '감정'에 달려 있다는 점에서, 그 진실은 극도로 주관적일 수밖에 없다.

　　루소의 내적 진실은 "오직 나뿐이다."라는 자기 존재에 대한 확신에서도 확인된다. 그러나 언어로 존재의 '투명성'을 표명할 수 있으리라는 낙관론은 시간이 지남에 따라 점점 약화된다. 자서전이 사실을 있는 그대로 다 '말할' 수 있다는 몽테뉴적 믿음이나 내적 진실을 서술할 수 있다는 루소적인 믿음에 대해 현대의 자서전 작가들은 부정적이다. 이러한 회의를 가장 잘 보여 주는 사람이 레리스다. 사실 레리스가 자서전에 대해 성찰할 때 가장 중요하게 제기한 것이 '성실성'의 문제다. 「투우를 통해 고찰한 문학론」에서 그는 소설을 부정하는 것과 문학적인 거짓말을 거부하는 태도를 동일시하고 있다.

　　　　엄격히 미학적인 관점에서 말한다면, 그것은 내가 상상력으로 가공 처리하여 써먹지 않기로 작정한 일련의 이미지와 사실 전체를, 거의 날것 그대로의 상태로 농축시키는 일이었다. 요컨대 소설의 부정이었던 셈이다. 꾸며 내는 일은 전혀 없이, 오직 진실인 사실만을(고전 소설에서처럼, 진실임 직한 사실이 아니라), 오직 사실과 그 사실 전체를 자료로 인정하는 것이, 내가 나 자신을 위해 선택한 규칙이었다.[30]

　　레리스는 상상력을 배제하고 사실만을 제시하겠다고 선언한다. '가공 처리'하지 않고 '날것 그대로의 상태로' 제시하는 것이 진실의 토대라는 것이다. 한 걸음 더 나아가 자서전을 쓰는 것을, 위험을 무릅쓰는 '행위'라는 윤리적 차원에 위치시킴으로써 사실만을 말하고자 하는 성실성의 원칙을 글쓰기의 모럴로 제시한다. '모든 진실을, 오직 진실만을 말하기'[31]는 레리스가 표명하고 있는 성실성의 원칙을 극명하게 보여 준다. 그러나 성실성에 대한 욕망이 강렬한 것은 그만큼 성실성을 획득하기 어렵고, 글쓰기 속에 환상이나 거짓이 개입할 소지가 많기 때문이다.

> 나는 성실성 때문에 병이 나면 좋겠다. 요컨대 자기 자신에 대해서는 거의 환상을 품지 않고, 누구보다도 자신을 더 잘 볼 수 있었던 사람이라는 유일한 본보기가 되고 싶다. 그러나 바로 그 성실성을 믿고 있기 때문에 내가 착각하고 있는 것이 아닐까 하고 생각하면 아주 두려워진다.[32]

이 구절은 성실성의 욕망과 함께 성실성의 한계를 보여 준다. 그는 자신의 성실성이 착각에 불과해서 자서전이 일순간에 거짓으로 드러나지 않을까 두려워한다. 그가 거짓말을 어떻게 정의하는가를 살펴보는 것도 성실성을 이해하는 데 도움이 된다. 레리스는 언어의 시니피앙(signifiant)적인 차원에 주목하여 개인 어휘 사전을 만들었는데, 그중에서 거짓말을 '원숭이의 메시지(Mensonge-message de singe)'[33]라고 정의하고 있다. 거짓말은 메시지이긴 하지만, 원숭이처럼 모방하는 것이어서 거짓되고 왜곡된 메시지라는 것이다. 그런데 그가 기호를 정의할 때 다시 원숭이를 의미하는 '흉내 내다'라는 용어가 등장한다. '기호 – 그것은 흉내 낸다.(Signe-il singe.)'[34]라는 말장난을 통해, 기호에 근거한 글쓰기는 흉내는 낼 수 있어도 현실 자체를 드러내지 못한다는 것을 분명히 한다. 거짓말에서 원숭이로, 원숭이에서 기호에 이르는 시니피앙의 연쇄를 통해 레리스는 글쓰기를 거짓말과 연결시킨다. 이와 같은 점에서 보면, 레리스의 자서전은 사실만을 말하고자 하면서도 성실성이 가능한가에 대한 회의에서 출발한다. 레리스는 그러한 회의를 적극적으로 활용하고 그 회의 자체를 글쓰기의 내용으로 삼는다. 그러나 그가 성실성이 불가능하다고 서술할 때 그것을 문자 그대로 이해해서는 안 된다. 불가능성에 대한 언급조차 자기 성실성을 강조하기 위한 전략의 일환이기 때문이다.

> 내가 나를 관찰하는 데 아무리 능수능란하고 이런 유형의 쓰라린 응시에 대한 나의 취향이 아무리 편집적이어도, 아마 가장 눈에 띄는 것들 중에서도 그냥 지나치는 것이 분명히 있기 마련이다. 왜냐하면 관점이 가장 중요한 것이며, 나 자신의 관점에 따라 그려진 내 초상화도 다른 사람들의 눈에는 틀림없이 가장 분명히 보일 어떤 세부사항들을 모호한 상태로 내버려 둘 확률이 아주 높기 때문이다.[35]

레리스가 자신의 삶을 어떤 특정한 '관점'에 따라 서술한다고 고백할 때, 그의 자서전은 더 이상 객관적인 글쓰기라고 할 수 없으며 또한 특정한 관점에 어긋나는 에피소드는 고백하지 못하기 때문에 양적인 의미에서 모든 것을 다 말할 수 있다는 성실성의 의미 또한 제한된다. 그에게 관점이란 '주관성'이며, 자신의 관점에 따라 서술된 자서전은 그 자체로 불완전하다. 그래서 레리스는 다른 관점으로 동일한 에피소드를 또다시 서술하고 다른 문맥에서 새로운 의미를 부여하기도 한다. 그러나 자기 자서전이 불완전하다는 고백 또한 성실성의 원칙을 극도로 밀고 나갈 때에나 가능하다. 자서전 작가의 성실성은 이처럼 자신의 관점이 지니고 있는 한계를 고발하고, 그 한계 내에서 작업하고 있다는 사실을 밝힐 때 확보되기도 한다.

사실 레리스의 자기 인식은 사실을 확인하는 차원을 넘어, 가치를 추구하는 기획(projet) 단계에 닿아 있다. 그의 자기 인식은 욕망, 더 나아가 허구의 차원을 매개하지 않으면 불가능하다. 그런데도 그가 '성실성'을 요구하고 자서전을 포기하지 않는 것은 '극도의 주관성이 극도의 객관성을 담보'하고 있다고 믿기 때문이다.[36] 그의 자서전이 역설적으로 시적 자서전이라는 평가를 받는 이유가 바로 거기에 있다. 그는 에피소드들을 아무런 왜곡 없이, 심지어 파편화된 상태로 제시하지만, 그 에피소드들은 다양한 방식으로 연결되어 텍스트 안에서 시적 주체라고 할 수 있는 새로운 주체를 만들어 낸다.

이처럼 몽테뉴에서 루소를 거쳐 레리스에 이르면서, 자서전 작가들은 성실성의 원칙에 대해 점점 회의적이다. 몽테뉴가 「독자에게」에서 성실성의 원칙을 낙관적으로 설파했을 때의 성실성이 '묘사하다'라는 단어에서 알 수 있듯이 외면을 묘사하는 과정이었다면 루소의 경우 성실성은 외면과는 전혀 상관없다. 루소는 내적인 진실을 제시하고 진정성의 차원을 강조한다. 레리스는 내적 진실의 환상까지도 철저하게 깨뜨린다. 그는 성실성이 불가능하다는 것을 드러내는 것으로 자신의 성실성을 증명하고자 한다. 그에게 내적 진실이란 '작가의' 내적 진실이 아니라, 텍스트에서 생성되는 '텍스트' 내적 진실이기 때문이다.

그런데 자서전의 진실이 '텍스트 내적 진실'이라면, 그 진실은 객관적으로 파악될 수 없는 주관적 진실일 수밖에 없으며, 따라서 과거의 경험을 솔직하게 서술한다는 자서전 장르의 고유한 특성과는 반대된다. 성실성의 원칙, 진정성의 원칙이라고 하는 규칙을 밀고 나가면 허구의 문제가 제기되는 이 역설을 어떻게 이해할 것인가?

대부분의 자서전 작가들은 과거 경험을 배치하고 구성하는 것이 과거를 '해석'하는 작업이라는 사실을 받아들이면서도 텍스트 안에 서술된 과거의 경험이 적어도 내적인 차원에서는 실제 경험과 동일할 것이라는 '환상'을 여전히 간직하고 있다. 자서전의 선적인 서사 양식이나 회고적 기억이라는 서술 방식이 객관적 진실을 왜곡할 수는 있지만 현재의 시점에서 기억하는 내적 진실은 그대로 전달할 수 있다는 것이다. 그 진실은 진정성이라는 용어를 통해, 사실의 진실이 아니라, 언어의 한계 속에서 작가가 자신의 경험·환상·상상에 근거하여 현실을 창조함으로써 만들어 낸 '내적 진실', 그리고 '작가'의 내적 진실을 넘어 '텍스트'의 내적 진실로 제시된다. 이러한 변화로 인해 자서전은 역설적으로 상상력이 작용하는 공간으로 변화한다. 르죈이 '자서전의 공간'이라는 용어로 규정하고자 한 것이 바로 이것이다. 자서전과 소설의 관계에 대해 성찰한 르죈은, 자서전에는 복합성과 모호성이 부족하고 소설에는 정확성이 부족하다고 지적한 바 있다. 이 둘은 어느 하나로 환원할 수 없고 서로에 '대해' 정의되는 관계라는 것이다.[37] 그러나 자서전과 소설은 서로를 부각시키는 관계이지, 배제하는 관계가 아니다. 자서전의 관점에서 보면, 허구화와 진실의 탐구는 서로 모순되는 것이 아니며, 망각 또한 더 이상 글쓰기의 한계를 의미하지 않는다. 페렉이 『W 혹은 유년기의 기억』에서 "나는 유년기의 기억이 없다."라는 문장으로 자서전을 시작하면서 허구를 이용하여 부재하는 기억을 메운 것처럼, 망각에 의해 남겨진 공간은 말할 수 없음의 공간이 아니라 상상력으로 채워야 하는 글쓰기의 공간이 되기 때문이다.

내적 진실을 추구하는 자서전이 허구와 어떤 점에서 다른가에 대해 자서전 연구가들은 르쥔이 제안한 이름의 동일성 이상의 해결책을 내놓지 못하고 있다. 어떻게 보면 언어를 매개로 한 모든 문학 텍스트는 허구성을 내포하고 있기 때문에 문학은 현실을 복제할 수 없고 재구성할 수 있을 뿐이다. 그런 점에서 자서전은 허구의 특별한 양식이라고 할 수 있다.

이와 같은 관점에서 보면 자서전의 장르적 특성이라고 할 수 있는 성실성의 원칙이 오히려 자서전을 소설과 구별할 수 없도록 만드는 것 같다. 현대에 와서 자서전의 장르적 특성이 약화되고 혼종화되고 있는 것도 사실이다. 그러나 다미앵 자농은 자서전 장르를 규정하는 요소는 도덕적 범주라고 하면서, "사실도 거짓도 아닌, 경험된 것"이라는 '현실'의 층위가 자서전의 본질이라고 지적한 것은 음미할 가치가 있다.**[38]** 자신의 현실, 즉 상상까지 포함하는 모든 층위의 경험을 진실과 성실성의 이름으로 서술할 때, 자서전의 장르적 특성은 정립되기 때문이다. 괴테가 자신의 자서전에 『시와 진실』이라는 제목을 붙인 것도 이상적인 담론과 현실적인 담론을 화해시키는 공간이 바로 자서전이라는 사실을 암시하고 있는지도 모른다.

자서전과
정신분석

　나는 누구인가? 현재의 나는 어떤 존재인가? 이런 질문은 거의 모든 자서전에서 빠짐없이 제기되고 있다. 자기 정체성에 대한 질문은 흔히 시간의 연속성 차원이나 기억의 문제와 연결되어 있다. 그러나 분신이나 존재의 이중성 문제, 신경증적이거나 분열된 주체 문제 등에서 확인할 수 있듯이 현대에 들어 자기 정체성을 하나의 논리 정연한 체계로 환원할 수 없다는 인식이 점차 널리 퍼지고 있다. 현대 문학에서 '유령'이나 '환영(幻影)'의 주제는 정체성의 혼란을 드러내는 주요 주제로 각광받고 있다. 이 주제는 정신분석학에서 중점적으로 다루는 주제이기도 하다. 정신분석학은 자아에 대하여 완전히 새로운 개념을 전제하고 있다. 고대에는 개인으로서의 '자기'라는 개념이 없었던 반면, 16세기 말 프로테스탄티즘이 전파되면서 감춰져 있는 내적 자아가 존재한다는 의식과 함께 개인주의가 생겨났다는 것은 널리 받아들여지고 있다. 그리고 프로이트가 자아 속에 감춰져 있던 무의식을 발견함으로써 정신분석학이 정체성의 성립 과정을 이해할 수 있도록 도와주는 모델로 기능할 것이라는 믿음이 생겨났다.

　정신분석학이 프랑스에 알려진 것은 제1차 세계 대전 직후이며 1920년대에 이르러 찬반 논쟁이 활발히 전개되었다. 1870년에서 1880년 사이에 태어난 작가들은 대부분 전통적인 방법으로 자서전을 기술했지만 1900년에서 1910년 사이에 태어난 작가들은 정신분석학의 기본 이념에 대해 알고 있었다. 그렇다고 해서 정신분석학이 자서전을 근본적으로 변화시키지는 않았다. 그 이유를 여러 가지로 들 수 있지만, 그중에서도 자서전과 정신분석학이 전제하고 있는 규약이 서로 다르다는 사실을 주목할 수 있다. 자서전에서는 모든 것을 다 말한다는 성실성의 원칙을 강조하는 반면, 정신분석학은 작가의 성실성을 믿지 않았다. 모든 글쓰기에는 아무리 성실하게 고백된 것이라고 할지라도 고백되지 않은 부분, 무의식의 어두운 심연이 존재한다는 것이다. 그렇지만 정신분석 치료를 받은 환자나 작가가 글을 쓰는 경우가 늘어나면서 정신분석학은 자서전의 형식과 글쓰기에 영향을 끼칠 수밖에 없었다.[39]

정신분석학이 자서전에 끼친 영향을 거론할 때 흔히 성적 주제의 문제를 제시하곤 한다. 그러나 정신분석학 덕분에 자서전 작가가 자신의 과거를 솔직하게 고백해야 한다는 성실성의 원칙을 정립했다거나 독자들이 성적인 주제를 자서전의 주요 특성으로 받아들이게 되었다고는 말할 수 없다. 정신분석학이 하나의 학문으로 인정받기 훨씬 이전에, 루소와 함께 근대 자서전이 시작되면서 성적인 주제는 자서전 문학의 주요 주제로 이미 자리를 잡은 상태였다.

정신분석학의 영향은 오히려 텍스트 기술 방법론과 관련된 부분에서 찾아볼 수 있다. 정신분석 치료를 받았던 작가들이 자신의 경험에 근거하여 자서전을 기술하기 시작하면서 정신분석학에서 유래된 요소들, 그중에서도 무의식을 객관화하는 방식이 자서전 구조에 가장 큰 영향을 끼쳤다. 예를 들면 정신분석학에서 이용되던 자유 연상법은 그때까지 자서전에 일관되게 사용되었던 서사 양식, 특히 기원에서 시작하여 현재로 진행되는 연대기적이고 일직선적인 시간론에 결정적인 변화를 초래했다.

이러한 변화를 가장 잘 보여 주는 작가가 레리스다. 그는 프랑스에서 최초로 정신분석 치료를 받은 작가 중의 하나이며, 자신이 받았던 치료에 근거하여 자서전을 쓴 최초의 인물이다. 그는 자유 연상법을 적용하여 자서전을 기술함으로써 자서전의 형식에 획기적인 변화를 초래했다. 특히 시간의 흐름에 따른 선적인 구성을 거부하고 에피소드를 파편화된 상태로 배열함으로써 사건 중심의 구성으로 나아갔다. 그리하여 자유 연상법을 넘어 몽타주 기법을 체계적으로 사용하고, 단어의 음성적 가치를 탐색하여 환상을 시나리오처럼 제시하는 데 성공했다. 이러한 서술 전략에 따라, 일관된 이야기를 제시하고자 했던 전통적인 자서전 기술 방식과는 다른 새로운 기술 방식이 등장했다. 레리스는 일관성보다는 부조화를 중시하며 구성에서도 특정 주제를 중심으로 에피소드를 나열하거나, 최상의 경우 연대기적인 질서 대신 변증법적인 구성을 선호했다. 이것을 미셸 보주르는 '자화상(autoportrait)'적인 글쓰기라고 이름 붙였다. 이런 유형의 글쓰기는 '파편화된 담화의 과잉'이라는 특징을 보여 주고 있는데, 여기에서는 일관된 삶의 의미를 찾아볼 수 없고, 작가들이 다양한 형태상의 실험을 수행하며, 인물도 정체성의 위기라는 측면에서 제시된다.[40]

정신분석학과 자서전 사이에서 발견할 수 있는 공통점으로 다음과 같은 것을 주목할 수 있다.[41] 무엇보다 과거를 '이야기'로 풀어놓음으로써 파편화된 에피소드에 구체적인 의미를 부여한다는 점을 주목할 수 있다. 한 인물의 개성과 특성을 '이야기'를 통해 설명할 수 있으며, 무의미해 보이는 사건에 의미를 부여함으로써 진실의 가치를 부여한다는 것이다. 정신분석학과 자서전은 유년기가 자기 성격의 기원을 재구성할 수 있는 어떤 토대가 될 수 있다는 믿음을 공유하고 있다. 자신의 삶에 구체적인 의미를 부여하기 위해 정신분석학에서는 '가족 소설'이라는 개념을, 자서전에서는 '성장'의 개념을 사용하고 있다. 물론 여기에서도 차이점을 확인할 수 있다. 예를 들면 가족 소설에서는 자신의 부모가 누구인가를 불확실하게 만들어 자기 정체성에 대한 여러 가지 시나리오를 만들어 내는 '환상'이 중요하지만, (적어도 고전적인) 자서전에서는 '기억'을 통해 자기 삶에 대해 일관된 이미지를 부여하고자 한다.

둘 다 현실적인 또는 암묵적인 '타자'를 전제하고 있다는 점도 특징적이다. 다만 타자의 위상과 역할은 서로 다르다. 정신분석학에서 환자는 정신분석가라고 하는 분명히 고정되어 있는 한 대상을 향해 이야기하는 반면 자서전에서는 편재하지만 확인할 수 없는 독자를 대상으로 이야기한다. 자서전 작가가 암묵적인 독자를 가정한다고 해도, 또는 사로트의 『어린 시절』처럼 화자를 둘로 분화시켜 성인과 아이의 대화처럼 자서전을 구성하여 스스로 질문하고 대답하는 형식을 취한다고 해도, 자서전 작가는 나르키소스적 상황에 놓여 있는 데 반해, 정신분석가의 역할은 좀 더 결정적이다. 정신분석가는 환자가 나르키소스적 관계를 끝내고 자기와의 관계를 변화시킬 수 있도록 도와준다.

세 번째로 정신분석학과 자서전은 이야기되는 인물, 즉 등장인물을 작가와의 유사성에 따라 규정한다는 점에서 동일하다. 특히 정신분석학에서는 이야기하는 자가 등장인물(이야기된 자)과의 관련을 부정할 때조차, 그것을 부정(否定, dénégation), 즉 긍정적 부정으로 간주함으로써 이야기하는 자와 이야기된 자, 작가와 등장인물 사이에 일정한 관계를 만들어

냈다. 자서전에도 이러한 부정을 자주 확인할 수 있다. 이 부정 때문에 자서전은 진실을 말하는 동시에 거짓을 말하는 일종의 허구로 기능한다.

마지막으로 '기억'을 다루는 방식에 주목할 수 있다. 정신분석학에서 기억은 '은폐 기억(souvenir-écran)'이라는 용어로 설명된다. 이에 따르면 모든 과거의 사건은 '사후에' 기억되는 것이기 때문에 사실 자체와는 상당한 거리가 있다. 과거의 기억은 그 과거와의 '인접성' 때문에 연상되는 것이며 항상 조작된다는 것이 그 주요 논지다. 모든 기억은 조작되어 있기 때문에 기억으로는 사건의 진실성을 보장할 수 없다. 기억된 사실과 과거에 실제로 벌어진 사실을 동일한 것으로 이해할 수는 없지만, 프로이트 이론에서 흥미로운 점은 검열 때문에 기억할 수 없었던 요소를 진부하고 무의미한 요소로 대체함으로써 이 조작된 기억이 억압되어 있던 무의식을 의식 수준으로 떠오르게 할 수 있다는 것이다. 자서전 작가들도 기억이 완벽할 수 없다는 사실을 알고 있다. 루소도 『고백록』 서문에서 선악을 기탄없이 말했다고 하면서도, 기억의 결핍을 메우기 위해 '사소한 문채(文彩)'를 사용했다고 고백한다. '사소한 문채'란 결국 허구를 의미하며, 여기에서 작가가 의도하지 않았던 새로운 의미가 부여되고 텍스트 내적 기억이 생성된다.

이러한 공통점에도 불구하고 정신분석학과 자서전은 분명한 차이가 있다.[42] 우선 지향하고 있는 목표가 다르다. 정신분석학에서는 주체가 현재 자신에 대해 갖고 있는 이미지와 신경증의 기원이 되는 사건을 분리시켜 다시 의식해야 하는 반면, 자서전은 개인 신화를 만들어 냄으로써 의미를 확정하고 삶의 일관성을 확보하고자 한다. 자서전 작가는 자신의 무의식을 분석하는 것을 목표로 하지 않으며, 파편화된 삶을 종합하여 하나의 일관된 비전을 보여 주는 데 관심을 기울인다.

자서전과 정신분석학이 사용하는 방법에도 차이가 있다. 정신분석학에서는 자유 연상을 통해 환자에게 꿈에서부터 시작하여 행동이나 환상도 자유롭게 이야기하도록 유도한다. 무의식적인 질서를 드러내기 위해서는 무엇보다도 의지적인 사고 작용을 중단해야 하기 때문이다. 자서전 작가는 의식적으로 질서를 부여한 이야기 속에서 과거의 기억을 구조화한다. 정신분석학이 분석하고 분리시키는 작업을 하는 반면 자서전은 삶의 다양한 요소를 종합하고 고정시키려고 노력한다.

마지막으로 정신분석학에서는 환자가 균형을 회복하면 치료가 끝난다. 자서전에서는 자서전 작가가 텍스트를 쓰고 있는 작가라는 사실을 인식할 때 그 과정이 끝난다. 자서전 작가가 글쓰기를 통해 일시적으로 삶의 균형을 회복할 수는 있지만 그것이 그의 목표는 아니며 궁극적으로는 "작가로서의 탄생 신화"[43]에 이르렀을 때 자신을 발견하게 된다. 그러므로 자서전 작가에게 삶과 글쓰기는 상호적이다. 그는 글을 씀으로써 자신의 삶을 텍스트로 변모시키고, 후에는 자신의 텍스트에 기술되어 있는 삶, 즉 자신의 삶을 기술하는 자서전 작가로서의 삶을 살게 된다. 텍스트가 자신의 삶에 영향을 끼치게 되는 것이다. 이러한 특성을 시앙타레토는 "자서전적 행위"라는 용어를 빌려 설명했다. 그에 따르면, 자서전에서 작가의 탄생을 확인하는 것은 스스로 출생 증명서를 발급하는 행위, 즉 자기 출산의 환상을 행위화하는 것이다.[44]

정신분석학이 자서전에 끼친 영향은 가족 관계를 둘러싼 환상을 하나의 소설 발생론으로 정립한 '가족 소설'에서 특히 잘 드러난다. 가족은 '나'와 '타자'의 관계가 형성되는 가장 기본적인 공간으로서 정체성을 형성하는 데 필요한 '동일시'와 '차별화'가 이루어지는 공간이다. 오이디푸스 콤플렉스에서 잘 알 수 있듯이, 정신분석학은 가족 관계를 통해 나와 타자의 문제를 제기하고 있다. 프로이트가 「신경증 환자의 가족 소설」[45]이라는 소논문에서 개진하고 마르트 로베르가 발전시킨 '가족 소설'이라는 개념은 가족 구성원들의 관계를 통해 정체성의 문제를 제시한다. 이 개념에 따르면 소설의 주인공은 금기와 위반을 경험하고 그것을 내면화하면서 환상이나 이야기 속으로 도피하게 되는데, 그 과정에서 독자들은 부모와 자식이 맺게 되는 다양한 관계를 성찰하게 된다. 로베르는 가족 소설을 소설 장르, 더 나아가 이야기의 '기원'을 설명하는 이론으로 제시하고 있는데, 이를 통해 한 개인의 '기원'에 대해 각별한 관심을 기울이는 자서전의 어떤 양상이 구체적으로 드러난다.

『기원의 소설, 소설의 기원』에서 마르트 로베르는 소설이 취할 수 있는 형식은 결정되어 있지 않은 반면, 가족 시나리오는 '강요된 내용'을 갖고 있으며 그것이 새로운 상상력의 원천을 이루고 있다고 지적한다. 소설의 형식은 다른 모든 장르에서 빌려 올 수 있지만 내용은 무의식적 욕망으로 규정되어 있다는 것이다. 따라서 이야기하기는, 필수적인 내용을 가지고 결정되지 않은 무수한 형식을 만들어 내는 방식으로 정의할 수 있는데, 이것이 가족 소설의 가설이 된다.[46]

아이의 발달 단계와 관련지어 볼 때 가족 소설에서 다음과 같은 단계를 주목할 수 있다. 처음에 아이는 맹목적인 숭배 시기를 거친다. 아이에게 부모는 유일한 권위의 상징이자 모든 믿음의 근원이다. 이상화된 존재인 부모와 자신을 동일시함으로써 아이는 자신이 완벽한 존재라고 생각하는데 이 시기를 '신앙의 시기'라고 한다. 두 번째 시기는 '비판과 검증의 시기'다. 부모의 관심이 동생이나 자기 이외의 다른 사람에게 옮겨감에 따라 아이는 배제되는 느낌을 받게 된다. 이 단계에서 아이는 부모가 속한 사회적 신분을 의식하게 되고 부모를 다른 부모들과 비교함으로써 부모의 권위와 유일성에 대해 비판한다. 그리고 아이는 현재의 부모가 자신을 양육한 자일 뿐, 자신과 혈연관계는 없다고 생각하기에 이른다. 이 시기는 자의식이 생성되는 시기와 일치하는데 이때 자기 유일성과 함께 부모의 우월성도 상실된다. 마지막 단계는 현실을 심리적으로 부인하는 '도피의 단계'다. 사회 계층적으로 또는 경제적으로 열등한 위치에 놓여 있는 현실의 부모를 발견하면서 느끼게 되는 실망감을 보상하기 위해 아이는 일정한 '보상' 기제를 만들어 낸다. 부모와의 관계를 다양한 형식으로 변화시켜 자신의 내적 긴장 상태를 해소하는 것이다. 그 결과 아이는 자신을 업둥이나 사생아로 생각하고 고귀한 신분을 가진 진짜 부모가 나타나 언젠가는 자신을 후계자로 인정할 것이라고 상상한다.

아이는 이상화된 과거와 쓰라린 현실 사이에서 꿈꾸기를 선택하는데, 이것이 바로 프로이트가 말하는 가족 소설의 창조 시기, '전기적 우화(fables biographiques)'가 생산되는 시기다. 로베르의 관점에서 보면 이야기를 한다는 것은 전기적 우화를 만들어 낸다는 것을 의미한다. 가족 소설의 관점에서 보면, 자서전 또한 갈등과 애정을 포괄하는 가족 관계를 형상화한 가족 소설의 한 부류라고 할 수 있다.

리쾨르,
'서사적 정체성'

"자신의 삶으로 이야기를 만들다."라는 문장에서 잘 알 수 있듯이 자서전 작가는 '이야기하기'라는 행위를 통해 삶의 의미를 발견하고자 한다. 글 쓰는 자가 의식하든 의식하지 못하든, 이야기와 존재는 일정한 관계를 맺고 있다. 글쓰기가 정체성의 문제와 연결되어 있다면 자기에 대한 글을 쓰는 사람은 자신이 누구인지 이야기할 수밖에 없다. 문제는 내가 누구인지 알기 때문에 이야기하는 것이 아니라 누구인지 알기 위해서 이야기한다는 점이다. 내가 누구인지 알게 되는 것은 내 이야기의 결과이지만 이야기를 하기 위해서는 내가 누구인지 알고 있어야 한다는 순환론이 생겨난다. 이 순환론은 글 쓰는 행위와 정체성을 구성하는 행위가 맺고 있는 관계를 분명히 보여 준다.

이야기로부터 한 존재가 구성되며 그 존재는 이야기와 구별되지 않는다는 이러한 주장은 폴 리쾨르의 '서사적 정체성(identité narrative)'이라는 개념에서 구체적으로 확인할 수 있다. 이 개념에 따르면, 이야기 또는 줄거리를 통해 한 인물은 자기 정체성을 구성해 내며 인물 자체는 줄거리화된다. 한 개인의 정체성이 '이야기하기'와 관련되어 있다는 것이다. 리쾨르에게 '이야기하기'는 이미 주어져 있는 경험을 나열하는 정태적인 과정이 아니라, 경험을 결합시켜 역동적인 관계를 만들어 내는 과정이다. 여기에서 서사(narration)는 독특한 의미를 부여받는다. 서사는 에피소드를 가지고 줄거리를 구성하는 방식으로 이해되며 세계와 행위에 대한 선 –

이해에서 출발하여 다양한 사건을 시간이 지나도 변하지 않는 영속성 속에 통합하고, 이를 통해 타인과 소통할 수 있도록 해 준다. 그것을 리쾨르는 '재형상화' 과정이라고 불렀다.

리쾨르의 관점에서 '이야기'에는 크게 두 가지 양식이 있다. 하나는 실제 일어난 사건을 이야기하는 '역사'이고, 다른 하나는 '허구'다. 리쾨르에게 허구는 사건을 상상으로 만들어 내는 것이 아니다. 허구는 과거를 끊임없이 통제하고 수정하여 형상화하는 간접적인 방식을 의미한다. 또한 역사는 과거를 복원하는 것이 아니라 과거의 자리에 무엇인가를 대신 만들어 놓는 것을 의미한다. 이를 위해서는 과거의 '흔적'이 중요하며, 흔적을 해독하기 위해서는 흔적을 남겨 놓은 사건의 연쇄를 재구성하고 동시에 과거의 사건과 현재 사이의 거리를 메워야 한다. 이와 같은 관점에서 보면, 역사는 허구화되고 허구는 역사화된다. 그 과정에서 '나는 누구인가?'라는 정체성의 문제가 본격적으로 제기된다. 과거의 경험(역사)을 이야기하는 과정에서 허구화가 실현되는 공간이라는 점에서 자서전은 서사적 정체성의 문제가 제기될 수밖에 없는 특권적인 공간이라고 할 수 있다.

이와 같은 논지는『타자와 같은 자기 자신』서문에 잘 요약되어 있다. 리쾨르는 생각하는 존재로서의 '고양된 주체'(데카르트)와 주체의 극도의 파괴에서 오는 '모욕받은 주체'(니체)를 변증법적으로 극복하는 방법을 모색하던 끝에, 주체를 구성할 수 있는 가능성을 '자기의 해석학(herméneutique du soi)'이라는 이름으로 제시한다.[47] 개인의 정체성은 변하지 않는 '지속적인 것'과 감정·느낌·욕망 등 그때그때 달라지는 '가변성', 다른 용어로 하면 불연속성·불안정성·다양성으로 이루어져 있는데, 이

둘을 변증법적으로 조망함으로써 주체를 구성할 수 있다는 것이다. 시간이 흘러도 불변하는 것을 리쾨르는 동일 정체성(identité-idem)이라 부르고, 불변하는 것 속에 있는 자신만의 개인적인 것을 자기 정체성(identité-ipse)이라 일컫는다.

정체성이 변하는 것과 변하지 않는 것의 종합이라는 이러한 관점은 '타자'라고 하는 용어에서도 쉽게 찾아볼 수 있다. 프랑스어의 '타자'를 뜻하는 'autre'에는 크게 두 가지 뜻이 있다. 프랑스어로 "커피 한잔 더 주세요."는 "Donnez-moi un autre café."인데, 이때 'autre'는 '또 하나의', '두 번째의'라는 의미다. 이때 'autre'는 이전의 것과 같은 것을 의미한다. 이것을 '타자'와 관련시켜 보면, 타자란 자기 자신과 동일한 것, 마치 분신처럼 '나의 반향'과도 같은 무엇을 의미한다. 그런데 '타자'에는 또 다른 의미가 있다. 우리가 낯선 것을 보았을 때 느끼게 되는 어떤 차이, 세대 차이나 젠더에 따른 차이, 계층적·인종적 차이와 같이 '나'와 다르기 때문에 느끼게 되는 변별적 자질이 그것이다. 이러한 차이 때문에 '나'는 낯설음을 경험하게 되며, 결국 '나'를 문제시하게 된다.[48]

이처럼 '타자(autre)'라는 용어에는 '유사성'과 '차이성'이 동시에 존재한다. 자서전을 '나'라고 하는 '타자'에 대한 '나'의 글쓰기라고 할 때, 이때의 '나'에는 타자의 두 가지 의미가 모두 담겨 있다. 리쾨르적인 의미에서 서사적 정체성의 경우도 마찬가지다. 서사적 정체성은 불변하는 요소와 변화하는 요소의 변증법적 긴장 속에서 발견되는 것으로서, 우연한 사건을 전체 이야기의 필연적인 구성 요소로 만드는 과정이기 때문이다. 이 변증법적 긴장 속에서 삶은 변화를 포괄하면서도 개연성을 지닌 역동적인 시간 구조로 드러난다.

　　자서전과 관련해서 볼 때, 서사적 정체성은 글 쓰는 행위(또는 말하는 행위)와 정체성의 정립 문제를 제기하고 있다는 점에서 중요하다. '서사적 정체성'에 따르면, 자신을 이해하기 위해서 자서전 작가는 소설가처럼, 파편화되고 이질적인 삶을 역동적으로 재배치해서 통일성과 총체성을 만들어 내야 한다. 자서전 작가는 과거에 경험한 사실을 재생해 내는 것에 만족할 것이 아니라, 글쓰기와 기억의 움직임에 따라 '재구성된' 과거의 사건이 일정한 의미를 갖도록 노력해야 한다. 이러한 과정은 이야기 속에서 이루어질 수밖에 없다. 리쾨르는 한 개인의 정체성뿐 아니라 국가나 사회의 정체성도 궁극적으로는 '이야기'에 의해, 이야기 속에서 이루어진다고 주장한다. 이때 이야기는 결합 체계를 의미한다. 현재 제기되는 문제를 해결하기 위해 서사적 정체성은 개인적인 이야기를 하나의 체계로 재정돈한다. 이렇게 구축된 이야기를 통해 한 개인은 이해될 수 있는 존재, 즉 '읽혀질 수 있는' 존재가 된다. '이질성의 종합' 혹은 '우연성의 효과를 필연성의 효과로 전이'시킨다는 의미에서, 리쾨르는 아리스토텔레스의 '줄거리 구성 원칙'에 근거하여, 이야기에 의해 생성되는 서사적 정체성을 '불협화음을 내는 화음(concordance discordante)'의 원칙으로 간주하고 있다. 서사적 정체성은 생성의 관점에서 세계를 이해함으로써 경험을 재구성하고 해석하여 미지의 현실을 창조하는 방식, 달리 말하면 '의미의 구성 원칙'인 셈이다.

　　서사적 정체성이 이야기 속에서만 발견되는 인위적인 구성물이라면, 그것은 지속성의 '환상'에 불과한 것이 아닌가 하는 의문을 제기할 수 있다. 이렇게 구성된 진실은 객관적인 진실이라기보다는 이야기 속에서만 기능하는 진실, 화자 – 작가에 의해 만들어진 '연속성의 환상'으로서의 진실이기 때문이다.[49] 그 결과 서사적 정체성이 자서전 장르의 원리와는 배치된다는 반론에 부딪히게 된다. 자서전에 구축된 정체성이 이야기 속에서만 기능한다면 그것은 실제 현실과의 관계를 통해 규정되는 자서전 장르의 '규약'을 배반하는 것이기 때문이다. 이러한 논의는 이야기의 진실성, 자서전 작가가 자기 이야기에 대해 갖고 있는 권위, 이야기를 통해 만들어지는 자기 정체성에 대한 의문으로 이어진다. 이는 곧 (회고적) 기억의 문제, 환상과 욕망의 문제, 현대 철학에서 제기되고 있는 애매성의 문제 등과 더불어 주체 의식 전반을 문제시하기에 이른다.

그러므로 서사적 정체성이 정체성을 규정하는 중요한 철학적 방법론이라는 사실을 인정하면서도 이 방법론이 지니고 있는 한계를 일정 부분 확인할 필요가 있다. 사실 루소적인 의미에서 자서전 작가는 인지될 수 있고 이야기될 수 있는 과거, 즉 타인에게 전해질 수 있는 경험적 현실을 가정하고 있었다. 루소는 이야기되는 현실이 삶의 진실인 동시에 이야기로서의 진실성을 담보하고 있다고 믿었으며 동시에 진실을 통해 타인과 의사소통할 수 있다고 확신하고 있었다. 로버트 엘바즈는 이러한 자서전적인 주체가 18세기에는 가능했을지 모르지만 현대 사회에서도 여전히 유용한가에 대해 의문을 제기한다. 현대의 자서전 작가는 스스로 자기 이야기에 대해 절대적 권위를 지니고 있는가? 이야기로 만들어지는 자기 정체성이 화자 – 작가와 구별되는 또 하나의 독립적 개인으로 존재하는가? 게다가 언어가 말하는 주체의 이념에 따른 '기능'으로 정의되고, '현실'도 그 주체의 창조물로 간주되며, 언어를 통해 만들어진 진실의 객관적 형태를 확인할 수 없다면, 독자들은 언어의 투명성에 대해서, 즉 객관적 의사소통 가능성에 대해 의문을 제기할 수밖에 없다.[50] 실제로 많은 작가가 자신의 삶을 '이야기'하더라도 자신의 정체성을 이해하기란 쉽지 않으며 타인의 공감을 얻어 내기란 더더욱 쉽지 않다는 사실을 토로하고 있다. '이야기'를 통해 정체성을 구성하고 타인과 소통하리라는 것은 환상에 불과할 수도 있다.

만약 이야기를 통해 만들어진 정체성이 일종의 환상이라면, 이렇게 만들어진 정체성을 가지고 자서전 작가는 자신을 독특한 개성을 지닌 자로 소개할 수 있을지는 모르지만, 그것이 불변하는 유일한 '성격'이라고 말할 수는 없을 것이다. 왜냐하면 서사적 정체성은 글을 쓰는 시점과 관련되어 구성되는 '불안정'한 것이기 때문이다. 리쾨르도 서사적 정체성이 삶의 일관성을 표현하고 있지만, 그렇다고 해서 그 일관성이 불변의 것이라고 말하지는 않는다. 서사는 자신의 삶을 이해하는 방법이기 때문에, 동일한 사건이라고 해도 다른 관점으로 그 사건에 대해 성찰할 수 있고, 다른 시기 또는 다른 문맥 속에 그 사건을 위치시키면 새로운 서사가 형성될 가능성도 얼마든지 열려 있다.

자서전 작가가 자신의 삶에 대해 완결된 작품을 내놓는 것이 아니라 끊임없이 새로운 버전의 작품을 내놓을 수 있는 것처럼, 서사적 정체성은 과거와 현재의 경험을 다양한 차원에 재위치시키는 과정에서 생성되는 정체성이다. 서사적 정체성은 '서사' 행위 속에서 구성되는 불안정한 정체성인 것이다. 그러므로 서사적 정체성은 결코 완성될 수 없는, 무한히 지속될, 자기 탐색의 과정을 효과적으로 보여 주는 '문제 제기' 방법임을 알 수 있다.

그러므로 서사적 정체성을 자서전 작가가 꾸며 내는 '거짓 이야기'라고 할 수는 없다. 그것보다는 차라리 자신을 인식해 가면서 겪게 되는 자기 정체성의 탐색 과정으로 이해하는 것이 올바른 것 같다. 뱅상 드 골작은 이야기를 하면서 자기 정체성을 만들어 간다고 지적한 바 있다.[51] 그런 의미에서 한 개인은 주체로서 자신이 만들어 낸 이야기의 산물이다.

루소:
사회와의 첫 대면

어느 날 나는 부엌에 딸려 있는 방에서 혼자 공부하고 있었다. 내가 공부하기 전에 하녀가 랑베르시에 양의 빗을 말리려고 벽난로 뒤 벽감 위에 그것을 올려놓았다. 그녀가 빗을 가지러 돌아와 보니, 빗 한 개의 한쪽 빗살이 다 부러져 있었다. 부러진 것을 누구 탓으로 할 것인가? 나 말고는 그 방에 들어간 사람이 아무도 없었다. 사람들이 내게 묻지만 나는 그 빗에 손댄 것을 부인한다. 랑베르시에 남매는 한편이 되어 나를 설득하고 다그치고 위협한다. 나는 고집스럽게 버틴다. 내가 아주 뻔뻔하게 거짓말을 했다고 쳐도 내가 그러는 걸 처음 보면서도, 사람들이 얼마나 강하게 확신하고 있었던지 내가 아무리 항의해도 그 확신을 꺾을 수 없었다. 사람들은 이 사태를 심각하게 받아들였고, 또 그럴 만하기도 했다. 악의와 거짓말과 고집은 똑같이 처벌받을 만한 것이었다. 처벌을 받긴 했지만 이번에 매를 때린 사람은 랑베르시에 양이 아니었다. 베르나르 외삼촌에게 편지를 써서 외삼촌이 왔던 것이다. 내 가련한 외사촌도 나 못지않은 중대한 죄를 지은 상태였다. 우리는 똑같은 벌을 받았다. 그 벌은 끔찍했다. 사람들이 병 자체에서 약을 구하여 나의 비정상적인 관능을 영원히 완화시키려고 했다면, 이보다 더 잘할 수는 없었을 것이다. 그래서 나는 오랫동안 그 관능으로 인해 시달림을 받지 않았다.

사람들은 내게서 그들이 강요했던 고백을 끌어낼 수 없었다. 몇 차례나 혼이 나고 끔찍하기 이루 말할 수 없는 상태에 몰렸으나 나는 흔들리지 않았다. 나는 죽음도 견뎠을 것이고, 죽을 각오도 하고 있었다. 심지어 폭력조차도 어린아이의 악마 같은 고집에 굴복해야 했다. 사람들은 나의 끈질김을 그렇게 부를 수밖에 없었던 것이다. 만신창이가 되긴 했지만 마침내 나는 그 잔인한 시련에서 승리를 거두었다.

이 사건이 발생한 지도 이제 거의 50년이 다 되어 간다. 오늘 똑같은 사실 때문에 또다시 벌을 받는다고 해도 나는 두렵지 않다. 좋아! 신의 면전에서 선언컨대, 나는 죄가 없으며, 빗을 부러뜨리지도 않았고, 만지지도 않았으며, 벽감에 다가가지도 않았고, 그럴 생각조차 하지 않았어. 어떻게 그런 일이 벌어졌는지 나에게 묻지 마라. 나로서는 어떻게 된 일인지도 모르고 그것을 이해할 수도 없으니 말이다. 내가 확실하게 알고 있는 것은 그 일에 있어서 나는 무죄라는 사실이다.[52]

나탈리 사로트는 한 인터뷰에서 "나에게는 (루소의)『고백록』1장 이상의 것은 없다."라고 말했으며, 마르그리트 뒤라스도『고백록』을 "떼어 놓을 수 없는 책"이라고 밝힌 바 있다.[53] 작가가 자신의 삶을 하나의 작품으로 완성할 때 루소는 의심의 여지없이 가장 완벽한 전범으로 받아들여지고 있다. 자신의 삶을 기술한다는 것을 루소는 자기 기원의 탐색이라는 차원으로 제시했다. 그 기원은 하나의 결정적인 기원이 아니라 여러 만남으로 이루어진다. 그것은 부모와의 만남, 언어와의 만남, 첫 기억 등으로 표현될 수도 있고, 또 사회와의 첫 대면으로 나타나기도 한다.

프랑스 문학에서 사회와의 첫 대면이 가장 극적으로, 또 가장 폭력적으로 드러난 작품은 알베르 카뮈의 『이방인』이라고 할 수 있다. 루소 또한 사회와 처음으로 대면했을 때 겪은 불합리한 느낌, 자신이 편견과 폭력의 희생양이 되었다는 느낌을 간직하고 있다. 그 대표적인 예가 '부러진 빗' 에피소드다. 자신이 공부하고 있던 방에 하녀가 빗을 말리려고 두었는데 빗살이 부러져 있었다. 루소는 그 방에 자기 외에 아무도 들어오지 않았음을 분명히 밝히고 있는데, 아무런 증거도 없이, 단지 정황에 근거하여 루소가 부러뜨린 것으로 비난받았다. 또 자신이 나쁜 짓을 했음을 인정하지 않았기 때문에 더욱 심한 벌을 받았다. 루소는 이 에피소드에서 죄 없는 한 개인을 범죄자로 만들고, 인간의 순수함을 인정하지 않는 불합리한 세계, 거짓과 폭력의 세계를 형상화한다. 그는 자신이 무죄라고 주장하며 '신'을 절대적 증인으로 내세운다. 그리고 '네 죄를 네가 알렸다.'라는 식으로 자신의 입으로 죄를 실토하던 과거의 방식이 아니라 죄를 입증하는 새로운 방식을 제안한다. 자신이 유죄라면 그것은 고발자가 증명해야 하며 죄 없는 자신이 무죄라는 사실을 증명할 의무는 없다. 죄가 증명되지 않으면 자신은 무죄인 것이다. 하지만 자신의 선의는 정황 증거와 진실을 독점하고 있는 어른들에 의해 받아들여지지 않는다. 이때까지 한 개인이 사회의 적대적 시선으로부터 분리되어 존재할 수 있는 것처럼 기술했다면, 이제 처음으로 타인의 편견 – 권력이 빗이라고 하는 가장 작은 물건에까지 행사되고 있음을 루소는 간파한다. 한 인간은 사회 속에 놓여 있고, 사회는 개인에게 적대적이며, 한 개인의 진심은 오직 자기 자신만이 알 수 있다는 루소의 사회적 자아 인식이 여기에서 표현되고 있다. 루소는 사회적 편견이 인간의 선의를 파괴할 뿐 아니라, 사회는 사실 여부가 아니라

'했다고 가정된' 행위로 타인을 적대적으로 판단한다고 주장한다. 인간은 자신의 행위와 진실에 근거하여 유죄 여부가 결정되는 것이 아니라 편견에 따라, 또 증명되지 않은 혐의에 따라 범죄자로 만들어지는 것이다. 그에게 사회란 진실이 통하지 않는 타자를 의미한다. 나의 진실과 타자의 진실은 괴리되어 있다는 것, 그럼에도 불구하고 내적인 진실 – 성실성 외에 다른 것을 주장할 수 없다는 절망적인 깨달음을 이 장면은 보여 준다. 사회를 발견하면서 그의 황금시대는 막을 내린다.

　　이 인용문에서 흥미로운 사실이 또 하나 있다. 그것은 황금시대의 종말이 쾌락을 누릴 수 없는 사회의 발견과 동시에 이루어졌다는 사실이다. 그는 자신을 때린 사람이 랑베르시에 양이 아니라 외삼촌이라고 밝히고 있다. 랑베르시에 양의 빗이었기 때문에 만약 루소가 빗을 부러뜨렸다면 랑베르시에 양이 벌하는 것이 당연한데, 그는 외삼촌으로부터 벌을 받는다. 루소는 랑베르시에 양이 손으로 그의 엉덩이를 때리는 것에서 마조히즘과 유사한 관능적인 쾌락을 얻었고, 그것을 되풀이하여 경험해 보고자 했다. 그러나 외삼촌이 벌함으로써, 그가 욕망의 대상인 랑베르시에 양과 직접적인 관계를 맺는 것은 이제 불가능해졌다. 제3자가 둘 사이를 매개한다. 매개하는 제3자가 바로 '사회'다. 이 에피소드가 사회와의 첫 대면이 되는 것은 빗살이 부러지면서 자신이 사실과 관계없이 폭력의 희생물이 되었다는 사실, 그리고 빗과 아무런 상관이 없는 제3자가 당사자를 대신하여 자신에게 벌을 내렸다는 사실과 연결되어 있다. 그가 받은 벌은 더 이상 애정의 산물이 아니다. 그것은 사회적 징벌에 불과하다.

3

왜 자서전을
쓰는가?

자서전 작가가 자신의 삶을 기술하게 된 내적 동기를 명확하게 규정하고 있는 경우는 적지 않다. 몽테뉴는 「독자에게」에서, 루소는 자신의 삶을 기술하기 전에 일종의 서문을 써서, 그리고 레리스는 첫 자서전의 서문 「투우를 통해 고찰한 문학론」에서 자서전을 쓰는 행위와 자신의 삶이 어떤 관계를 맺고 있는지를 분명하게 밝힌 바 있다. 그러나 드러내고 싶지 않은 기억이 있고 또 그 중요성이 아직 명확하게 인지되지 않았다가 과거를 기술하는 과정에서 그 의미가 새롭게 부각되는 에피소드도 많이 있다. 명백하게 드러난 동기들이 실제로는 고백되지 않은 불분명하고 내밀한 욕망과 동기를 감추기 위한 경우도 있다. 또 레리스를 예로 들면, 그는 평생에 걸쳐 일곱 편의 자서전을 썼는데 각각의 자서전은 지향하는 목표뿐 아니라 서술 방식도 다르고 자서전을 쓰게 된 동기도 달라서, 어느 하나의 동기를 일반화시킬 수 없다. 하물며 거의 2000년에 이르는 자서전의 역사를 꿰뚫을 수 있는 자기 성찰의 동기를 기술한다는 것은 이미 불가능한 시도라고 할 수 있다. 하지만 자서전에서 공통적으로 발견할 수 있는 글쓰기의 동기들이 있는데, 이를 굳이 세 가지로 정리한다면 자기 인식의 욕구, 자기 정당화의 욕구, 증언의 욕구에 주목할 수 있다.

자서전을 쓰는 이유를 이해하기 위해서는 '무엇을 고백할 것인가?'

왜 자서전을 쓰는가?

라는 질문을 제기할 필요가 있다. 브뤼노 베르시에는 자서전에서 공통적으로 확인할 수 있는 주제로 "나의 출생, 아버지, 어머니, 집, 다른 가족들, 첫 기억, 언어, 외부 세계, 동물들, 죽음, 책, 소명, 학교, 성(性), 유년기의 끝"[1]을 나열하고 있다. 그런데 이러한 주제들은 '나는 누구인가?'라는 존재론적 질문과 분리될 수 없다.

'자기 인식의 욕구'는 어떤 행동을 하게 된 가장 내밀한 이유를 찾아보려는 욕망에서 비롯된다. 이런 질문에 대해, 자서전 작가들은 "나는 과거에 이러이러한 행동을 한 사람이다."라고 말함으로써 자신의 정체성을 밝히려고 노력한다. 움베르토 에코가 한 사람의 정체성을 규정할 때 사용했던 기준이 바로 그것이다. 자기 정체성은 과거의 행동과 분리되지 않는다.

그러나 자기 인식이 과거를 탐색함으로써만 얻어지는 것은 아니다. 자서전 작가는, 실제 있었던 과거의 사건을 드러내는 것은 물론이고 이상이나 개인적 비전을 드러냄으로써 자기 삶에 일정한 의미와 방향을 부여하기도 한다. 그래서 유년기의 자기를 돌아보면서 자신의 행위를 영웅화하기도 하고, 때로는 후회하면서 과거에 했던 행위의 의미를 현재의 관점에서 해석해 보고 그것을 통해 미래에 대한 지침을 얻고자 한다. 자서전은 '회고적'인 동시에 '전망적'이기 때문이다.

'전망적인' 글쓰기에 대해 미셸 보드는 '예상 미래(futur d'anticipation)'라는 이름으로, 과거에 이루어지지 않았지만 상상으로는 가능했던 미래에 대한 몽상을 주목한 바 있다.[2] 같은 문맥에서 필립 르죈도 루소의 예를 들어, 실제로 일어나지는 않았지만, '만약 자신이 그때 그렇게 하지 않고 다른 선택을 했더라면 어떻게 되었을까?'라는 질문을 제기하고 현재의 자신과는 다른, 작가가 상상하는 또 하나의 정체성이 있을 수 있다고 지적했다. 르죈은 그것을 실현되지 않은 과거라는 의미에서 '과거의 비현실(irréel du passé)'이라고 이름 붙였다.[3] 그러나 '전망적'이라는 용어를 과거에 이루지 못한 무엇이라는 의미로 한정하여 사용할 필요는 없다. 오히려 '나는 누구인가?'라는 질문은 글쓰기를 통해 '나는 무엇을 해야 하는가?'라는 질문으로 이어질 수 있다. 존재론적 질문은 윤리적인 질문과 결코 분리되지 않는다.

자기 인식의 가능성에 대해서도 작가마다 다른 대답을 내놓고 있다. 미셸 레리스나 조르주 페렉과 같은 작가들에게 자기 인식은 원초적인 기억을 되찾는 것과 관련되지만, 그 기억은 망각되었거나 억압되어 있다. 조르주 상드나 마르그리트 유르스나르의 경우, 자기 인식은 기원에 대한 탐색과 연결되어 있다. 그들은 사료를 수집하고 검토하는데 그 작업은 부모님의 생애를 넘어 조상의 이야기라는 형태로까지 나아간다. 기원에 대한 탐색 결과 자서전은 역사 소설의 위상을 지니게 된다. 이와 같은 예에서 잘 알 수 있듯이, 자신의 과거를 탐색하는 작업은 종결될 수 있는 작업이 아니다. 현대 작가들에게 있어 자기 정체성을 탐색하는 것은 결코 하나의 결정적인 '나'를 제시할 수 없는, '추구' 자체로 의미 있는 행위라는 점에서 자서전은 대표적인 열린 텍스트가 된다. 그러나 모든 작가에게 자기 인식이 불가능한 것은 아니다. 적어도 성 아우구스티누스나 루소에게 자기 정체성은 의심의 여지없이 명백한 것이었다. 루소는 "나는 내 마음을 느낀다."라는 유명한 문장을 통해 자신을 감각의 존재로 규정하고 있는데, 이처럼 자기 존재의 '투명성'을 확신하고 있는 경우 '나는 누구인가?'라는 질문은 '내가 느끼고 알고 있는 진실을 타인에게 어떻게 전달할 것인가?'라는 질문으로 제기되기도 한다.

두 번째로는 '자기 정당화의 욕구'를 주목할 수 있다. 이 욕구를 가정한다는 것은 자서전이 기본적으로 타자에 대한 행위라는 의미다. 자서전 작가에게 '존재한다'는 것은 스스로를 용서하고 인정하는 개인적 차원을 넘어선다. 자신의 내밀한 행동이 타인에게 인정받고 정당화될 때 그는 존재할 수 있다. 그런 점에서 자서전에서 자기 인식의 욕구와 자신을 타자에게 이해시키고자 하는 욕구는 분리되지 않는다. 허구와 자서전이 구분되는 지점이 바로 이 부분이기도 하다. 자서전을 쓰는 것은 자기 텍스트뿐 아니라 자신의 삶을, 자기 성격에서 드러나는 독특한 개인적인 특성을 존중하고 동의해 달라는 의도가 숨어 있다. 독자에게서 사랑을 받고자 하는 욕구, 관계를 개선하고자 하는 욕구를 자서전에서는 자기 정당화의 욕구로 표현한다.

자기 정당화의 욕구가 자서전에서는 '법정 장면'이라고 하는 독특한 양상으로 드러난다.[4] 자서전 작가는 자신을 죄인처럼 제시하면서 스스로를 비난하고 죄의 고백을 통해 구원을 얻고자 한다. 죄의 고백은 종교적 자서전에서는 물론이고 자서전에서 전형적으로 다루어지는 소재다. 성 아우구스티누스는 『고백록』에서 과거의 오류를 고백하고 회심을 통해 자신이 구원받았음을 보여 주고 있다. 죄를 고백하는 데에는 고백을 통해 사면받고자 하는 욕망, 현대적으로 이야기하면 카타르시스를 얻고자 하는 욕망이 숨어 있다. 루소는 '최후의 심판관'인 하느님에게 호소하는데, 이

때 자신에 관한 모든 것을 성실하게 서술한 자서전은 마치 법정에서 피고인이 제출하는 최후 진술서와 같은 역할을 한다. 자서전을 가지고 루소는 하느님과 대중 앞에서 자신을 정당화한다. 자서전은 자서전 작가에게 제기된 거짓되고 부당한 비난에 대응하는 수단이 되는 것이다. 죄를 고백하는 것이 자기 정당화를 위한 시도라는 사실은 루소의 도둑질 에피소드에서 쉽게 확인할 수 있다. 루소는 자신을 적극적으로 도둑질한 사람으로 제시하지 않고 오히려 피해자로 제시한다. 결핍감을 느끼는 사람에게 사회가 필요한 물건을 주지 않고 거부하기 때문에 도둑질을 하게 된다는 것이다. 이런 관점에서 보면, 도둑질은 자신의 잘못이라기보다는 사회의 잘못이다. 자서전을 통해 루소는 자신이 무죄임을 선언하는 것이다. 그러나 자서전 작가가 아무리 솔직하게 과거를 서술한다고 해도 그것은 자신을 정당화하기 위한 개인적인 자기 '버전'의 진실이라는 점에서, 나르키소스적인 자기 만족감이나 허영심에서 벗어날 수 없다. 자신을 응시하는 나르키소스적인 행위는 자신의 버전으로 타인을 설득하려는 자기 정당화의 욕구를 드러내는 방식이라고 할 수 있다.

세 번째로는 '증언'이라고 하는 가장 현실적인 욕구와 관련된다. 증언은 자신뿐 아니라 가족과 사회, 그리고 역사적 사건 등 자신이 경험했던 사항을 객관적으로 묘사하고자 하는 욕구에서 비롯된다. 시간의 흐름을 거슬러, 모든 것이 망각에 이르기 전에 과거의 사건을 기록해 두고자 하는 '증언'의 욕구는 사라져 버리는 일회적인 역사적 사건에 지속성을 부여하고자 하는 욕구와 연결된다. '증언'의 욕구에는 다양한 욕구가 포함되는데, 자신이 경험했던 역사적 사건을 증언하고자 하는 욕구 이외에도 내밀한 자아를 드러냄으로써 내적 진실을 성찰하고자 하는 개인적 욕구, 소중했던 인물이 죽은 후에도 그 인물의 이미지를 마치 하나의 동상처럼 만들어 영원성을 확보하려는 전기적 욕구, 즉 흘러가는 시간에 형태를 부여하려는 욕구가 있으며, 장르의 특성을 규정하려는 욕구도 있다.

증언이라고 하면 당대의 역사에 대한 증언이 무엇보다 먼저 떠오른다. 프랑수아 르네 드 샤토브리앙은 『무덤 너머의 회고록』에서 18세기 말에서 19세기 초에 이르는 변혁의 시기 동안 자신이 경험했던 '역사적 사건'을 증언하고 있다. 샤토브리앙에게서 역사적 증언을 확인할 수 있는 것은 그의 자서전이 회고록의 특성을 지니고 있기 때문이며 대부분의 자서전 작가에게서 역사적 증언은 그의 주된 목표가 아니다. 자서전 작가는 오히려 자신의 독특한 '개성'에 대해 '숨김없이' 증언하고자 한다. 여기에는 한 개인의 가장 사소한 일상적인 체험이 '증언'으로 기록되고 보존될 가치가 있다는 인식이 깔려 있다. 이미 몽테뉴는 『수상록』에서 가장 특이한 자아를 묘사하는 것이 '인간 조건에 대한 묘사'가 될 것임을 선언한 바 있고, 루소는 "세상 사람들에게 자연의 모든 진실 속에 놓인 한 인간을 보여 주고자 한다. 그 인간은 나일 것이다."라고 밝히면서 '나'의 진실을 증언하는 것이 "인간을 연구하는 데 필요한 비교항"이 될 것이라는 희망을 품고 있다.

증언 중에서 가장 흔한 것이 가족 관계에 대한 증언이다. 로맹 가리는 자서전 『새벽의 약속』에서, 자신의 삶을 서술하는 것이 어머니와의 관계를 서술하는 것과 밀접한 관련이 있음을 보여 주면서, 죽기 전에 미리 써 놓았던 수백 통의 편지를 군대에 가 있는 아들에게 부쳐 달라고 다른 사람에게 부탁하여, 죽은 후에도 마치 유령처럼 살아 있는 것처럼 느껴졌던 어머니의 과도한 사랑을 증언하고 있다. 물론 가족 관계에 대한 증언은 그 자체로 중요한 것이 아니라, 그것이 자서전 작가의 내밀한 무엇을 드러내기 때문에 중요하다. 사르트르는 『말』에서 외할아버지의 의도를 미리 짐작하고 그 의도대로 행동한 희극 배우처럼 자신을 제시하는데, 철학가로서 자신에게 가장 중요한 가치인 '자유'의 관점에서 그렇게 행동하도록 강요했던 과거의 할아버지를 비판함으로써 자신의 철학과 행동 원칙을 설득력 있게 보여 주고 있다. 사르트르는 가족 관계를 서술하면서 자신의 철학을 설파하고 있는 것이다.

나탈리 사로트의 『어린 시절』은 자서전을 쓰는 동기와 관련하여 가족 관계를 증언하고 있는 대표적인 텍스트라고 할 수 있다. 사로트는 이 작품에서 부모님이 이혼한 후, 무심한 어머니 때문에 겪었던 고통과 어머니의 정체성을 구성해 내면서 현실로 복귀하는 과정을 서술하고 있다. 그 과정에서 과거의 삶에 형태를 부여하고, 자신의 욕망을 해소해 가며 스스로 불만스럽게 생각했던 당시의 상태를 교정한다. 이러한 과정이 일종의 가족 소설의 형태로 서술되고 있는데, 부모님의 정체성을 이해하는 과정과 아이가 자신의 정체성을 탐색하는 과정이 밀접하게 연결되어 있다.

이 중에서도 사로트가 '고아 의식'을 갖게 되는 장면에 주목할 수 있다. 고아 의식은 가족 소설에서 드러나는 대표적인 환상 중의 하나다. 어머니가 정해진 기한이 되어도 자신을 찾으러 오지 않자 사로트는 계속 아버지의 집에서 지내게 된다. 그런데 양어머니가 낳은 동생이 커 감에 따라 원래 자신의 방이었던 곳에서 쫓겨나 작은 부엌방으로 옮겨 가게 된다.

사로트는 "난폭하게 쫓겨나고 이제까지 아무도 살지 않던 음울한 구석으로 여겨졌던 곳에 던져졌"[5]다는 느낌을 받으면서 자신을 일방적인 폭력의 희생자로 규정한다.

그러나 사로트가 이 사건을 폭력으로, 더 나아가 불의나 비윤리적인 처사로 느끼게 된 이유는 따로 있다. 방을 바꾼 것이 "이 끔찍한 일, 가장 끔찍한 일"이 되는 것은 동생을 돌보아 주던 아줌마가 사로트의 처지를 빗대어 "엄마가 없다는 것은 얼마나 불행한 일인지."[6]라고 말함으로써 밝혀진다. 방을 내준 것은 자신이 공주에서 하녀의 위치로 신분이 추락한 것을 의미하며, 그 추락의 근원에는 어머니의 부재가 놓여 있다.

방에서 쫓겨난 이 에피소드에 이어, 양어머니 베라는 사로트에게 지금 살고 있는 파리의 집이 "너의 집이 아니야."[7]라고 말하는데, 사로트는 자신의 처지를 양어머니에게서 학대받는 신데렐라에게 비유하고 있다. 방을 내주게 된 불행한 사건을 통해 사로트는 자신을 일종의 사생아로 규정한다.

나는 그러므로 엄마가 없다. 그것은 분명하다. 나는 엄마가 없다. 그렇지만 어떻게 그것이 가능한가?[8]

"어떻게 그것이 가능한가?"라는 물음에는 고아라는 현실을 인정하지 못하고 사로트가 당황하고 혼란스러워하는 모습이 응축되어 있다. 이와 같은 고아 의식을 바탕으로 사로트는 자신의 현실을 인식하게 된다. 그러나 결코 자신의 입으로 어머니로부터 버림받았다고 말하지는 않는다.

다른 사람의 말을 인용함으로써 그들의 눈에 비친 자신의 현 상태를 기술할 뿐이다. 하지만 사로트가 다른 사람의 입을 빌려 말하고 있는 사실은 그녀가 머지않아 인식하게 될 어머니의 실체와 다르지 않다. "나는 엄마가 없다."라는 사실은 단순히 부재를 의미하지 않는다. 그녀는 어머니로부터 '배제'되었다는 사실을 깨닫고, 그것을 '배반'당했다는 의식으로 명료화한다. 그런데 역설적이게도, 사로트가 성숙한 개인으로 성장하게 된 것은 어머니의 본질을 이해함으로써 가능하다. 사로트는 어머니의 본질을 깨닫는 것이 삶의 환상에서 벗어나는 길임을 보여 준다. 그녀는 가족 소설의 구도를 이용하여 성장 과정에서 겪게 되는 위기를 해결한다. 가족 관계를 증언하는 것이 과거를 견뎌 내고 자신의 현존재를 성공적으로 구축해 가는 방법으로 제시되고 있는 것이다.

많은 작가에게 개인적인 증언은 그 작가가 자서전 장르를 어떻게 이해하고 있는지를 알려 주는 소중한 방식이기도 하다. 마리클레르 케르브라는 루소의 개인적 체험을 통해 자서전 장르 자체에 대한 증언을 읽어 내고 있다. 이 연구자는 루소의 행동 유형을 '마조히즘, 노출증, 자위'의 세 가지로 제시하는데, 이것을 제각기 자서전의 일반적인 특성으로 확대 해석할 수 있다. 예를 들면, 마조히즘은 자서전 작가가 주로 고백하는 것이 자신의 개인적 오류, 절대 용서받지 못할 죄악, 자기 행동의 은밀한 욕망이나 죄의식을 고백하는 특성과 연결된다. 노출증은 모든 것을 날것 상태 그대로 드러내고 고백해야 하는 자서전 작가의 상황과 연결되어 있다. 그리고 자위는 자기 자신을 대상으로 상상 속에서 타인과 관계 맺는 자서전 특유의 글 쓰는 행위를 보여 준다. 이처럼 개인적 증언 하나하나는 그

가 지금 써내려 가고 있는 자서전과 관련된 장르의 특성을 '증언'하는 방식이 된다.[9]

　　자기 인식의 욕구, 자기 정당화의 욕구, 증언의 욕구, 이 세 가지가 '나는 누구인가?'라는 질문을 관통하고 있다. 그런데 자기 정체성에 대한 질문은 현재 자서전 작가가 하고 있는 행위, 즉 글쓰기의 문제와 불가분의 관계에 놓여 있기 때문에, 결국 글쓰기에 대한 성찰과 연결된다. 자기를 탐색하는 과정에서 '과거의 여러 가지 에피소드 중에서 어떤 것을 제시하고 어떤 것을 배제할 것인가? 어떤 사실부터 시작할 것인가? 텍스트는 어떻게 끝마쳐야 하는가? 어떤 형식으로, 어떤 문체로 삶을 재구성할 것인가?'와 같은 글쓰기와 관련된 문제가 제기된다. 그러므로 자서전을 쓰는 것은 자신만의 특별한 경험을 가지고 자기 정체성의 문제를 제기하면서, 그 경험을 전달하는 방식인 글쓰기의 문제를 동시에 성찰하는 것이다.

나탈리 사로트 :
증언 혹은 가족 소설

- 별 생각 없이 서투르게 했던 경우를 제외하면 그녀가 네 입장에 서 보려고 전혀 노력하지 않았다는 생각에 이르기까지 너에게는 참 많은 시간이 필요했었지…….

- 그래, 이상하게 이 무심함, 이 거침없음이 그녀의 매력을 이루고 있었어. 단어의 원래 의미 그대로, 그녀가 나를 매혹시키고 있었어. …… 그 어떤 말도, 그 말이 아무리 강력하게 던져져도, 내 안에 떨어지면서 그녀의 몇몇 말이 가졌던 그런 반향을 가졌던 말은 절대 없었어.

"만약 네가 이런 전봇대를 건드리면 너는 죽게 돼…….".

- 어쩌면 그녀가 정확하게 이렇게 표현하지는 않았을지도 모르지…….

- 그럴지도 몰라……. 하지만 나에겐 그렇게 받아들여졌어. 만약 네가 그것을 건드리면 너는 죽게 된다…….
어디인지는 모르겠지만 우리는 시골에서 산책을 하고, 엄마는 콜리아의 팔짱을 끼고 천천히 걷고 있다. 나는 뒤에 떨어져서 나무 전봇대 앞에 서 있다……. "그거 만지면 너는 죽게 돼." 엄마가 말했었다. ……그것을 건드리고 싶어, 알고 싶어. 나는 아주 겁이 난다. 그것이 어떻게 될지 보고 싶어. 손을 뻗어 손가락으로 나무 전봇대를 건드린다……. 그리고 즉시, 됐어. 그 일이 나에게 일어난 거다. 엄마는 알고 있었어. 엄마는 모르는 것이 없잖아, 확실해. 나는 죽었어. 나는 울부짖으며 그들 뒤로 달려가서 엄마의 치마폭에 머리를 파묻고는 있는 힘을 다해 외친다. 나는 죽었어요……. 그들은 영문을 모른다. 나는 죽었다고요……. 대체 왜 그러니? 나는 죽었어요, 죽었어요, 죽었다고요. 내가 전봇대를 건드렸어요, 그러니 된 거예요. 끔찍한 것, 가장 끔찍한 것이 그 전봇대 안에 있었어요. 내가 그것을 건드렸더니 그것이 내 안으로 들어와, 내 안에 있어요. 나는 그것이 밖으로 나가도록 땅바닥에서 뒹굴며 오열하고 울부짖는다. 나는 죽었어요……. 그들은 나를 안아 일으키고는 내 몸을 흔들고 키스를 해 준다……. 아니야, 너는 괜찮아……. 전봇대를 건드렸어요. 엄마가 그랬잖아요……. 그녀는 웃는다. 둘 다 웃는다. 나는 안도감을 느낀다……. **10**

이 에피소드는 『어린 시절』을 구성하고 있는 일흔 개의 에피소드 중 여섯 번째로, 사로트는 어머니와의 관계를 '언어'의 차원에서 재구성하고 있다. 어머니와 주고받은 말을 가지고 과거의 관계를 다시 고찰해 보고자 하는 시도는 이 에피소드가 처음은 아니다. 아버지와 함께 보내게 된 몇 주일 동안 어머니는 어린 사로트를 걱정하여 식사를 할 때 대충 그냥 넘기지 말고 음식이 "수프가 될 정도로 꼭꼭 씹어 먹어라."라고 조언하고 그러겠다는 약속을 하게 한다. 사로트는 그 조언을 문자 그대로 실행한다.

그녀는 어머니가 안 계시는데 자신이 어머니의 말대로 행동하지 않는다면 어머니를 부인하는 것이라고 생각한다. 어린 사로트에게 '말'은 '존재'와 아무런 차이가 없으며, 약속은 존재를 지켜 내기 위한 힘든 투쟁이 된다. 하지만 어머니의 말대로 행동했더니 그녀는 외톨이가 되어 비웃음의 대상이 된다. 어머니와 맺었던 약속을 지켰기 때문에, 어머니 때문에 그녀는 비참한 존재가 되는 것이다. 사로트의 자서전이 보여 주고 있는 독특한 점은 과거의 삶을 하나의 특별한 관점에서 고찰할 수 있다는 것, 그리고 가족 관계에서 드러나는 갈등과 상실이 체험을 '어머니의 말'을 통해 서술할 수 있다고 생각한 데에 있다.

이 에피소드에서도 말과 존재의 관계가 거의 동일하게 반복된다. 어머니는 전봇대 안에 끔찍한 것이 있고 그것을 만지면 죽는다고 말한다. 그런 의미에서 어머니는 죽음을 포함하여 모든 것을 알고 있는 존재이며, 절대적인 존재다. 그러나 사로트는 전봇대를 건드려 본다. 전봇대를 건드리고자 하는 충동은 어머니가 제시한 금기보다 더 강렬하다. 그것이 죽음의 충동이든 아니면 이미 어머니의 말이 거짓일지 모른다는 것을 짐작한 의도적인 행동인지는 중요하지 않다. 중요한 것은 이 에피소드가 어머니의 허위성을 고발하는 에피소드로 기능한다는 것이다. 어머니의 말대로라면 전봇대를 건드렸을 때 사로트는 죽었어야 한다. 실제로 전봇대를 건드리고 사로트는 "나는 죽었다."라고 선언한다. 유년기의 특징 중의 하나가 어머니의 (말의) 전능성을 전혀 의심하지 않고 받아들이는 것 때문에 어머니가 죽을 것이라고 말하면 자신은 '당연히' 죽을 것이다. 하지만 어머니의 말과는 달리 전봇대를 건드렸지만 자신은 죽지 않는다. '살아 있

음’과 더불어 어머니의 말과 어머니의 존재가 허위가 아니었나 하는 의심
이 생긴다. 어머니에 대한 신뢰를 상실한 것이다. 심지어 이 에피소드는
신뢰의 상실을 넘어선다. 사로트는 어머니를 부인하는 데에까지 나아간
다. 사로트가 “끔찍한 것, 가장 끔찍한 것이 그 전봇대 안에 있었어요.”라
고 말했을 때 그 ‘끔찍한 것’은 원래는 ‘나의 죽음’을 의미했지만, 어머니
의 말이 허위라는 사실을 알게 된 지금 그 ‘끔찍한 것’은 어머니의 허위성
을 알게 된 자신의 상황을 암시한다. 전봇대를 건드리지 말라는 어머니 말
을 위반함으로써 사로트는 어머니의 거짓을 드러내고 어머니를 무화시킨
다. 말의 절대성이 사라지면서 어머니의 절대성도 사라지고 어머니는 위
반의 대상으로 등장한다는 것, 이것이야말로 ‘내 안에 있는 끔찍한 것’의
진정한 의미이며, 진정한 죽음이다. 따라서 이 에피소드는 어머니 – 말의
신성함을 믿는 주관적인 심리 현실과 그것의 허위성을 경험한 객관적 논
리 현실의 충돌을 여실히 드러내고 있다. 자의식이 형성되는 과정이 어머
니를 부인하는 과정으로 표현되고 있는 것이다. 성장한다는 것은 다소간
아버지나 어머니를 부정하는 과정을 거치기 마련이다. 하지만 사로트의
경우 성장은 ‘언어’를 통해 자신의 죽음과 어머니의 죽음으로 표현되고 있
다. 좀 더 분명히 말하자면 나의 삶과 어머니의 죽음은 동시에 일어난다.
자기 삶의 드라마를 자살 시도와 살해로 형상화한 것은 그리 흔한 일이 아
니다.

2부
위대한 작가는
어떻게 자서전을
썼는가?

1

고대 그리스와 로마

피에르 가르니에, 「이소크라테스 전신상」(1870)
고대 그리스에서 전해지는 가장 오래된 자전적 작품은 이소크라테스가
여든두 살에 쓴 『교환에 대하여』이다. 여기에서 작가는 자신의 주된 생활 방식,
성격, 삶, 교제하는 사람들, 그동안 받았던 교육 등을 드러내고 있다. 자신의
사상과 삶을 펼쳐 보임으로써 자신에 대한 '건축물'을 만들어 내고자 한 것이다.

기독교가 출현하기 전, 고대 그리스인들이 자신에 대한 성찰을 시도하지 않았던 것은 아니다. 수학자로 널리 알려진 피타고라스나 다른 금욕주의자들은 철학적이고 윤리적인 방식으로 자기 인식에 도달하고자 노력했다. 이를 위해 그들은 의식을 검증하고자 했다. 자신의 행동을 객관적이고 명증하게 검토하기 위해 그들은 타인에게 적용하는 것과 동일한 기준으로 자신의 삶을 검토하고자 했다. 그렇지만 그것이 현대적 의미에서 자서전적인 성찰로 연결되지는 않는다는 것이 일반적인 평가다. 어떤 점에서 고대 그리스인들의 자기 성찰이 '현대적인' 의미를 부여받지 못한 것일까?

고대 그리스인들에게 자기 성찰은 개인의 정체성 탐구와 관련이 없었고 그러한 성찰의 결과도 자서전이라는 형식으로 표현되지도 않았다는 사실을 지적할 수 있다. 고대 그리스에서는 현대적 의미의 자서전이 토대를 두고 있는 개인의식보다는 시민 공동체 의식이 강했다. '나'를 드러낼 수 있는 기회가 많지 않았고, 보편적인 로고스(logos)가 강조되었기 때문에 개인성을 자각한 개인이 뒤늦게 나타날 수밖에 없었다. 그들은 '나'보다는 '우리'로 존재했다. 가족이나 사회 계층이 더 중요했고, 그룹에서 벗어난 '나'는 중요한 존재가 아니었다. 게다가 고대 그리스인들이 자신의 의견을 드러내는 방식도 개인적 자아를 드러내는 데 적합하지 않았다.

그들은 양식에 따른 전통적인 방식으로 의견을 표명했고, 예술이나 문학 작품에 표현되어 있는 인간도 역사성을 갖고 생성 중인 '인물'이 아니라 이미 완성된 절대적인 아름다움을 갖춘 보편적 '인간성'과 관련되어 있었다.

델타 신전에 쓰여 있다는 '너 자신을 알라.'라는 유명한 격언은 자기 인식의 중요성을 강조하고 있는 것으로 흔히 이해되어 왔다. 그러나 이 격언이 의미하는 바를 이해하기 위해서는 고대 그리스인들에게 안다는 것이 무엇을 의미하며, '알기' 위해서는 '어떻게' 해야 하는가를 질문해야 한다. 그리스인들에게 '안다'는 것은 인간이 유한한 존재라는 자신의 '한계'를 지각해야 한다는 것을 의미했다. 그리고 그러한 앎에 도달하기 위해서는 수사학이 헛된 것임을 인식하고 철학이라는 진실을 추구해야 한다고 믿었다.[1] 이와 같은 관점에서 보면, '너 자신을 알라.'라는 격언은 자기 행동의 내밀한 동기를 이해하는 것이나 자아의 발견과는 거리가 멀다. 그들에게 자기를 안다는 것은 인간의 본질에 대해 아는 것이지 자기의 특이성을 이해하는 것이 아니었다. 그리고 인간의 본질은 보편적 이성과 관련되어 있으며 정의와 절제, 자기 통제와 관련되어 있었다. 고대 그리스인들에게 자기에 대한 성찰은 보편적 '지혜'에 이르는 길이었다.

고대 그리스 전문가인 모니크 트레데-불메르에 따르면, 고대 그리스인들에게 자기를 분석하고 인식하는 것은 "선(善)과 형태에 대한 사유와 불가분의 관계에 있으며, 그 시선은 자기에게로 향한 것이 아니라 자기 밖, 외부로 향하고 있다."[2] 그리스인들은 감각, 특히 시각에 따라 사물을 인지하기 때문에 그들에게 자기 인식이란 주체를 외부로부터 포착하려는 시도라는 것이다. 그런 의미에서 보면 고대 그리스인들의 자기 인식은 오히려 타인을 응시함으로써 얻어지는 것이며, 주체를 객체화하는 능력과 다르지 않다. 그러므로 '너 자신을 알라.'라는 격언은 내면을 들여다보고 영혼의 가치를 인식함으로써 자기 자신을 이해하고 진정한 자아의 탄생을 예감했던 현대적 의미의 개인 인식 방법과는 아무런 상관이 없는 현상이다.

이와 같은 사실을 논증하기 위해 트레데 - 불메르가 들고 있는 예는 매우 흥미롭다. 그에 따르면, 고대 그리스에서 전해지는 가장 오래된 자전적 작품은 이소크라테스(Isocrates)가 여든두 살에 쓴 『교환에 대하여』이다. 여기에서 작가는 자신의 주된 생활 방식, 성격, 삶, 교제하는 사람들, 그동안 받았던 교육 등을 드러내고 있다. 자신의 사상과 삶을 펼쳐 보임으로써 자신에 대한 '건축물'을 만들어 내고자 한 것이다. 이러한 사실만 가지고 판단해 보면, 이소크라테스가 자신의 삶과 텍스트의 독창성에 대한 자부심을 드러내고 있으며, 특히 자기 변호의 욕망과 같은 개인적인 심리를 드러낼 것이라고 짐작하게 된다. 그러나 자서전의 입장에서 볼 때, 작가가 현재의 '나'와 과거의 '나' 사이에 설정하고 있는 관계는 아주 독특하다. 이 작품에 드러난 현재의 '나'는 과거의 '나'와 아무런 차이가 없다. 그가 자신의 자전적인 기록을 제시한 것은 시간이 지남에 따라 유년기와는 다른 정체성이 확립되고, 타인과 구별되는 '내'가 생성되었음을 보여 주기 위한 것이 아니다. 그가 자기 삶의 흔적을 드러낸 것은 차이를 보여 주기 위해서가 아니라 '차이 없음'을 보여 주기 위해서였다. 그가 이 작품을 쓴 이유는 자기 동일성을 확인하기 위해서였던 것이다. 이러한 현상은 그리스의 다른 수사학자들의 경우에서도 마찬가지로 확인할 수 있다. 그리스 수사학자들에게 자기 정체성이란 전 생애 기간 동안 변화되지 않은 불변성을 의미했다. 그들은 동일 정체성을 제시함으로써 시간의 일관성을 제시하고자 했다.

일관성을 확보하기 위해 그들은 '인용'이라는 수사법을 사용했다. 그들은 이전에 썼던 자신의 글이나 책에 다시 주석을 다는 방식으로 과거의 자신이 현재의 자신과 동일하다는 것을 보여 주고자 했다. '인용'이 자신을 드러내는 독특한 방식이 될 수 있었던 것은 글을 쓰고 있는 현재와 회상된 과거 사이에는 어떠한 괴리도 존재하지 않으며, 이 둘 사이에는 어떠한 발전도 가능하지 않다고 그리스인들이 믿고 있었기 때문이다. 작가는 자신이 받아들였던 영원한 지속, 동일 정체성을 독자에게 부과하는 것에 관심을 기울이고 있다는 것이다. 이소크라테스가 '인용'이라고 하는 양식화된 담론을 통해 양식화된 초상을 제시한 데에는 고대 그리스의 독특한 이데올로기가 작용했다. 그 이데올로기는 사회에서 인정하고 있는 모델에 개인의 삶을 정확하게 일치시킴으로써 기존의 가치를 찬양하는 것이다.

고대 로마에서도 엄격한 의미에서의 자서전은 존재하지 않았다는 점에서 고대 그리스와 상황은 비슷하다. 그 대신 성찰의 결과를 적어 두었던 다양한 유형의 글쓰기가 존재했다. 미셸 푸코는 '사유'의 결과를 적어 놓은 모든 유형의 글쓰기를 통칭하여 '자기에 대한 글쓰기'라고 이름 붙였는데, 여기에는 성찰의 결과뿐 아니라 내면의 감정도 자유롭게 표현되어 있다.

푸코가 정의한 바에 따르면 '자기에 대한 글쓰기'는 무엇보다 '자기에 대한 테크닉'이다. 이것은 "로마 제국 초기 2세기 동안, 그리스 – 로마 문명에서 확인할 수 있는 존재의 미학과 자기와 타인에 대한 통제"[3]에 관한 글쓰기를 통칭하는 표현이다. 로마인들은 자기와의 관계를 강화함으로써 '주체화(subjectivation)'를 완성하고자 했는데, 그중에서 '자기에 대한 글쓰기'는 가장 전형적인 방법이었다.

고대 로마에서 자기에 대한 글쓰기는 금욕주의적 태도와 관련되어 있다. 자신의 행위와 사유를 기록하고 그것을 타인에게 공개하는 행위는 정신적이고 도덕적 행동을 실천하기 위한 지침서와 같은 기능을 했다. 타인의 시선이나 존재가 나의 행동에 일정한 제약으로 기능하는 것처럼 글쓰기가 타자의 역할을 해서 자신의 도덕적 삶에 영향을 끼치도록 하는 것이다.

이런 유형의 글쓰기가 고대 그리스와 로마에서는 '진실'의 가치를 담보하고 있다는 점에서 의미가 있다. 그중에서 푸코가 주목하고 있는 것은 두 가지다. 하나는 로마의 교양인들이 소유했던 '휘폼네마타(Hupomnêmata)'다. 이 고대 그리스어는 번역하기가 매우 까다로운 용어로, 기능상으로는 '리마인더, 노트, 코멘트, 복사물' 등을 의미하지만, 당시에는 기억을 환기시키기 위해 사용했던 보고서, 공문서, 개인 수첩 등을 포괄하고 있었고 현대적 의미로는 일기나 비망록과 유사하다. 로마인들은 거기에 일상의 사소한 사건을 기록해 두거나 자신이 읽었던 책을 요약하고, 독서나 대화, 자신이 목격했던 사건에서 얻게 된 개인적 사유를 적어 놓았다. 이렇게 하여 자신과 세계에 대해 깊이 생각할 수 있는 일종의 메모를 간직하게 되고, 그 메모에서 행동 원칙을 끌어내거나 지혜를 발전시켜 나갈 수 있었다. 그러므로 '휘폼네마타'는 타인이 말한 것, 타인이 써 놓은 것을 통해 자신의 행동 지침이나 정체성을 구축해 나간다는 특징이 있다. "(휘폼네마타는) 말할 수 없는 것을 추구하고, 감춰진 것을 드러내고, 말해지지 않은 것을 말하는 것이 아니다. 반대로, 이미 말해진 것을 포착하고, 듣거나 읽은 것을 모아서 오직 자기를 구축하는 데에 사용하는 것이다."[4] 이와 같은 관점에서 보면, '휘폼네마타'는 내면 일기나 정신적 체험을 기술함으로써 자기 성찰의 작업을 왕성하게 수행했던 기독교 문학과는 아무런 상관없는 담론이다.

또 다른 형태는 편지다. '휘폼네마타'가 완전히 개인적 용도로 제한된 반면 편지는 수신자를 가정하고 있으며 더 나아가 일반 대중 전체를 수신자로 상정하고 있다는 점에서 이 둘은 차이가 있다. 편지를 쓰는 것은 자신을 타인의 시선에 노출시킨다는 것을 의미한다. 그러나 타인의 시선에 자신을 노출시키기 이전에 이미 자신의 시선에 스스로를 노출시켜야 한다는 점에서 편지를 쓰는 자는 자기 존재 방식에 대해 스스로 판단하고 자기 행동이 자신이 규정했던 행동 규칙에 일치하는가를 검증하게 된다고 푸코는 지적하고 있다.

푸코의 관점에서 보면, '자기에 대한 글쓰기'는 일종의 자기 수련 방식으로, 다시 말해 윤리적 규범(ethos)으로 기능한다. 자신을 지켜보고 있는 수신자의 시선을 가정하고 그 시선이 요구하는 바에 따라 행동하는 것은 윤리적 관점을 취할 수밖에 없기 때문이다. 그래서 '자기에 대한 글쓰기'는 '자기에 대한 배려' 형태를 지니게 된다. 독서와 글쓰기, 그리고 행위가 서로 분리되지 않으며, 독서를 통해 얻은 다양하고 잡다한 것을 글쓰기를 통해 하나의 통일성을 갖춘 행동 규범으로 만들고, 그 규범이 자신과 타인으로 하여금 윤리적 행동을 하도록 유도하게 된다는 것이다.

자기에 대한 글쓰기는 '자기와 자기의 관계 정립'에 필수적인 성찰의 행위다. 그것은 '내면화'를 통해 자기와의 관계를 확립하고 '자기의 객관화'를 통해 타인과의 관계를 확립하기 위한 행위로 이해되어야 한다. 푸코는 이러한 유형의 글쓰기가 단순히 문학 장르의 발전과 관계하는 것이 아니라 개인의 윤리와 관계하는 실천적 '행위'라는 점을 강조하고 있다.[5]

마르쿠스 아우렐리우스: 윤리와 성찰

나의 할아버지 베루스 덕분에 나는 순하고 착한 마음씨를 갖게 되었다.[6]

『명상록』의 첫 문장을 읽고 난 후 독자들은 이 작품을 어떻게 받아들일까? 뒤이어 나오는 문장을 읽어 보면 이런 의문은 더욱 심해진다. "나의 아버지에 대한 평판과 추억 덕분에 나는 겸손과 남자다운 기백을 갖게 되었다."[7] 열두 권으로 되어 있는 『명상록』에서 1권은 이처럼 현재 자신이 형성되는 데 영향을 끼친 사람들의 목록을 모아 놓은 것처럼 보인다. 여기에는 가족과 친구, 철학자, 문법학자뿐 아니라 노예와 신까지 망라되어 있다. 현대적인 의미의 자기에 대한 글쓰기 전통에 익숙한 독자는 책의 서두에서 자신을 형성하는 데 도움이 되었던 사람들의 목록을 읽으면서 낯설어할 것 같다. 게다가 현대의 자서전에서는 "나는 순하고 착한 마음씨를 갖게 되었다."라고 서술하지 않고 자신의 행동을 구체적으로 서술함으로써 독자로 하여금 이 글에 서술되어 있는 인물은 순하고 착한 사람이구나라고 생각하도록 유도하는 데 반해 아우렐리우스의 『명상록』에는 구체적인 사실들이 빠져 있다.

그런데 이것이 『명상록』의 특징이기도 하다. 『명상록』은 베스파시아누스, 트라야누스, 하드리아누스, 안토니누스 피우스 황제의 뒤를 이어

로마의 황금시대를 이룬 오현제의 마지막 황제 마르쿠스 아우렐리우스 (121~180)가 생애 마지막 10년 동안 전장에서 기술한 것으로 알려져 있다. 모든 것이 허용되는 황제의 삶과 금욕주의 철학가의 삶이 어떻게 한 인간 에게서 조화를 이루는가를 살펴보는 것이 이 책의 숨은 재미이기도 하다.

『명상록』은 남에게 보이기 위한 글이 아니라, 자신을 경계하고 삶 을 교정함으로써 올바른 길을 걷기 위해 틈틈이 메모해 둔 비망록이다. 로 마의 황제이기 때문에 그는 더욱 엄격하게 자신을 점검하고, 황제로서 마 땅히 책임져야 하는 법과 정의를 자신의 이성 속에서 다시 드러내고 실천 하고자 했다. 다만 이 책은 후세에 전하기 위해 작성된 것이 아니고 오직 자신의 삶을 검토하기 위한 하나의 자료에 불과하기 때문에, 그리고 황제 자신은 나열하고 있는 사람들과 관련된 구체적인 사항에 대해 이미 다 알 고 있기 때문에 그것에 대해 굳이 구체적으로 기술할 필요는 없었던 것으 로 보인다. 텍스트에 개인적인 성찰의 결과만 나열되었지, 그런 성찰에 이 른 과정을 구체적이고 상세하게 서술하지 않은 것은 그런 이유 때문이다.

책의 서두가 이런 목록으로 구성된 이유를 짐작하기 위해서는 당 시 로마의 사회관계를 이해할 필요가 있다. 아우렐리우스가 황제의 양자 로 들어가 황제의 자리에 오를 수 있었던 것처럼 당시 로마 사회에서 혈족 이라는 의미의 가족 관계는 굉장히 느슨했다. 자기 정체성을 확보하기 위 해서는 오히려 자신을 사회관계망 속에 위치시켜야 했다. 디즈니의 영화 「라이언 킹」에서 초원을 지배하는 무파사가 아들 심바가 태어나자 모든 동물 앞에서 심바를 들어 올림으로써 아들을 공인한 것과 마찬가지다. 아 들은 가족의 일원으로 저절로 편입되는 것이 아니다. 아들은 공동체의 일원으로 인정받을 때 아들의 지위를 확보하는 것이다. 그러므로 아우렐리우스가 현재 자신에게 영향을 끼친 인물들을 나열한 것은 인간적인 성숙의 지표인 겸양의 차원을 넘어선다. 그것은 자기 기원에 대한 탐색으로 이해되어야 한다. 그 기원에 대한 탐색의 결과 아우렐리우스는 자신이 자기 자신으로 이루어진 것이 아니고 다른 사람들과의 관계 속에서 구성되었음을, 그리고 현재 자신이 도달한 덕성을 확인하되 그것을 다른 사람들로부터 이어받았고, 또 공유할 수 있으며, 후세에 전할 수 있는 덕성임을 강조하고 있다. 자아를 완성하는 것은 개인적인 목표이기도 하지만 공동체의 구성원이 함께 실현해 나가야 할 윤리 규범이기 때문이다. 그러므로 타인의 이름을 인용한 것은 단순한 인용이 아니다. 중세 때 자기에 대한 글쓰기에 특징적으로 드러나는 사항이지만, 타인의 삶이나 역사적 사건을 인용하는 것은 그것이 나의 삶과 구분되지 않을 정도로 관련되기 때문이다. 여기에서 나와 타인, 개인과 공동체는 구분되지 않는다. 아우렐리우스가 삶의 양상을 어떤 식으로 형상화하고 있는지 구체적으로 하나를 인용해 보겠다.

> 아폴로니오스 덕분에 나는 자유롭게 사고하고 어떤 것도 행운에 맡기지 않겠다고 결심하게 되었다. 나는 또 이성이 아닌 것은 그 어떤 것이든 잠시라도 쳐다보지 않고, 극심한 고통을 당하거나 자식을 여의거나 오랫동안 병치레를 해도 언제나 한결같고, 살아 있는 본보기를 통하여 같은 사람이 진지하면서도 상냥할 수 있다는 것을 분명히 알게 되었고, 자신의 경험과 교습 능력을 자신의 재능 가운데 가장 하찮은 것으로 여기고 남을 가르칠 때 조급하지 않

는 사람을 그에게서 보게 되었고, 어떻게 해야 겉보기만의 호의를 베푸는 친구들을 비굴하지도 않게 무관심해 보이지도 않게 받아들일 수 있는지 알게 되었다.[8]

1권에 서술되어 있는 이 예가 대표적인 것은 아니지만『명상록』의 어느 페이지를 펼쳐 보아도 이 유형에서 크게 벗어나지 않는다. 이 구절에서 보듯이, 그는 자신이 깨달은 사실, 알게 된 사실을 서술하고 있다. 그가 알게 된 사실은 그가 인용하고 있는 사람의 자질뿐 아니라 자신이 추구하고 있는 미덕과 관련된다. 타인을 응시하고 타인의 장점을 깨닫는 과정을 통해 결국 드러나는 것은 그러한 미덕을 깨닫고 있는 '나'라는 존재다.

미덕은 곧 선이고, 그것을 실천하면 행복에 이르게 된다. 그에게 행복한 삶이란 자연의 본성과 나의 본성이 배치되지 않는 삶이다. 아우렐리우스는 "항상 명심해야 할 것들은, 전체의 본성은 무엇이고, 나의 본성은 무엇이며, 나의 본성은 전체의 본성과 어떤 관계이고 어떤 전체의 어떤 부분인지와, 네가 그 일부인 자연에 맞는 것을 항상 행하고 말하는 것을 막을 사람은 아무도 없다는 것이다."[9]라고 강조한다. 부분과 전체의 관계, 인간과 자연의 관계에 대해 숙고하면서 이성과 자연에 따라 행동한다면 섭리를 따르는 것이라는 이러한 신념은 개인적인 실천 윤리처럼 나타난다. 개인의 본성을 따르면 자아는 완성된다. 게다가 부분과 전체가 연결되어 있기 때문에 개인의 완성은 전체의 완성을 의미한다. 그것은 공동체의 이성과 전혀 배치되지 않는다. 오히려 자아의 완성과 공동체에 대한 봉사는 같은 의미를 지니고 있다. 이처럼 아우렐리우스는 통치에 필요한 로마의 법과 정의, 덕성을 보편적 원리라고 할 수 있는 자연의 이성과 일치시키는 데 깊은 관심을 기울이고 있다.

　　그런데 사회와의 관계는 그가 관심을 기울이고 있는 세 가지 관계 중 한 양상에 불과하다. 그에게는 육신과의 관계, 신과의 관계라고 하는 또 다른 두 차원이 있다.

> 너에게는 세 가지 관계가 있다. 하나는 너를 담고 있는 그릇과의 관계이고, 다른 하나는 거기에서 모두에게 일어나는 것의 모든 원천인 신적인 원인과의 관계이고, 나머지 하나는 더불어 살고 있는 사람들과의 관계다.[10]

　　아우렐리우스의 『명상록』은 이 세 관계를 하나의 그물망처럼 엮고 있다. 육체에 대한 관심은 죽음에 대한 성찰로 이끌고 죽음에 대한 성찰은 '현재'에 대한 집중을 요구한다. 신에 대한 관심은 나의 능력을 넘어서는 섭리에 대한 이해로 이끌고, 사회관계에 대한 관심은 마땅히 그 관계가 토대를 두고 있어야 할 이성에 대한 관심으로 이끈다. 아우렐리우스가 이 관계들을 자기 수양의 덕목으로 삼은 이유는 그것들이 쉽게 이루어지지 않고 또 이루어지더라도 그것을 오랫동안 유지할 수 없기 때문이다. 좋은 것은 알겠는데 실행하기가 어려운 이 모든 이유를 아우렐리우스는 자기 내면에서 찾고 있다. 그는 9권 13절에서 "방해는 바깥에 있는 것이 아니라, 내 안에 내 판단 안에 있는 것"이라고 지적한다. 내면에 대한 성찰은 자신으로부터 공동체의 선이 시작된다는 의식에서 비롯된다. 황제가 전장에서 매일같이 죽음을 목도하면서 써내려 간 『명상록』은 지배적 이성에 대한 강한 긍정을 통해 충만한 삶에 대한 예찬으로 나아간다. 충만함은 삶을 향유하는 데에 있는 것이 아니다. 한 개인은 자연의 법칙에서 예외적인 존재가 아니며 자신도 결국 자연의 일부라는 것, 삶의 의미가 절제와 이성을 통해 완성을 향해 나아가는 과정 속에 있다는 것, 그것이『명상록』을 관통하고 있는 아우렐리우스의 철학이다.

2

성 아우구스티누스

아리 스헤퍼르, 「성 아우구스티누스와 성 모니카」 (1846)

성 아우구스티누스가 어머니 성 모니카의 생애를 서술하는 것은 그것이
자신의 생애와 밀접하게 연결되어 있다는 정도의 의미를 넘어선다. 어머니의
생애로 그는 자신이 살아야 하는 모범적인 삶을 서술하고자 했던 것이다.
마찬가지로 그가 회심 이후, 신실한 기독교도였던 어머니의 죽음을 서술한 것은
그 죽음을 통해 성 아우구스티누스 자신의 죽음을 서술하기를 원한 것으로
이해할 수 있다.

나는 나 자신이 알 수 없는 하나의 수수께끼였습니다.

『고백록』 4권 4장

생애

자서전 작가의 생애를 소개하는 것은 그 작가의 텍스트를 나쁜 버전으로 요약하는 느낌이 들어 망설여질 수밖에 없다. 그렇지만 삶의 객관적 지표를 이해하는 것은 역사적으로 받아들여지고 있는 한 인물이 자서전에서 자신의 삶을 어떻게 변형했고, 어떤 관점으로 구축하고 있는가를 이해하는 데 도움이 된다.

중세 교회의 신학을 완성한 성 아우구스티누스(354~430)는, 중세 교회의 전례를 만든 성 암브로시우스(339~397), 중세에 쓰여진 라틴어 불가타 성서 번역자 성 히에로니무스(347?~419?), 그리고 교황권을 확립한 교황 중의 교황 그레고리우스 1세(329?~389?)와 더불어 서양의 4대 교부 중 한 사람으로 알려져 있다. 성 아우구스티누스는 로마 제국에 속해 있던 북아프리카의 작은 도시 다가스테(지금의 수카 하라스)에서 태어났다. 그의

성 아우구스티누스

어머니 모니카는 남편을 잘 내조하고, 매일 기도하며 뒷바라지한 끝에 마니교에 심취해 있던 성 아우구스티누스를 기독교로 개종시킴으로써 기독교의 현명한 어머니 셋 중 하나로 추앙받고 있다.

성 아우구스티누스는 열여섯 살에 카르타고로 가서 수사학을 공부하면서 한 여인과 동거 생활을 시작하여 아들 아데오다투스를 낳았다. 이때부터 마니교에 빠지기 시작했다. 372년경에는 키케로의 『철학의 권유(Hortensius)』를 읽고서 철학에 심취했다. 철학적 지혜에 대한 추구는 진리에 대한 사랑으로 바뀌었다. 경제적 이유 때문에 고향으로 돌아와 수사학을 가르쳤으며, 후에는 카르타고와 로마, 밀라노 등지에서 수사학을 가르쳤다. 성 아우구스티누스는 세속적으로 출세하기를 원했지만 밀라노에서 진정한 행복의 문제에 대해 혼란을 느끼던 중 암브로시우스 주교의 설교를 들으며 성서의 참뜻과 기독교 진리를 조금씩 깨우쳐 갔다. 복음의 권고대로 자기 재산을 모두 처분해 가난한 사람들에게 나누어 주고 주님을 따라 나선 수도승의 삶에 비해, 아직도 망설이고 있는 자신이 부끄러워 무화과나무 밑에 홀로 주저앉아 "언제까지입니까? 언제까지입니까? 내일입니까? 내일입니까? 왜 지금은 아닙니까? 왜 이 순간에 나의 불결함이 끝나지 않습니까?"라며 그 유명한 참회의 눈물을 흘렸다. 바로 그때 "들고 읽으라, 들고 읽으라."라는 어린아이의 노랫소리가 들려왔다. 그는 곧장 방으로 달려가 성서를 들고 읽었는데, 이렇게 적혀 있었다. "방탕과 술 취하지 말며 음란과 호색하지 말며 쟁투와 시기하지 말고, 오직 주 예수 그리스도로 옷 입고, 정욕을 위하여 육신의 일을 도모하지 말라."(「로마서」 13:13-14)

이를 계기로 회심하고 세례를 받은 후, 고향에 돌아가기를 기다리던 중 어머니 모니카가 사망(387년)했다. 다가스테로 돌아와서는 수도원을 설립하여 묵상하면서 단식과 기도에 전념했다. 391년에 히포의 주교 발레리우스에게 사제 안수를 받았다. 397년에서 400년에 걸쳐『고백록』을 썼으며 이후 많은 논쟁에 참여했고, 430년에 세상을 떠났다. 자서전에서는 387년에 있었던 회심과 세례, 어머니의 죽음까지 서술되어 있다.

성 아우구스티누스가 아프리카의 항구 도시 히포 레기우스에서 35년 동안 주교로 지내면서 왕성한 저술 활동을 했다는 사실은 널리 알려져 있다. 그러나 성 아우구스티누스에 관한 전기를 쓴 게리 윌스에 따르면, 주교라는 그의 직분에 지나치게 의미 부여할 필요는 없을 듯하다. 당시 아프리카에만 대략 700명의 주교가 있었고, 평균 일주일에 한 명 정도로 주교가 임명되는 수준이었다. 그러나 그가 유럽의 지성사에 끼친 영향은 간과할 수 없다. 그는 항상 속기사를 대동하고 밤늦도록 구술했다고 하는데, 그의 저서는『고백록』,『삼위일체론』,『신국론』등을 포함하여 아흔세 권에 이르렀고, 300통에 이르는 편지가 남아 있으며, 약 8000번을 했다고 하는 설교 중에 400편 이상이 남아 있다.[1] 이와 같은 방대한 저술 활동을 통해 그는 주님의 신비에 대해, 그리고 인간의 진리에 대해 무엇을 알고자 했던 것일까? 그는 왜 자서전을 기술했던 것일까? 이 질문에 답하기 위해서는 우선 성 아우구스티누스에 의해 정립된 종교적 자서전에 대해 살펴볼 필요가 있다.

성 아우구스티누스

종교적 자서전

루소와 더불어 근대적 자서전이 탄생하기 전, 유럽 사회에서 자기에 대한 글쓰기 전통으로 고려할 수 있는 흐름은 종교적 자서전과 르네상스 시대의 자기 중심주의적 텍스트, 두 가지 전통밖에 없었다. 고대 그리스나 로마에서는 엄밀한 의미에서의 자서전이 존재했다고 말할 수 없으며, 한 인간의 개인사를 토대로 전기적 사실을 서술할 수 있는 서사를 창조하기 위해서는 성 아우구스티누스의『고백록』까지 기다려야 했다.

고대 그리스와 로마에서 유행했던 자기에 대한 글쓰기와 달리,『고백론』에 형상화되어 있는 인간학의 핵심은 무엇이며, 여기에 제시되어 있는 인간 이해의 틀은 어떤 점에서 현대에 이르기까지 그 유효성을 인정받고 있는가? 성 아우구스티누스가 자서전의 역사에서 차지하는 위상을 이해하기 위해서는『고백론』을 기독교 전통이라는 특별한 맥락 속에 위치시켜야 한다. 기독교 전통이 신자들로 하여금 자신의 의도가 순수한가에 대해 성찰하게 하고, 과거를 뒤돌아보면서 잘못을 찾아내고 그것을 신에게 고백함으로써 구원을 성취하도록 요구하고 있었다면, 그것은 자서전에서 요구하는 성찰 방식과 정확하게 동일한 것이었다. 고대 로마의 '자기에 대한 글쓰기'와는 달리, 기독교 전통은 한 인간이 죄인 상태에서 구원을 향해 나아가는 과정을 보여 준다는 점에서 시간 차원이 문제되고 새로운 탄생, 즉 생성을 강조했다. 기독교 전통을 통해 한 개인의 발전 과정을 보여 주는 개인의 '역사성'이 제시될 수 있는 토양이 구축된 것이다. 성 아우구스티누스의『고백록』은 이러한 문맥에서 최초의 자서전이라는 영광스러운 자리를 차지하게 되었다.

　4세기 말 성 아우구스티누스가 회심(回心)의 자서전을 쓴 이후, 그의 자서전은 기독교가 절대적인 권위를 행사하던 거의 천년 동안 중세인의 삶을 전형화하여 보여 주는 모델로 인정받아 왔다. 그러나 대부분의 중세학자들은 중세에 자서전에 대한 관심이 있었는가에 대해 의문을 제기하고 있다. 물론 게오르크 미슈(Georg Misch)나 조르주 귀스도르프처럼 중세 자서전 전통에 대해 우호적인 판단을 내리고 있는 연구자도 있다. 그러나 중세의 자서전이 당대에 주어진 글쓰기 모델에 일치시키려는 '모방'의 욕구에 이루어졌다는 반론도 만만치 않다. 미셸 젱크는 이와 관련하여, "미슈가 주목하고 있는 대부분의 작가들은 자신에 대해서 마치 우연히 말하는 것 같다. 자신에 대해 말하고 있는 부분은 그 책에서 주된 주제가 아니며 우연한 계기로, 또는 헌사나 발문에서 이루어지고 있다. 실제로 미슈가 자서전이라고 한 것은 표현 양식이 아니라 작가가 자신에 대해 털어놓은 정보의 총합이다."[2]라고 지적했다. 현대적 의미의 자서전이 자서전 작가가 자신의 과거를 회고하면서 하나의 이야기를 만들어 내고, 이를 통해 삶의 의미를 '탐색'하는 과정이었다면, 중세에서 삶의 의미는 기독교가 제시한 바 있는 궁극적인 모델, 다시 말해 예수 그리스도의 삶과 일치하는가 여부에 따라 결정되었기 때문에 비록 자서전의 특징을 보여 주는 작품이 있다고 해도 그것이 진정한 의미에서의 자기 탐색이라고 할 수는 없다.

　실제로 성 아우구스티누스의 영향을 받은 자서전 작품을 프랑스 내에서 찾아보기란 쉽지 않다. 학자들에 따르면 기베르 드 노장(Guibert de Nogent, 1053~1125)의 『자신의 생, 혹은 독창곡에 대해서』를 제외하면 중세에는 자서전 작품이 거의 없다고 해도 과언이 아니다. 이후에는 성녀 테레즈 다빌라(1515~1582)의 『생애』를 자서전 장르에 속하는 작품으로 평가하고 있다. 17세기부터 종교적 자서전이 프랑스에서 대중화되고 발달하지만 이 텍스트들은 성격이 형성되는 유년기나 외부 세계에 대해서는 거의 언급하지 않는다. 어른이 된 이후의 경험도 종교와 관련된 경우에만 드러나고, 기도와 명상이 텍스트의 핵심이어서 현대 독자들에게 관심의 대상이 되지 못하고 있다.

　　성 아우구스티누스의 『고백록』은 당대에 유행하던 마니교와 수사학, 신플라톤주의 철학에 빠져 있던 한 인물이 회심한 후 과거를 회고하면서 자신도 모르게 충만해 있던 신의 존재가 드러나는 과정, 즉 은총의 과정을 보여 준다는 점에서 종교적 자서전의 기원에 위치한다. 종교적 자서전은 한 개인의 삶을 예수 그리스도가 완성된 형태로 제시한 바 있는 삶의 이상에 따라 모방하고 재구성할 것을 목표로 하는데, 이러한 글쓰기의 원형이 바로 성 아우구스티누스의 『고백록』이다.

　　『고백록』이 종교적 자서전이라는 사실을 이해하기 위해서는 왜 성 아우구스티누스가 '고백록'이라는 제목을 사용하고 있는가를 이해할 필요가 있다. 어원 사전에 따르면, '고백'이라는 용어에는 '죄의 고백'이라는 의미와 함께 '찬양, 은총의 행위'라는 의미가 들어 있다. 성 아우구스티누스는 고백록을 제목으로 선택함으로써, 법이나 관습을 어긴 범죄가 아니라 신에 대한 죄악을 고백한다는 사실을 분명히 드러내고 있다. 그리고 자신이 현재 후회의 감정에 사로잡혀 있으며, 고백을 통해 신의 은총을 얻고 신과 개인적인 관계를 맺을 수 있기를 희망하고 있음을 알려 준다. 여기에서『고백록』이 제시하고 있는 신학론의 핵심이자 인간론의 핵심을, 그리고 인간을 구원하는 방식 또한 짐작할 수 있다. 성 아우구스티누스의 종교관은 타락한 인간이라고 하는 비관론에 바탕을 두고 있지만, 인간은 신에 의해 '구원'받을 수 있다는 점에서 희망적이다.

자신의 삶을 추락에서 구원으로 이르는 논리 정연한 연속적인 흐름으로 재구성함으로써 하나의 모범으로 제시하고자 하는 강력한 욕망이 성 아우구스티누스로 하여금 자서전을 쓰게 한 동인이었다는 사실은 매우 중요하다. 삶을 하나의 관점을 가진 이야기로 재구성함으로써 자서전은 처음으로 '종합의 시도'로 제시되었던 것이다. 그의 자서전 이후, 개인의 삶을 서술하는 것은 구원을 위한 행위, 즉 목적 지향적인 행위가 된다. '나는 누구인가?'라는 질문이 '나는 어떤 존재가 되고 싶은가?'라는 질문과 분리될 수 없다는 사실은 종교적 자서전에서부터 비롯된 것이다.

자아 상실의
자서전

성 아우구스티누스의 자서전이 종합의 시도로 제시되었다는 것을 현대적 의미로 이해해서는 안 되며, 신학적 의미에서 제한적으로 이해해야 한다. 사실 루소 이후, 근대 자서전에 익숙한 독자들에게 성 아우구스티누스의『고백록』은 계륵과도 같은 텍스트다. 주인공이 '주체적으로' 성숙해 가는 과정이 하나의 일관된 이야기로 등장하기는커녕, 오히려 주님이 주체이고 인간은 그 주체를 향해 끊임없이 나아가야 하는 과정에 놓인 하나의 대상처럼 보인다는 점에서, 그리고 인간이 위기를 겪더라도 그 위기는 이미 결정된 길로 나아가도록 설정된 상황처럼 보인다는 점에서 이 텍스트는 다소 진부해 보인다. 성 아우구스티누스가 개인적인 내적 체험을 가진 존재의 내면을 탐색한다고 하지만 그것이 완성되는 것은 오직 신의 은총이 드러나는 경우에 한정되어 있다. 다시 말하면 고대에서 중세로 넘어가기 시작한 이 시기에 '자기'의 인식은 '신의 이미지'를 인식하는 것과 다르지 않다. 성 아우구스티누스는 욕망의 주체인 자아가 발현되는 것을 최대한 억제하고 절대 타자인 신 앞에 자신을 내세우며 오직 절대 타자의 판단에 따라 행동하는 것을 목표로 한다. 그가 제시하는 희망은 인간의 용기나 헌신, 인간들의 유대와는 전혀 상관없는 개념이다. 자신을 제대로 인식하기 위해서는 오히려 자신의 삶을 지우고 그것을 더 큰 전체인 신에게 귀속시켜야 한다. 그러므로 인간이 자신을 인식하는 과정과 신의 '모방'은 불가분의 관계에 놓여 있다. 성 아우구스티누스에게 모방이란 자신을 신과의 관계로 규정하는 태도로서 이때 지향하는 방향은 결정되어 있다. 자아를 신이라고 하는 타자로 대체하고 자아 상실을 묘사해야만 구원의 길로 들어설 수 있다는 것이다. 그래서 종교적 회심의 자서전은 '자아 상실의 자서전'이라고 정의할 수 있다. 이와 같은 특징은 『고백록』의 첫 대목에서도 확인할 수 있다.

오, 주님, 당신은 위대하시니 크게 찬양을 받으실 만합니다. 당신의 능력은 심히 크시고 당신의 지혜는 헤아릴 수 없습니다.(「시편」 145: 3) 그러기에 당신의 피조물의 한 부분인 인간이 당신을 찬양하기를 원합니다. 인간은 자신의 유한성과 스스로 지은 죄의 증거와 당신은 교만한 자를 물리치신다는 그 증거를 몸에 지닌 채 살고 있습니다. 그렇지만 당신의 피조물의 한 부분인 이 인간은 당신을 찬양하기 원합니다. 당신은 우리 인간의 마음을 움직여 당신을 찬양하고 즐기게 하십니다. 당신은 우리를 당신을 향해서 살도록 창조하셨으므로 우리 마음이 당신 안에서 안식할 때까지는 편안하지 않습니다.

—『고백록』, 1권 1장[3]

근대적인 자서전에 익숙한 독자들이 이 문장을 읽으면 당황하게 된다. 여기에는 자신의 탄생에 대해서뿐 아니라, 자신의 기원이라고 할 수 있는 부모님, 태어난 장소나 연도 등 일반적으로 한 개인을 규정하는 데 동원되는 전기적 사실에 대한 정보가 하나도 없다. 구체적인 나―개인은 부재하고 대신 '당신'으로 불리는 주님과 '우리'라고 표현된 인간만이 존재한다. 회심이 있기 전까지 또는 고백을 하기 전까지 '나'는 '죄를 지은 나'와 동일인이며 잠재적으로 죄를 지을 수 있는 인물이다. 죄인이었다가 회심하고 진정한 기독교도가 되었을 때, '나―우리'는 주님을 부르는 자로 거듭 태어난다. 그러므로 '회심'은 중세의 자서전을 규정하는 결정적인 사건이다. 회심의 모델은 사도 바울의 모델과 성 아우구스티누스의 모델 두 가지가 있다. 이 두 모델에서 회심의 순간에 이르는 과정은 서로 다르다. 사도 바울은 아무런 내적 동인 없이 기적과도 같은 급격한 변화를 겪는다. 그런 변화는 눈멂이라는 육체적 변화로 시작하여 영적인 눈을 뜨

성 아우구스티누스

는 것으로 완성된다. 그는 사울에서 바울로 이름을 바꾸고, 기독교도를 핍박하는 자에서 기독교를 전파하는 자로 바뀐다. 반면, 성 아우구스티누스는 자신의 직업과 결혼에 대해 오랫동안 회의하고 마치 우연히 그렇게 된 것처럼 회심을 한다. 그가 주님에게 다가가는 과정은 점진적이고, 사도 바울의 경우에서 확인할 수 있는 내적 명령의 긴급함 같은 것은 전혀 찾아볼 수 없다. 그러나 이들이 회심의 순간을 자신의 삶에서 결정적인 순간으로, 이야기될 만한 가치가 있는 순간이라고 이해하고 있다는 데에는 의심의 여지가 없다. 회심 이야기는 근대적 자서전에서는 '소명 이야기'라는 형태로 발전하게 된다. 성 아우구스티누스의 자서전은 회심의 순간을 사이에 두고, '내가 아니었던 나'에서 '진정한 나'로 다시 태어났음을 보여 준다.[4] 그래서 그의 자서전은 이러한 은혜에 대한 감사의 기도가 된다. 여기에 종교적 자서전을 규정하는 중요한 특징이 모두 담겨 있다.

　　특징적으로 눈에 띄는 사실은 자신의 삶을 서술해야 할 자서전에 성서를 인용하고 있다는 점이다. 이 사실에 근거하여 우리는, 일시적이고 유한한 개인의 진실과 영원한 진리는 어떤 관계를 맺고 있는가라고 문제를 제기할 수 있다. 성 아우구스티누스가 성서를 인용하는 것은 성서야말로 진리의 유일한 근원이기 때문이다. 그에게 삶의 의미는 성서에 기록되어 있는 예수의 일생에 자신의 삶을 투영할 때 얻어진다. 다시 말해 자신의 삶을 절대 타자인 성인의 삶에 비추어 봄으로써 스스로를 재창조하는 과정이 그의 삶이다. 모방과 동일시, 그리고 자아 상실, 움베르토 에코 식으로 말하면, "존재의 초월적인 측면을 일원론적으로 바라보는 구도"[5] 속에 구원이 이루어질 수 있음을 성 아우구스티누스의 자서전은 보여 주고 있다.

그렇다면 신과의 관계 속에서 이해되고 있는 '우리'는 어떤 존재인가? 여기에서 '우리'는 죽을 수밖에 없는 유한성의 존재이고, 죄인이며 교만한 자로 정의되어 있다. '나'는 부재하고 '우리'만 있는 이 문장을 읽으면 성 아우구스티누스에게 자기 인식은 '나'의 개별성을 인식하는 것이 아니라 '우리', 즉 인간의 보편성에 대한 인식을 의미한다는 사실을 이해할 수 있다.

개인에 대한 인식이 성 아우구스티누스의 자서전에서 아무런 중요성을 지니지 못한다는 사실은 그가 언급하고 있는 출생 이야기에서도 확인할 수 있다. 출생 이야기는 근대의 대표적인 자서전에서는 텍스트의 서두를 여는 중요한 사건이다. 그러나 성 아우구스티누스는 자신에 대해 이야기하는 것을 가능한 한 뒤로 늦춘다. 출생 관련 이야기는 1권 6장에 이르러 비로소 제시된다. 그가 전하는 유아기의 기억에서도 자신만의 특성은 전혀 언급되지 않는다. 그는 젖을 빨았고 배부르면 잤으며 불편하면 울었고, 그 이후에 웃기 시작했다는 사실을 언급할 뿐이다. 이런 특성도 자신의 기억을 통해 기술하지 않는다. 자신이 관찰자로서, 아이들을 살펴보고 알게 되었으며 다른 아이들에게서도 이런 특징을 모두 확인할 수 있다고 지적한다. 성 아우구스티누스는 유년기의 기억을 서술할 때조차도 일반적인 인간의 모습을 보여 줄 뿐, 자신의 개성을 드러내지 않는다.

부모에 대한 기억, 특히 아버지와 관련한 기억은 극히 제한적이고 부정적으로 기술되어 있다. 예를 들어 아버지가 넉넉지 않은 살림에도 불구하고 유학에 필요한 학비를 마련했을 때 주변 사람들이 아버지를 칭찬했다는 사실은 서술하지만 정작 아들인 성 아우구스티누스는 이에 대해

성 아우구스티누스

비판적인 시선을 고수한다. 그는 아버지가 아들의 물질적 성공, 현세의 안락만을 바랐을 뿐 "내가 당신을 향해서 잘 나아가고 있는가 혹은 그렇지 않은가, 정결한가 그렇지 않은가에 대해서는 염려하지 않으셨습니다."(2권 3장)라고 지적한다. 성 아우구스티누스는 현재, 개종하고 회개한 자로서 아버지를 바라보며 신의 품에 귀의하지 않은 아버지는 비판의 대상일 뿐이다.

성 아우구스티누스가 자신의 삶을 드러내지 않은 이유는 인간의 추악한 현실, 죄와 유한성을 드러내고 주님의 위대함과 불멸성을 강조하는 것이 그의 목표이기 때문이다. 그러므로 『고백록』 서두에서 '주체로서의 나'와 '대상으로서의 세계'가 맺고 있는 관계가 문제되지 않는 것은 자연스러운 결과다. 『고백록』에서는 특정한 한 개인으로서의 '나'는 문제되지 않는다. 성 아우구스티누스가 자기 자신에 대해 이야기할 때 그때의 '나'는 '우리'와 동의어다. 이 자서전에서 문제되고 있는 것은 '우리 인간'이 세계의 중심에 위치한 '주님'과 맺게 될 관계를 설정하는 것이다. 오직 주님만이 주체이며 인간은 그 주체와 관계를 맺음으로써 비로소 존재할 수 있는 대상이다. 이 사실은 앞의 인용문에서 인간의 창조주로서 주님을 위치시키고, 인간은 피조물이라는 진술을 두 차례에 걸쳐 강조할 때 이미 충분히 암시되어 있다. 그래서 주님은 위대하고 찬양받을 만한 존재, 크고 헤아릴 수 없는 능력과 지식을 지닌 '당신'인 데 반해, 인간은 결핍된 존재일 뿐이다. 이러한 사유는 주님과 인간이라는 이분법에서뿐만 아니라 영혼과 육체라는 이분법에서도 드러난다. 육체가 이미 타락의 증거인 이상, 영혼-마음은 육체를 초월할 수 있는 또 다른 계기로 기능한다. 이처럼 주님과 인간의 관계는 평등한 관계가 아닌 수직적 관계다. '나'와 '신', 즉 자아와 세계의 관계가 다른 어떤 요소도 끼어들 수 없는 연속성의 관계로 표상되듯이, '나'의 행동도 주님이 부여하고 있는 '가치'를 통해서만 의미 부여된다. 그러므로 역사적 형성이라는 것은 불가능하다.

　　인간이 주님에게 다가가는 방법이 구원이라면, 인간은 어떻게 해야 구원받을 수 있는가? 성 아우구스티누스는 '찬양'을 제시한다. 그런데 주님을 찬양한다는 것은 무슨 의미인가? 우리는 여기에서 『고백록』 전체를 아우르는 핵심 문장을 참조할 수 있다. 성 아우구스티누스는 "당신은 우리를 당신을 향해서 살도록 창조하셨으므로 우리 마음이 당신 안에서 안식할 때까지는 편안하지 않습니다."라고 고백한다. 인간은 주님을 '향해' 살도록 결정되어 있으며, 인간은 마음이 주님 '안'에 위치할 때 비로소 안식을 얻을 수 있다. 여기에는 찬양을 통해 주님을 향하는 방향성을 확보하고, 주님 안에 위치함으로써 인간의 결점을 지워 나갈 때, 인간은 구원받을 수 있다는 전언이 분명히 드러나 있다. 이처럼 『고백록』에는 삶의 '방향성'과 '공간성'이 이미 설정되어 있기 때문에 다른 유형의 삶은 고려대상이 아니다. 신을 축복하고 신 속에서 평안을 얻기 위해 인간은 존재한다는 것이다.

　　이러한 사실 때문에, 『고백록』은 모든 구체적인 현상을 하나의 기원, 즉 인간의 삶을 주재하고 질서화시키는 원리이며 자족적이고 불변의 존재인 신으로 환원한다는 비판을 받기도 한다. 질서화시키는 힘이 인간 내부에 있지 않고 외부에 있기 때문에 성 아우구스티누스는 한 개인이 주체가 되어 성장하는 과정을 보여 주기보다는 주체 의식을 포기함으로써 도달할 수 있는 성인(聖人)의 삶을 이상향으로 제시한다. "그 결과로 나는 내 뜻을 부인하고 당신이 원하신 뜻을 원하게 되었습니다."(9권 1장)라는 진술은 자기 상실을 통해 이상향에 도달할 수 있음을 분명히 한다. 특히 자기 상실은 죄악의 근원이었던 '내 뜻', 개인의 '자유 의지'를 부인하는 과정과 연결되어 있다. 죄를 지은 과거가 현재에도 지속된다는 인식, 그리고 회심을 통해 신의 은총에 의해 치유될 때까지 인간은 계속해서 추락하고 죄를 범할 수밖에 없다는 이러한 인간관 때문에 『고백록』은 형이상학적이다.

자크 르카름은 성 아우구스티누스의 『고백록』을 윤리적이고 형이상학적인 텍스트로, 자서전이라기보다는 "일인칭으로 된 호신론(護神論)"이라고 규정했다. 성 아우구스티누스라는 한 개인은 신을 유일한 존재로 내세우기 위한 매개항에 불과하며, 가톨릭 교리가 유일한 진리이고 그 진리에 합당한 삶만을 바람직한 것으로 인정하는 '신에 대해 쓴 자서전(auto-theo-graphie)'이라는 것이다. 『고백록』에서 말하는 자는 개인 아우구스티누스가 아니라 성인이라는 점에서 성 아우구스티누스의 『고백록』은 현대의 관점에서 보면 자아와 유년기, 그리고 인간의 욕망에 대한 증오를 표명하는 역설적인 자서전, 가톨릭 교리를 유일한 진리로 내세우는 '신비주의적이고 전투적인' 자서전이다.[6]

자기에 대한 인식이 신에 대한 인식과 밀접하게 연결되어 있기 때문에 성 아우구스티누스에게 개인의식은 존재하지 않는다는 이러한 진술에도 약간의 뉘앙스를 추가할 필요가 있다. 아론 구레비치가 지적한 바에 따르면, 고대에는 개인은 운명이라고 하는 좀 더 큰 힘에 종속되어 있었고 영혼도 인간의 유일성을 표현하는 방식이 아니었기 때문에 개인의식은 존재하지 않았다. 그러나 성 아우구스티누스가 자기 성찰의 글쓰기의 역사에서 중요한 첫걸음을 내딛게 된 것은 그가 기독교 철학의 토대를 제시했을 뿐 아니라 자아의 상실을 묘사하는 과정에서 개인의 '내적 공간'을 포착하고 인간의 다양한 심리를 서술했기 때문이다. 그가 고대와 중세의 단절을 표상하게 된 것은 개인의 개념을 심화시킨 것과 관련 있다.[7]

　'자아의 상실'을 종교적 자서전의 특징으로 제시할 때, 여기에서는 크게 두 가지 의미를 주목할 수 있다. 하나는 자아의 상실을 표현하기 위해서는 자신의 결점을 고백해야 하는데, 타인의 눈에 자신을 위태롭게 한다는 의미에서 고백은 자기 상실의 체험이 된다. 그러나 좀 더 큰 관점에서 보면 기독교적 의미에서 구원은 자기 상실의 체험을 전제하고 있다는 점에서, 자아 상실의 체험은 인식론적 차원과 종교적 차원을 동시에 지니고 있다. 다시 말하면, 자기 상실의 체험을 서술하는 과정에서, 자아는 소멸 과정을 향한 직선적인 시간 속에 놓이지 않고 역설적으로 창조자와의 관계에서 새로운 자아로 탄생하여 정당성을 얻는다. 그래서 성 아우구스티누스가 규정하고 있는 기독교적 자아에서 삶은 구원의 길을 향한 지속적인 과정으로 나타난다. 구원이라고 하는 기독교적 의미가 사라진 현대에 와서도 성 아우구스티누스적인 자서전 개념은 삶의 총체성이라는 형식으로 남게 된다. 성 아우구스티누스 이후, 대부분의 자서전 작가들이 고백을 통한 자기 정체성의 탐구 과정을 삶의 총체성을 확보하는 과정으로 이해하고 있다는 사실에서도 그의 영향을 확인할 수 있다.

　성 아우구스티누스의 자서전이 지니고 있는 호신론적 특성을 이해하고 이를 현대 자서전과 비교해 보면, 왜 이 텍스트에 사실적인 세부 사항이 부족한지를 이해할 수 있다. 그의 자서전에는 자신의 삶과 관계된 다양한 사건이 제시되어 있지만 구체적인 정보를 가능한 한 많이 제공하여 독자에게 '성 아우구스티누스가 누구인가'를 알려 주려는 의도는 전혀 찾아볼 수 없다. 주님을 찬양하고, 자신의 신앙을 고백하며, 죄지은 영혼의 비참함을 고백하는 그의 자서전에서 개인사는 주님의 은총을 드러낸다는 조건에서만 중요하다. 그러므로 그의 텍스트에서는 개인사에 뒤따르는 '기도' 부분이 훨씬 더 중요하다. 성 아우구스티누스에게서 각각의 에피소드는 현실과의 관계 속에서 주인공 – 화자가 놓인 상황을 설명하는 현실 지시적인 기능과는 아무런 상관이 없고 자신의 세계관이나 종교관을 드러낸다는 의미에서 중요하다. 이것이 성 아우구스티누스에게서 비롯된 중세 자서전의 본질적인 특징이다.

죄의 고백

자서전에는 자신이 지은 죄에 대한 고백이 거의 빠지지 않는다. 자서전에 붙인 제목이 '고백록'이든 '생애'이든, 아니면 '유년기'이든 상관없이, 자신이 지은 죄악과 거기에서 비롯되는 죄책감을 서술함으로써, 한 텍스트는 비로소 자서전 장르에 속하는 자격을 얻는 것처럼 보일 정도다. 그러므로 학력이나 직업, 자신의 장점들을 나열하는 이력서용 과거는 자서전을 기술하는 것과는 아무 상관이 없다. 자서전의 근원에는 죄악을 고백하고 죄책감에서 벗어나고자 하는 내면의 법정이 놓여 있다.

자서전을 정의하면서 지젤 마티유 - 카스텔라니는 죄의식과 결백을 주장하는 담론이 자서전의 원형을 이루고 있다고 주장한다. 『자서전의 법정 장면』[8]에 따르면, 자서전의 모델은 법정 장면이며 이 모델에서 유래한 서술 양식이 자서전적 행위의 의미를 결정한다. 자서전 작가는 자신을 이해하고 설명하기 위해 상상의 법정에 자신을 출두시켜야 한다. 내가 누구인가 하는 문제는 그 법정에서 나를 어떻게 변호할 것인가 하는 문제와 연결되어 있다. 여기에서 알 수 있듯이, 상상의 법정을 설정하는 것에는 일정한 전제가 있다. 자서전 작가들은 모두 죄의식을 느끼는 자이며 그 죄를 면죄받기 위해서는 자신의 죄를 고백해야 한다는 것이다. 고백하기 위해서는 스스로를 성찰해야 하고, 성찰의 결과를 '기록'함으로써 스스로를 정화한다는 논리가 생긴다. 그러므로 자서전을 쓰는 행위는 자신을 정당화하고 변호해야 할 필요성과 불가분의 관계를 맺고 있다. 우리가 '모든 것을 고백하기' 혹은 '모든 것을 쓰기'라고 표현한 성실성의 원칙은 바로 죄의식에서 자유롭기 위해 자서전 작가가 스스로에게 부과하는 의무다.

그러나 죄의식을 고백하는 것이 단순히 추락한 자신의 삶을 드러내는 것만은 아니다. 고백하는 행위는 글쓰기를 통해 삶의 독창성을 드러낼 수 있는 계기로 작용한다. 고백은 고백하는 자를 연금술적으로 변모시킨다. 그래서 '고백해야 한다.'라는 '의무'는 '고백할 권리를 갖는다.'라는 특권적 '자유와 권리'로 그 의미가 변한다. 자서전 작가는 피고에서 원고로 은밀히 자신의 역할을 바꾸는 것이다.

성 아우구스티누스의 『고백록』에서도 죄의 고백은 중요한 위치를 차지한다. 2권은 성 아우구스티누스가 열여섯 살 되던 해에 저질렀던 청년기의 죄악에 대한 고백, 즉 성적 체험과 도둑질 체험을 기술하고 있다. 그는 이 체험들을 "육체로 떨어졌던 내 영혼의 타락"(2권 1장)의 체험이라는 공통된 범주로 묶어 놓고 있지만, 독자들은 『고백록』에 기술되어 있는 이 죄악들을 어떤 문맥에서 이해해야 하는지를 질문할 수밖에 없다. 그런데 그의 유년기 기억과 마찬가지로 청소년기에 저질렀던 악행도 구체적으로 서술되어 있지 않아서 악행의 내용은 거의 드러나지 않는다. 예를 들어 열여섯 살, 청춘기의 아들에게서 정열이 타오르는 육체를 보고 아버지는 손자를 기다리며 기뻐하셨지만, 어머니는 "음행을 하지 마라. 특히 다른 사람의 아내를 더럽히지 마라."라고 충고하셨다고 서술하고 있다. 여기에서 성 아우구스티누스는 아버지와 어머니의 반응을 나란히 기술하고 있지만, 악행이 정열과 관계된 음행이었다는 사실만 암시하고 있을 뿐 악행의 내용은 상세하게 서술하지 않는다. 게다가 어머니의 말은 십계명을 옮겨 놓은 듯이 보여서, 둘의 반응을 병치한 것이 성 아우구스티누스의 어떤 구체적인 행위와 관련된 것이 아니라, 기독교도가 아닌 자와 기독교도의 반응을 비교한 것이 아닐까 하는 생각이 들 정도다.

성 아우구스티누스는 악행을 고백한다고 하면서도 구체적인 내용은 서술하지 않는다. 그의 자서전을 읽어 보면, 그에게는 악행의 내용보다는 그러한 악행을 하게 된 원인을 신학적인 관점에서 고찰하는 것이 더 중요한 것처럼 보인다. 그렇다면 그가 악행을 저지른 이유는 무엇인가? 성적 체험의 경우, 그는 "쾌감을 얻기 위해서뿐 아니라 친구들로부터 찬사를 받기 위함이었다."(2권 3장)라고 밝힌다. 쾌락을 얻기 위한 방식이었다는 점에서 악행의 근원에는 '자아'가 있으며, 타인의 동의와 찬사를 받고 싶었다는 점에서 타인 앞에 놓인 사회적 자아가 있다. 그가 악행을 고발한다면 우선적으로 개인적 자아와 사회적 자아를 비판해야 할 것이다. 그러나 그의 고백에서는 죄악의 사회적 의미나 개인적 의미는 충분히 제시되어 있지 않다.

　이러한 진술에 이어 성 아우구스티누스는 당시에는 어머니의 충고를 무시했으나 자서전을 서술하고 있는 현재에는 주님이 어머니의 입을 빌려 말씀하고 계시다는 것을 깨닫게 되었다고 고백한다. 그리고 주님이 독자들에게 말을 걸고 있다는 인식을 얻는다. 그는 과거의 죄악을 고백함으로써 비록 당시에는 알지 못했지만, 현재 자신이 발견한 주님을 이전에도 발견할 수 있었을 것이라는 사실을 고백하는 것이다. 이를 통해 그가 드러내고자 했던 것은, 주님은 우리가 예기치 않은 곳에서조차 편재해 계시며 주님이 역사하시는 신비는 인간의 눈으로 파악할 수 없다는 점이다.

　죄악을 고백하면서도 신의 현전에 대해 감사하는 이러한 구도는 텍스트 전체에서 무한히 반복되고 있다. 그는 청년 시절의 음행을 암시적으로 고백한 후, 구체적으로 배를 도둑질한 에피소드를 덧붙이고 있는데 그 내용 또한 극히 간단하다. 그는 친구들과 밤늦게까지 돌아다니며 놀다가, 배를 따서 몇 개만 맛보고 나머지는 돼지에게 던져 주었다는 것이다. 음행과 마찬가지로, 그는 과거의 사건을 서술하는 데 그다지 큰 관심을 보이지 않는다. 오히려 그러한 악한 행위를 하게 된 동기를 고찰하기 위해 '깊은 심연 속에 있는 내 마음'을 들여다보기를 선택한다.

　배 자체를 원하지 않았다면 왜 배를 도둑질했을까? 그는 "그 나쁜 짓으로 무엇을 얻는다는 것을 사랑하는 것이 아니라 나쁜 짓 자체를 사랑한 것입니다."(2권 3장)라고 이유를 찾아낸다. 도둑질이라고 하는 악한 행위의 근원에서 배를 얻고자 하는 물질적 욕망을 읽어 내는 것이 아니라 나쁜 짓을 하고자 하는 '악한 의지'를 읽어 내는 것이다.

악한 의지는 왜 생겼을까? 성 아우구스티누스는 친구들과의 관계와 주님과의 관계, 두 가지 차원에서 배를 도둑질한 원인을 검토한다. 이러한 악행을 하게 된 데에는 친구들의 행위를 모방함으로써 친구들과 교제하고자 하는 목적이 있었다. 친구들을 모방하는 것은 주님과의 관계 속에서 즉각적으로 죄악으로 간주된다. 그는 "오, 우리 주여, 이러한 가치, 즉 하층 질서에 속한 것을 더 사랑하고 참 좋고 아주 좋으신 당신, 당신의 진리와 법도를 게을리하는 무분별한 사랑 때문에 죄를 짓게 됩니다."(2권 5장)라고 고백한다. '하층 질서'와 '상층 질서'를 '구분'하는 노력은 그의 자서전에서 매우 중요하다. 그는 이 두 질서의 경계를 절대로 뒤섞지 않는다. 그가 회심하기 전에 사귀었던 이단자와의 관계도 같은 문맥에서 이해할 수 있다. 주님의 사랑 안에서 이루어지지 않은 친구와의 사랑은 진정한 사랑이 아니었으며 그것은 도둑질처럼 악한 행위인 것이다.

성 아우구스티누스가 진정으로 말하고 싶은 부분이 바로 이것이다. 게리 윌스는 배 도둑질 에피소드를 아담의 원죄와 연결시켜 이해하면서, 사랑을 얻을 수 있는 단 하나의 원천인 주님에게서 멀어진 상태에서 사랑을 얻으려는 모든 행위가 근본적인 죄악이라고 지적한다.[9] 이러한 관점은 필요에 의한 것이 아니라 신이 창조 시에 가졌던 힘과 자부심을 인간인 자신이 갖기 위해 도둑질을 했다고 해석할 때 분명히 드러난다. 모든 죄악은 주님에 대한 죄악이 된다. 그는 개인적 죄를 서술하면서도, 그 죄를 개인적 차원을 넘어서 더 큰 범주, 하느님이라고 하는 진정한 대화자와의 관계 속에 위치시킨다. 이처럼 죄악에 대한 탐색 끝에 자신의 '악한 의지'를 확인하고, 이를 올바르게 해석할 경우 신을 향한 정신적인 추구가 가능하다는 인식은 종교적 자서전에서 발견할 수 있는 중요한 특성 중의 하나다. 죄의 근원과 존재의 근원이 함께 발견되는 것이다.

죄악을 서술할 때 성 아우구스티누스는 죄를 짓게 된 이유를 서술하고자 하며, 그 이유를 개인적 특성으로 제시하지 않고 죄지은 인간의 본성으로 제시한다. 이때 그의 개인사는 일반화되며 그의 삶은 일정한 방향을 따르는 것으로 나타난다. 그는 자신의 내적 충동이 발현된 사건을 '참회'라고 하는 기준에 따라 기술하고자 한다. 개인의 행동을 자만심의 탓으로 돌리고 회개하는 내적인 성찰 과정을 통해서 그는 인간이 주님의 은총으로 구원받는 과정을 제시한다. 다만 그것을 개인적 경험으로 간주하지 않고 보편적 과정으로, 즉 모든 사람이 추구해야 할 하나의 프로그램으로 제시하는 점이 특징적이다.

한 개인의 사소한 경험이 구원과 같은 커다란 의미와 연결되어 있음을 자각하고 있다는 점에서 성 아우구스티누스의 자서전은 현대적인 자서전에도 큰 영향을 끼쳤다. 하지만 과거의 사실을 구체적이고 객관적으로 전달하기보다는 그 사실에 대한 해석을 제시하며 그 해석도 주님의 선함을 드러내는 형이상학을 목표로 한다는 점에서 그의 자서전은 현대적인 자서전의 대척점에 위치해 있다.

개인사와
형이상학

『고백록』의 형식은 매우 독특하다. 1권에서 9권까지는 과거의 잘못된 행위와 생각을 스스로 고발하는 개인사가 서술되어 있고, 10권부터 13권까지는 '기억의 철학, 시간과 영원, 형태와 질료, 세계 창조'가 다루어지고 있다. 텍스트의 중심이 되는 사건인 '회심'을 기준으로 그의 삶은 회심 전과 회심 후라고 하는 두 시기로 구분된다. 그래서 『고백록』의 구성에 대해, 앞부분은 자서전이며 뒷부분은 형이상학으로서, 형태적 일관성이 깨졌다는 평가가 있을 정도다. 이에 대해서는 크게 두 가지로 의견이 나뉜다. 하나는 『고백록』이 후에 몽테뉴에게서 구체적으로 드러나는 불투명한 인간의 마음을 드러내는 전통의 기원에 놓여 있다는 견해다. 「로마서」에서 사도 바울이 인간 의지의 허약함을 서술하고 있는 부분이 이러한 견해를 가장 잘 표현하고 있다.

그러나 나는 악의 힘에 팔려 나간 육체의 인간입니다. 진정코 내가 하는 것을 나는 이해할 수 없습니다. 나는 내가 원하는 것은 하지 않고 내가 싫어하는 것을 행하기 때문입니다. 선을 원하는 것은 내가 할 수 있는 일이지만 선을 완수하는 것은 내가 할 수 있는 일이 아닙니다. 왜냐하면 나는 내가 원하는 선을 행하지 않고 원치 않는 악을 범하기 때문입니다.

—「로마서」7: 14 - 19

성 아우구스티누스의 『고백록』이 불투명한 인간의 마음을 드러낸다는 이 견해에 따르면, 『고백록』의 핵심은 1권부터 세례에 이르는 9권까지다. 여기에는 유년기, 청년기, 학생 시절, 수사학 교수 시절을 거쳐 회심에 이르는 시기가 시간 순서에 따라 제시되어 있다. 또한 죄악의 문제, 수사학이나 마니교와 같은 그의 관심사, 직업과 종교 문제를 둘러싼 고민이 로마나 밀라노와 같이 그가 거주했던 공간 속에 적절히 배치되어 있다. 시간적 통일성을 유지하면서도 다양한 주제를 포괄하는 원칙을 따르고 있는 것이다.

그렇다고 해서 개인의 삶에 대한 탐색을 중단한 채 10권부터 갑자기 시간에 대한 철학적 사유, 그리고 「창세기」에 대한 신학적 해석 문제를 자서전에 서술하고 있는 이유를 납득할 수 있는 것은 아니다. 그러나 고백을 하게 된 원인과 목표를 고려하면, 이러한 구성은 일관된 서술 체계의 산물이라는 또 다른 평가도 있다. 『고백록』의 목표가 불투명한 인간의 마음을 서술하는 것이 아니고 신 앞에 놓인 인간의 상황을 서술하는 것이라면, 형이상학적 담론은 개인사에서 회심의 단계를 거쳐 성 아우구스티누스가 필연적으로 직면할 수밖에 없었던 관심사라는 것이다.

다시 한 번 문제를 제기해 보자. 성 아우구스티누스가 회심과 세례, 그리고 어머니의 죽음에 뒤이어 자전적인 요소는 전혀 없이, 「창세기」를 해석하면서 시간론과 세계 창조에 관한 해석을 덧붙이고 있는 것을 어떻게 이해해야 할까? 다시 말해, 형이상학적 탐색까지도 그의 삶을 이루는 요소로 간주해야 할까라는 질문이 제기되는 것이다. 이러한 질문에 대해, 개종 이후의 삶은 주님의 구원의 역사가 완성되어 삶의 목표가 달성된 삶이므로 영적으로 변화 가능성이 없는 삶이고, 그렇기 때문에 그 삶은 더 이상 서술할 필요가 없다는 정도가 가장 그럴듯한 대답일 것이다. 하지만 자서전에 서술되어야 하는 '개인사'란 무엇일까라는 질문을 제기하면 성 아우구스티누스가 생각한 자서전의 의미를 보다 분명히 이해할 수 있다.

'개인사'를 현대적 의미에서 한 개인의 특성을 드러내는 구체적인 사건으로 정의한다면, 성 아우구스티누스의 『고백록』은 개인사와는 관계 없는 형이상학이라고 할 수 있다. 그러나 개인사와 관련하여 『고백록』은 두 가지 차원에서 문제를 제기하고 있다. 하나는 앞에서 언급한 텍스트의 구성 방식과 관련되어 있으며, 다른 하나는 9권까지 개인사를 서술하고 있지만, 개인사에서도 성 아우구스티누스의 세례와 어머니 성 모니카의 죽음으로 9권이 끝나고 그 이후의 삶은 서술되지 않고 있다는 사실이다.

어머니 모니카는 작가 자신을 제외하면 텍스트에서 가장 구체적으로 언급되어 있는 인물이다. 특히 9권에서는 거의 예외적이라고 할 정도로 젊은 시절부터 죽음에 이르기까지 그녀의 삶이 구체적으로 제시되어 있다. 성 아우구스티누스가 어머니의 삶을 서술하는 이유는 그녀의 삶을 통해 모범적인 기독교도의 태도를 밝히면서, 하느님을 찬양하는 동시에 거대한 구원의 역사를 제시하고자 했기 때문이다. 예를 들면 어머니는 처녀 시절에 말과 행동이 단정하고 품위를 갖추도록 교육을 받았는데, 그러한 교육은 외할머니로부터 비롯된 것이 아니라 나이 많은 하녀 덕분이라는 사실을 강조한다. 한 개인을 형성한 것이 부모님이 아니라는 사실을 강조함으로써 그 모든 것이 하느님으로부터 비롯되었음을 강조하려는 의도다. 특히 어머니가 술심부름을 하면서 술을 즐기는 버릇이 생겼지만 한 하녀가 술주정뱅이라고 욕하는 것을 듣고는 그 버릇을 버리게 된 에피소드를 소개하면서, 성 아우구스티누스는 어머니가 반성한 데 대해 "당신은 한 사람의 분노를 통해 다른 사람의 나쁜 습성을 고치십니다. 그러므로 우리가 이런 본을 보고 다른 사람의 잘못을 고쳐 주려 할 때 설사 우리가 훈계한 말에 의하여 고침을 받았다고 할지라도 결코 우리의 힘으로 했다고 착각해서는 안 됩니다."(9권 8장)라고 주님께 그 공을 돌린다. 결혼 후에는 남편과 시어머니를 잘 모셔서 가정의 평화를 유지했고, 남편을 신자가 되도록 인도했으며, 특히 죽기 직전에는 현세의 삶에 대한 모든 욕망을 버리고 "모든 것을 초월한 영원한 지혜"(9권 10장)를 얻었다고 서술하고 있다. 구체적인 예로, 원래 어머니는 오랫동안 자신이 묻힐 자리를 염려했으며 남편 곁에 묻히는 것이 허락된 자로 기억되기를 바랐지만, 고향에서 멀리 떨어진 오스티아에서 돌아가시면서 그곳에 묻어 줄 것을 부탁한 에피소드를 들고 있다. 어머니에게 육신이 어디에 있는가는 중요하지 않다. "너희들이 어디에 있든지 주님의 제단에서 나를 기억해 다오."(9권 11장)라는 유언이 잘 보여 주듯이, 어머니는 기독교도로서 전범이 되는 죽음, 죽음을 앞두고 다른 사람들이 모방해야 하는 태도를 보여 준 것이다. 그의 자서전에서 유일하게 전 생애가 드러나고 있는 어머니의 삶을 통해 성 아우구스티누스는 한 개인이 성장하고 죽음에 이르기까지 삶 전체를 기독교의 관점에서 조망하고 있다.

　　성 아우구스티누스가 자신의 삶을 서술할 때와는 달리 어머니의 삶을 서술할 때에는 구체적인 에피소드를 들어가며 상세하게 서술한 것을 어떻게 이해해야 하는가? 자신의 삶을 서술하기 위해 자신과 관계없는 사건이나 타인의 삶을 서술하는 것이 중세에는 드문 일이 아니었다. 기베르 드 노장의 자서전에서도 동일한 구성을 확인할 수 있다. 그는 1부와 2부에서는 개인사를 서술한 반면, 3부에 이르면 자신의 고향에서 발생한 폭동에 대해 서술하고 있다. 여기에서는 형이상학은 아니지만, 개인사와 연대기가 구별되지 않는다. 이처럼 중세의 자서전에서는 고백록과 같은 형식으로 개인사를 서술한 뒤, 애초의 관점을 완전히 바꾸어 형이상학적 서술이나 연대기적 서술이 구분되지 않고 이어진다. 이에 대해 미셸 젱크는 "자신이 이야기하는 것과 자신에 대해 이야기하는 것"이 구별되는 것은 현대적인 관점일 뿐 중세에서는 그러한 구분이 없었다고 설명하고 있다.[10] 자신이 이야기하는 것이 곧 자신의 삶이라는 것이다. 그러므로 성 아우구스티누스가 어머니 성 모니카의 생애를 서술하는 것은 그것이 자신의 생애와 밀접하게 연결되어 있다는 정도의 의미를 넘어선다. 어머니의 생애로 그는 자신이 살아야 하는 모범적인 삶을 서술하고자 했던 것이다. 마찬가지로 그가 회심 이후, 신실한 기독교도였던 어머니의 죽음을 서술한 것은 그 죽음을 통해 성 아우구스티누스 자신의 죽음을 서술하기를 원한 것으로 이해할 수 있다. 이렇게 함으로써 그는 세례를 받은 후, 죄인은 죽고 신앙인으로 다시 태어난 자신의 삶을 서술할 수 있다고 믿었다. 이 두 삶을 연결할 수 있는 고리는 물론 십자가에서 돌아가신 후 부활하신 예수의 생애다. 그런 점에서 어머니의 죽음은 하나의 알레고리로 기능한다.

어머니의 생애를 서술하는 것이 곧 자신의 삶을 서술하는 것과 동일하다고 해도, 성 아우구스티누스가 9장에서 세례와 어머니의 죽음을 서술한 것으로 자서전을 끝내지 않고 「창세기」에 대한 주해 형식으로 형이상학을 덧붙인 것에 대해서는 또 다른 설명이 필요하다. 왜 그는 오류에 불과했던 과거를 7권까지 서술한 후에, 8권과 9권에 이르러 회심과 어머니 모니카의 죽음을 서술하고, 곧이어 천지 창조라고 하는 기원의 이야기를 재해석하는 것일까? 그것은 그의 삶과 어떤 관계를 맺고 있을까? 개종 이후 새롭게 태어난 자신을 설명하기 위해 '창세기'라고 하는 '기원'을 다시 설명하는 이유는 무엇일까?

　『고백록』의 구성을 잘 들여다보면, 성 아우구스티누스는 10권에서 인간을 유혹하는 욕망을 나열하고 있으며, 11권부터 13권에 이르기까지 「창세기」를 해석하고 있다. 회심 이후, 자신과 인간에 대한 관점이 완전히 바뀐 상황에서 성 아우구스티누스는 회심으로 새롭게 태어난 자신을 기원에서부터 설명할 필요를 느꼈고, 그 기원이 바로 성서에서 설명하고 있는 기원, 즉 「창세기」인 것이다. 다시 말하면, 피조물인 인간이 자신의 기원을 탐색하고자 할 경우 인간은 주님의 역사를 기술할 수밖에 없다. 그래서 『고백록』은 인간의 기원인 신에 대한 호명으로부터 시작하여 '창세기'의 기원으로 다시 돌아간다. 자서전이 기원에서 종말에 이르는 한 개인의 역사를 서술한 것은 결국 천지 창조에서부터 종말에 이르는 과정을 서술하고 있는 성서의 구조를 모방한 것이라고 할 수 있다.

　　이런 관점에서 볼 때 개인사와 형이상학은 대립적인 것이 아니다. 이것은 삶을 구원이라고 하는 하나의 일관된 여정 속에서 이해하고자 하는 노력을 반영하고 있다. 성 아우구스티누스의 관점에 따르면 인간에게는 육체의 삶을 살 것인가, 아니면 정신의 삶을 살 것인가 하는 이분법적인 유형의 삶밖에 없으며 인간은 당연히 정신의 삶을 선택함으로써 단 하나의 진실을 추구하고자 하는 열망에 사로잡혀 있다. 그러므로 죽음 이후,

그리고 세례 이후 새롭게 태어난 자신의 기원을 설명하기 위해 그는 성서적 기원으로 회귀하는 과정을 보여 줄 수밖에 없었다. 성 아우구스티누스에게 인간의 존재는 성서, 더 나아가 신의 존재와 불가분의 관계에 놓여 있는 것이다. 이런 특성 때문에 그의 자서전은 현대적 관점에서 볼 때 모호한 글쓰기처럼 보이지만, 그의 신학 체계를 이해하면 자신의 삶을 서술할 수 있는 유일한 글쓰기 방식이었다고 할 수 있다.

성 아우구스티누스의 자서전은 한 개인의 자서전이 아니다. 텍스트에 드러나는 인간은 시대의 이데올로기였던 종교관에 충실한 '성인' 아우구스티누스다. 중세의 개인은 구원의 도식으로만 이해할 수 있었고, 한 개인의 삶은 성인의 삶과 동일성의 관계 속에서 파악되었기 때문에, 성인이 쓴 자서전은 성서와의 관계 속에서만 이해할 수 있는 독특한 세계관을 보여 주고 있다.

『고백록』의 의의

『고백록』이 자서전의 역사에 끼친 영향에도 불구하고 성 아우구스티누스의 자서전이 근대적 자서전의 토대가 되었다고 말할 수는 없다. 이 자서전에는 근대적 자서전을 특징짓는 요소, 즉 한 개인의 전기적 요소를 통해 드러나는 '개성의 형성'이라고 하는 자기 정체성에 대한 인식이 빠져 있다. 성 아우구스티누스의 전통을 따르고 있는 자서전이 개성을 드러내고 자기 기원에 대해 관심을 표현할 때조차 개인의 삶은 성자전(聖者傳)을

'모방'하는 과정에서 우연히 드러난 효과에 불과할 뿐 그것이 목표가 아니었다는 점에서 이 사실은 충분히 시사적이다.

그러나 아프리카의 한 주교가 자신의 삶을 예수의 삶에 비추어 재구성한 자서전이 어떤 과정을 통해 후대 자서전에 영향을 끼쳤으며, 어떤 점에서 모델이 될 수 있었는가 하는 문제는 자서전의 역사를 이해하는 데 매우 중요하다. 우리는 이 질문과 관련하여 『고백록』이 왜 그 시점에서, 또 왜 기독교 전통의 문맥에서 만들어지고 널리 퍼지게 되었는가에 대해 지금까지 살펴보았다. 이제 이 문제를 현대 문학을 특징짓는 '문학적 주관성'을 중세 문학에서도 확인할 수 있는가라는 문제, 다시 말하면 중세적 주체 의식을 현대적 문맥에서 어떻게 이해해야 할 것인가 하는 문제와 긴밀하게 연결시켜 살펴볼 필요가 있다.

성 아우구스티누스도 자신의 삶을 기술한다는 것이 자신을 주체이자 대상으로 간주하는 방식이라는 점을 인식하고 있었다. 그러나 그 인식은 개인적 '신념'의 한계에서 벗어날 수 없었다. 그에게 삶을 기술한다는 것은 유일한 모델인 예수 그리스도의 생애에 자신의 삶을 일치시키는 것이었다. 그래서 개인적 주체성은 크게 강조될 수 없었고 주님의 시선 앞에 놓인 대상으로서만 존재할 수 있었다. 자서전이 내면을 응시하는 자아 성찰의 산물임에는 분명하지만 삶에 대한 형이상학적이고 철학적 성찰이라는 특성을 지니게 된 것은 이 점에서 비롯된 것이다.

성 아우구스티누스의 자서전처럼 속(俗)의 세계에서 성(聖)의 세계로 들어가는 과정을 구원의 방식으로 설정하고, 개인사에 현전하고 있는 신의 존재를 드러내고자 하는 이러한 관점은 현대에 이르러 조르주 귀스

성 아우구스티누스

도르프에 의해 계승되었다. 귀스도르프는 자서전의 전형적인 서술 방법으로 18세기 경건주의자 전통을 제시하고 있다. 그 전통에 따르면 인간의 삶은 그 자체로 의미 있지도 않고 내적 가치가 있는 것도 아니다. 자기 의식의 토대나 자기 정당화는 모두 창조주인 신과 구원자인 예수와의 관계 속에서 발견된다.[11] 개인의 삶은 내면으로 향하게 되는 내적인 동기와 관련 있을 때 의미 있으며, 이는 신과의 관계에서 밝혀진다는 것이다. 이와 같은 관점은 근대 자서전의 시조로 일컬어지는 루소가 제시한 자서전 개념과는 정반대다. 루소의『고백록』에서 관심의 방향은 종교적인 것에서 문학으로 이행하고, 글쓰기도 구원을 목표로 하는 것이 아니라 개인적인 성공을 목표로 하고 있다. 종교적 자서전 전통의 입장에서 보면, 종교적인 것이 세속화되고 그 자리를 심리학이 차지하고 있다는 점에서 루소의 자서전은 자서전의 황금시대가 끝났음을 알리는 사건이다.

　　그렇지만 성 아우구스티누스가 설정하고 있는 주체와 대상의 독특한 관계에서 자서전 장르를 다룰 때 제기되는 다른 문제들이 연역되어 나온다는 점에서 그의 자서전은 매우 시사적인 자리를 차지한다. 우선 그는 독자와의 관계를 새롭게 정립했다. 성 아우구스티누스는 고백의 주체인 내가 고백의 대상인 주님에게, 자신이 과거의 방황을 극복하고 주님이 보여 주신 길을 '모방'하여 걷고 있는 참회의 모습을 보여 주고 있다. 이때 '나'는 평범한 한 인간이 아니라 진실을 찾고 있는 기독교도다.

　　독자와의 관계 문제를 통해 성 아우구스티누스의 자서전은 '누구에게 고백하는가?'라는 질문을 제기한다. 장 스타로뱅스키는 이에 대해 주님과 독자 두 가지 차원을 제시한다.[12] 우선『고백록』은 하느님께 고백하는 것이며, 이는 자서전이 기도 형식으로 되어 있다는 사실에서 잘 드러나 있다. 『고백록』은 "오, 주님, 당신은 위대하시니 크게 찬양받으실 만합니다."로 시작하여 "아멘."으로 끝난다. 그런데 만약 주님에게만 고백하는 것이었다면 아마도 고백록을 쓰지 않았을 것이라고 스타로뱅스키는 덧붙이고 있다. 주님은 인간이 고백하기 전에 이미 우리 마음을 다 알고 계시기 때문이다. 그러므로 고백의 직접적인 대상은 주님이지만 간접적으로는 교인과 동포, 그리고 독자들이 고백의 대상이다. "내가 누구에게 이런 말을 하고 있습니까? 오, 나의 주님, 당신에게 이 말을 하는 것이 아니라, 당신의 면전에서 내 동포, 그리고 내 글을 읽게 될 세상 사람들의 일부에게 하는 것입니다."(2권 3장) 그렇다면 왜 성 아우구스티누스는 모든 것을 다 알고 있기 때문에 직접 고백할 필요도 없는 주님에게 고백하는 것일까? 하느님은 아무런 의미도 없는 수사학적인 존재에 불과한 것인가?

　　주님을 대화 상대자로 삼음으로써 성 아우구스티누스의 자서전은 후세의 자서전에 두 가지 중요한 특징을 제시하고 있다고 스타로뱅스키는 강조한다. 하나는 자서전의 대화 상대자가 주님이기 때문에 고백은 절대적인 진실을 말하는 행위가 된다는 점이다. 이렇게 해서 고백은 절대적인 성실성을 확보하게 된다. 두 번째로 주님은 나를 죄악에서 구원하고 은총을 보장하는 존재이기 때문에 자서전을 쓰는 것은 구원의 행위가 된다. 자서전이 재탄생의 체험이 될 수 있는 것은 바로 이러한 구원의 의미 덕분이다.

　　성 아우구스티누스의 자서전이 주님-'나'의 이자 관계에서 주님 - '나' - 독자의 삼자 관계로 확대·발전하는 과정을 보여 주는 것은 '나'를 매개로 독자도 내가 주님과 맺고 있는 것과 동일한 관계를 맺기 바라기 때문이다. 고백은 내가 주님이 "말씀하신 뜻을 들으려 원했던"(10권 26장) 것처럼 독자도 나를 통해 주님의 뜻을 듣고 새롭게 탄생하기를 원하는 권유의 행위다. 자신의 과거를 증거함으로써 독자를 교화시키고자 하는 종교적 이유 때문에 독자에게 고백하게 된 것이다. 스타로뱅스키는 신과 독자에게 고백하는 성 아우구스티누스의 자서전이 시간성의 차원에서도 영향을 끼쳤다고 지적한다. 그는 『고백록』을 "신에게 주어지는 즉각적인 인식과 인간이 인지하는 데 필요한 설명적인 서사의 시간성"[13]을 결합시킨 시도로 규정한다. 신과 독자 모두에게 고백하는 이러한 현상은 루소에게서도 그 흔적을 발견할 수 있지만, 루소 이후 현대적 자서전에서 절대적 타자로서의 신은 사라진다.

다음으로 정체성의 문제에 주목해 보자. 자서전에 정체성을 탐구하는 과정이 서술되어 있다고 할 때 그것은 '나는 누구인가?'라는 질문과 분리될 수 없다. 그런데 성 아우구스티누스의 자서전은 자기 정체성에 대해 추호의 의문도 제기하지 않는다. 그는 회심한 기독교인, 주님을 따르는 사도라는 자기 정체성을 확고하게 인지한 상태에서 자서전을 기술하고 있다. 그래서 '나는 누구인가?'라는 질문 대신 그의 자서전에서는 '무엇을 말할 것인가?'라는 문제가 더욱 중요하며 그 질문은 '진리란 무엇인가?'라는 질문과 연결된다. 성 아우구스티누스가 수사학을 격렬하게 비판하는 이유가 바로 그것이다. 수사학은 말의 내용과는 상관없이 말하는 방법을 가르친다는 점에서 허위이며 거짓이라는 것이다. 수사학이 오류라면 어떻게 그 오류를 해결할 것인가? 그는 성서만이 기독 공동체의 유일한 진리, 모든 진리의 근원이라고 생각한다.

　'나는 누구인가?'라는 질문이 '무엇을 말할 것인가?'라는 질문으로 변형될 때, 자서전은 진실을 탐구하는 장이 된다는 사실, 성찰과 진실이 함께한다는 사실은 자서전의 특성을 규정할 때 특히 주목해야 한다. 거짓을 인정하는 허구와는 달리 자서전은 오직 진실만을 말한다는 이러한 특성은 진실성과 성실성에 대한 성 아우구스티누스의 명민한 감각에서도 잘 드러난다. "오 주님, 당신의 눈앞에서 인간 양심의 바닥도 다 드러나고 맙니다. 그러나 내가 그 양심을 당신께 고백하지 않으려 해도 내 안에 있는 그 무엇이 당신의 눈을 피할 수 있으리까?"(10권 2장) 주님 앞의 인간, 즉 신 - 주체 앞에 놓인 나 - 대상이라는 독특한 관계는 그 자체로 성실성을 보장하는 근거로 제시되고 있다.

　　회심한 기독교인으로서 자서전을 쓴다고 할 때 성 아우구스티누스가 제시하고 있는 사실이 진실이라는 것을 어떻게 믿을 수 있는가? 그는 자신의 삶을 진솔하게 기록하고 있는가, 아니면 하나의 해석을 제시하고 있는가? 인간이 죄를 짓고 방황해도 구원의 길로 인도되는 과정을 보여 줌으로써 성 아우구스티누스는 자신의 삶을 기독교의 관점에서 '재해석'하여 보여 주고 있다. 과거를 기억하고 회복하는 것이 창조와 구원의 역사와 닿아 있음을 강조하는 것이다. 삶의 의미를 밝히는 과정이 구원의 과정을 되풀이하는 것임을 밝힘으로써 성 아우구스티누스는 최초로 자서전적인 성찰의 글쓰기가 개인을 구원하는 행위임을 분명히 드러냈다. 더 나아가 과거의 감정과 사고를 신앙의 관점에서 재구성하여 제시함으로써 그는 자서전을 쓰는 행위를 자신을 구원하는 개인적 행위인 동시에 인류 전체를 구원의 역사에 참여시키는 행위로 제시했다. 『고백록』이 회고적 자서전이라기보다는 글쓰기를 통해 정신적인 여정을 다시 경험하고 회복하려는 미래에 대한 기획이자 지속적으로 실현시켜야 할 하나의 프로그램이라는 것은 그런 의미다.

몽테뉴와
인본주의 정신

천 년에 걸쳐 지속되었던 중세가 저물고 르네상스기에 들어서, 자기에 대한 글쓰기는 새로운 국면을 맞이하게 된다. 몽테뉴는 세계의 중심에 위치하고 있는 '인간'의 가치에 대해 질문하지만, 그가 응시하고 관찰한 인간은 추상적인 인간이 아니다. 몽테뉴가 제기하고 있는 질문은 '어떻게 완전히 자기 자신이 될 수 있는가?'라는 질문으로 요약할 수 있다. 그 질문은 '나는 무엇을 아는가?'라는 질문과 분리되지 않는다. 그는 전통적 권위에 복종하지도 않았고 그렇다고 해서 당시 유럽이 새로이 발견하게 된 사물에 대한 객관적 관계에 매혹되지도 않았다. 그는 인간과 세계를 둘러싸고 있는 개인적인 관점에 관심을 기울였다. 그는 종교적이거나 윤리적 인간보다는 구체적인 인간사에 관심을 기울인 것이다.

세상과 인간을 바라보는 관점이 변한 것은 당시의 시대 상황과 밀접한 관련이 있다. 몽테뉴는 '인본주의'라고 하는 시대정신에 충실한 사람이었다. 그는 평범한 인간에게 관계되는 것이라면 모든 것이 자연스럽고 정상적이라고 생각했고, 성인이나 현인이 오히려 비정상적인 상태라고 생각했다. 그가 초월자를 매개하지 않고 구원에 대한 강박 관념 없이, 오직 자기 자신과의 관계 속에서 사유한 것은 당연하다고 할 수 있다.

몽테뉴에게 세계와 자아는 '유사성'의 관계에 놓여 있다. 세계가 끊임없이 움직이고 불연속적으로 보이는 것처럼 인간도 불연속적인 존재라는 것이다. 그러한 불연속성을 반영하듯, 『수상록』도 하나의 일관된 체계를 갖지 못한 채 파편화된 조각처럼 나타난다. 사실 자기에 대한 글쓰기의 역사에서 몽테뉴도 루소만큼 중요한 인물이지만 삶을 하나의 논리적인 여정을 지니고 있는 이야기로 만들지 않았다는 점에서 현대적이지 못하다는 평을 받고 있다. 그러나 휴고 프리드리히는 "주관성을 표현하는 전통적인 문학 장르에서, 『수상록』의 직접적인 모델로 간주할 수 있는 것은 아무것도 없다."[14]라고 단언할 정도로 몽테뉴가 제기한 질문과 자신의 삶을 서술한 방식은 새롭고 독창적인 것이었다. 몽테뉴의 독창성은 자신을 응시하고 관찰하면서 자신의 약점을 드러내고 동시에 자신이 결코 결정적인 하나의 이미지로 제시될 수 없다고 강조한 데에서 찾을 수 있다.

내 발은 빠르기도 하고 별로 확실치가 않아서 곧 넘어지기도 하고 곧 움직일 준비가 되어 있기도 하다. 사물을 보는 관점도 어찌나 불규칙한지 배가 고프면 식사 후와는 완전히 다르게 느낀다. 화창한 날의 빛처럼 건강이 좋으면 나는 좋은 동반자가 되지만, 티눈 때문에 발가락이 아프면 눈살을 찌푸리고 불쾌하게 대하고 혐오감을 갖게 한다. 말이 같은 보조

성 아우구스티누스

로 걸어도 어떤 때에는 거칠게 느껴지고 어떤 때에는 편안하게 느껴진다. 같은 길도 이번에는 짧게 느껴지고 다음번에는 길게 느껴진다. 같은 방법도 어떤 때에는 더 기분 좋게 느껴지고 어떤 때에는 별로 기분이 좋지 않게 느껴진다. 지금은 모든 것을 다 할 수 있을 정도지만 곧 아무것도 할 수 없다. 지금 즐거움을 주는 것도 때때로 고통이 될 것이다.[15]

몽테뉴는 모순되고 현재 생성 중인 상태 그대로 자신을 드러낸다. 이러한 특징은 그가 자신을 하나의 이상형에 따라 재단하지 않고 육체와 정신을 있는 그대로 서술하기 때문에 생겨난다. 그의 자서전에서 비롯된 혁신적인 사항을 세 가지로 요약하면 다음과 같다. 우선 자서전의 소재를 혁신했다는 사실을 지적할 수 있다. 이제까지의 자서전이 성 아우구스티누스의 예를 좇아 신의 관점에서 바라본 삶을 서술했다면 몽테뉴는 그를 둘러싸고 있는 현실의 일상성을 진부한 상태로 그대로 제시하고자 한다. 성자전 전통에서 인간은 육체를 포기하고 영혼을 향해 나아가야 했다면 몽테뉴는 육체와 영혼 모두를 만족시켜야 한다고 강조한다. 앞의 인용문에서도 몽테뉴는 자신을 응시하며 자신의 상태를 있는 그대로 제시한다. 그가 서문에서 자신을 '묘사'하고자 하는 욕망을 서술한 데에서 알 수 있듯이, 이러한 시도는 변화하는 육체적 외면을 포착하고자 했던 르네상스기 사람들의 욕망과 일치한다. 육체를 묘사함으로써 정신적인 자질들, 장점과 단점을 포착할 수 있다고 믿는 것이다. 물론 여기에는 '나'에 대한 낙관적 확신이 내재되어 있다.

그러나 모든 유형의 자기에 대한 글쓰기에는 완전히 객관적인 묘사는 없다. 작가는 자신이 진실이라고 생각하는 것을 보여 주는 방식으로 자기 자신을 묘사한다. 실제로 몽테뉴는 모순되고 '품위를 손상'시키는 방향으로 자신의 삶을 제시하고 있다. 그러나 바로 그 방법을 통해 몽테뉴는 자신에 대해 진실을 갖고 있는 유일한 인물이 될 수 있었다. 자신이 변덕스럽고 약하고, 타인의 전범이 될 만한 인물이 아니라는 것을 알고 있기 때문에 그는 유일한 인물이 되었고, 품위를 손상시켜 자신을 제시하는 방법으로 자기 정체성을 인지할 수 있었다. 이러한 특성은 후에 루소에게서 발견되는 병적인 노출증과는 다른 유형의 성실성의 발로로 이해할 수 있다.

'무엇을 말할 것인가' 하는 문제는 '누가, 누구에게 말하는가' 하는 문제와 연결되어 있다. 몽테뉴에 이르러 자서전을 쓰는 사람은 성 아우구스티누스적인 의미의 구원의 소명을 받은 자도 아니고 도덕적 차원과도 아무런 관련이 없는 평범한 인물로까지 확장된다. 자서전은 이제 어떤 목표도 갖고 있지 않은 한 개인의 기록이 된 것이다. 이러한 특성은 "나는 내가 찾고 있는 곳에 있지 않다. 내가 엄밀히 조사하고 판단한 것을 통해서보다는 우연한 만남을 통해서 나를 발견할 수 있다."[16]라는 문장에서 구체적으로 드러난다. 그는 '찾기'와 '발견'을 대비시키고 있는데, 그가 '찾고 있는 곳'이란 선입견, 관례가 지배하는 곳인 반면, 있는 그대로의 나는 우연한 만남을 통해 '발견'된다는 것이다.

몽테뉴는 인간에 대한 해석자라기보다는 관찰자이며 분석가다. 그는 자신의 해석과 관점을 드러내기보다는 가장 무의미하고 내밀한 사건, 사물의 외면을 자신이 경험한 대로 제시한다. 이 과정에서 당시의 세계관이 그러했듯이, 자기 자신에서 출발하여 인간 전체로까지 확장하여 적용할 수 있는 인간에 대한 보편적 개념을 제시하기에 이른다. 이때의 보편적 개념이란 추상적인 어떤 개념으로 환원되지 않는다. 오히려 그는 인간을 일정한 한계 속에 위치시키고 인간에게 주어진 역할을 그 한계 내에서 정의하기 때문에 인간의 다양성과 차이를 인정한다. 몽테뉴는 르네상스기에 인간관이 어떻게 변화했는지를 알려 준다. 인간은 더 이상 지향해야 할 이상향과의 관계 속에서 규정되는 존재가 아니다. 인간은 현재의 시점에서 끊임없이 의미를 만들어 가는 가능성 그 자체다.

몽테뉴:
'나'에 대한 증언

나는 내 행위에 대해 쓰지 않는다. 나는 나, 나의 본질에 대해 쓴다. 자신에 대해 판단할 때에는 신중해야 한다고 나는 생각한다. 천박하든 고상하든 상관없이, 자신에 대해 증언할 때에도 마찬가지로 정직해야 한다고 생각한다. 내가 선하고 현명한 것 같으면, 또는 그와 비슷한 상태인 것 같으면, 나는 목청껏 그것을 찬양할 것이다. 자신에 대해 실제보다 못하다고 말하는 것은 겸손한 것이 아니고 어리석은 것이다. 아리스토텔레스에 따르면 자신의 가치는 높으면서도 대가는 덜 치르는 것은 비겁하고 소심한 것이다. 미덕에 도움이 된다고 해서 거짓말을 해서는 안 된다. 진실은 오류로 만들어지지 않는다. 자신에 대해 실제 이상으로 말하는 것은 대개의 경우 자만 때문이 아니고, 대부분은 어리석음 때문이다. 실제 자기 자신에 대해 지나치게 만족해하고 지나치게 자기애에 빠지는 것이 내 생각으로는 이 악덕의 실체다. 이 악덕을 치유하는 가장 좋은 치료법은 여기 있는 자들이 처방하는 것과는 반대로 하는 것이다. 이들은 자기에 대해 말하는 것을 금하면서 결과적으로 그 이상으로 자기에 대해 생각하는 것을 금하고 있다. 자신에 대해 생각하는 것은 오만한 것이다. 오만에서 언어가 차지하는 부분은 아주 사소할 뿐이다. 그들에게는 자기 자신에 대해 몰두하는 것은 자신에 대해 만족해하는 것으로, 자기 자신에 사로잡혀 자신을 사귀는 것은 지나치게 자신을 소중히 다루는 것으로 보인다. 그럴 수 있다. 그러나 이 과도함은 자신을 피상적으로 탐색하는 자들, 일이 터진 후에야 자신을 돌아보는 자들, 몽상에 빠져 무위도식하는 것을 자신을 보살피는 것으로 아는 자들, 필요한 것을 구비하여 건축하는 것을 사상누각을 짓는 것으로 간주하는 자들에게만 생겨난다. 그들은 자신을 자기와는 상관없는 제3항이라고 판단하는 것이다. 만약 자기보다 못한 것을 보고서 자기가 성취한 학식에 도취되어 있다면 눈을 들어 지난 세기를 바라보기 바란다. 그러면 그는 자신을 짓밟는 수많은 정신을 발견하고서 겸손해질 것이다. 그가 자만하여 무용담을 늘어놓으면 두 명의 스키피온의 생애를, 무수히 많은 군대를, 무수히 많은 민족을 환기하기를 바란다. 이들은 그를 훨씬 능가할 것이다. 자신 속에 있는 수없이 많은 불완전하고 빈약한 다른 자질과 결국에는 허무한 인간 조건을 동시에 고려한다면 그 어떤 특별한 자질이 있어도 거만하게 뽐내지는 못할 것이다. 소크라테스만이 유일하게 '자기 자신을 알라.'라는 신의 가르침에 진심으로 전념했고, 그런 노력 끝에 자신을 경멸하게 되었다. 그래서 그만이 현자라고 불릴 만한 유일한 사람으로 평가받았다. 그러므로 자신을 알게 될 자여, 대담하게 입을 열어 그것을 알려 줄지어다.[17]

몽테뉴(1533~1592)는 『수상록』을 1572년에 기술하기 시작했고 첫 두 권은 1580년에 출판되었다. 1576년에는 그의 좌우명으로 널리 알려져 있는 "나는 무엇을 아는가?(Que sais-je?)"가 새겨진 메달을 만들게 했다. 3권은 1588년에 출판되었는데, 초고를 강도들에게 도난당했다가 돌려받는 일도 있었다. 그만큼 그가 활동한 시기는 불안정한 시기였고, 종교 전쟁이 격렬했으며, 생 바르텔레미의 학살과 같이 종교적 신념이 정치와 결부되면서 사회 전체에 공포 분위기가 조성되어 있었다. 신대륙에서는 아즈텍과 잉카의 인디언들이 학살당하고 하나의 문명 자체가 사라지고 있었다. 이와 같은 분위기에서 알 수 있듯이 16세기 후반기는 르네상스를 꽃피웠던 낙관주의와 인문주의 대신 종교의 검열이 더욱 심해졌고 어떤 유형의 글을 쓰던 간에 작가들은 권력의 눈치를 볼 수밖에 없었다. 이런 시대 분위기를 이해하면 몽테뉴의 『수상록』이 취하고 있는 형식적·내용적 특성을 좀 더 쉽게 이해할 수 있다.

'수상록'이라는 제목 자체가 이 책의 특성을 잘 보여 준다. 몽테뉴 이전에 '수상록'이라고 하는 장르는 존재하지 않았다. 그는 자신의 책이 하나의 장르에 귀속되는 그런 엄격한 작품이 되기를 원치 않았다. 그는 다양한 장르, 다양한 작가의 작품을 섞고, 그들의 영향을 감추지 않고 드러냄으로써 당시까지는 없었던 새로운 형태의 작품을 내놓을 수 있었다. 『수상록』이 자기 성찰과 인용으로 구성되어 있다는 점을 고려하면 이 작품을 자서전으로 규정하는 것은 적절하지 못할지도 모른다. 여기에는 작가의 인생도 없고 연대기적인 특성도 발견할 수 없으며, 회고록적인 특성마저 없다. 단지 자신에게 떠오르는 대로, 다양한 방식으로, 철학이나 도덕의 문제를 다루고 있기 때문에 자신의 생각이나 판단을 타인에게 강요하지도 않는다. 몽테뉴는 오히려 완화된 표현으로 자기 생각을 완곡하게 드러내거나 복잡한 표현을 사용하여 독자를 어리둥절하게 만들기도 한다. 또 문맥상 별로 상관없는 곳에 자기가 하고 싶은 말을 끼어 넣는 등 미리 자기 검열을 수행하여 관용적이지 않은 당시의 시대 분위기를 적절히 비껴갈 수 있었다. 몽테뉴는 자기 글이 "잡다한 글쓰기(écrivaillerie)"에 불과하다고 끊임없이 평가 절하하고, 자기 기획은 공공의 목표를 지니고 있지 않으며 문학적 야심도 없다고 반복해서 강조한다. 그는 다른 사람의 글 뒤에 자신의 모습을 감추며, 자신의 무지를 드러내기를 망설이지 않는다. 이러한 전략적인 부분이 그의 본질이라고 생각해서는 안 된다. 그는 고전의 반열에 든 작품을 인용하면서 때때로 출전을 밝히지 않기도 한다. 그러한 방식을 선택한 것은 그가 고전에 무지하기 때문이 아니다. 당대의 독자들이 고전을 맹목적으로 숭배하면서, 살아 있는 작가의 글이나 프랑스 속어로 된 글은 제대로 읽어 보지도 않고 비난하기 때문에 독자들이 비난한 글이 원래는 위대한 고전 작가의 작품임을 알게 되었을 때 느끼게 될 참담함을 미리 즐기기 위함이었다.

『수상록』의 비체계성은 극히 의도적인 행위였다. 그는 비체계적인 것이야말로 자연스러운 스타일이며 개인적 취향에 어울리면서도 당대의 사회를 있는 그대로 보여 주는 방식이라고 주장한다. 그는 자기 정당화를 주저하지 않았던 것이다. 내면 성찰의 특성은 3권을 기술하면서부터 본격적으로 부각되는데, 그때부터 이 책은 '자기 묘사의 글'이라는 특성을 지니게 되었다. 몽테뉴의 글쓰기는 그런 면에서 볼 때 쾌락을 추구하는 것처럼 보인다. 하지만 몽테뉴에게서 진실과 쾌락은 배타적이지 않다. 쾌락을 추구하면서도 "나", "나의 본질"을 서술하고자 하는 자기 인식이라는 목표에 도달할 수 있고 진실을 전할 수 있었기 때문이다. 그는 자만이나 겸손, 자기만족 속에 숨어 있는 어리석음을 경계한다. 그래서 "나는 무엇을 아는가?"는 의문문으로 되어 있다. 그것은 '너 자신을 알라.'라는 유형의, '나는 아무것도 모른다.'라는 진실을 이미 알고 있는 소크라테스보다 더욱 회의적이다. 몽테뉴의 글은 신세계의 발견, 종교 개혁, 그리스·로마의 재발견, 지동설과 같은 다양한 역사적·학문적·예술적 변화에 민감하게 반응한 한 지식인의 면모를 전적으로 보여 주고 있다.

3

장 자크 루소

모리스 를루아, 「장 자크 루소의 『고백록』 삽화」(1903) 중 일부

루소가 '사과 사냥 기억'이라고 이름 붙인 에피소드가 있다. 이 에피소드는
사과를 훔쳐 먹으려다가 주인에게 들킨 기억을 다루고 있는데, 연구자들은
이 에피소드를 정치 사회적 문맥에서 '숭고한 영웅주의에서 건달의 비열한
행동'으로 추락한 루소의 특성을 반영하고 있는 것으로 이해하고 있다.

생애

장 자크 루소는 계몽주의 시대인 18세기에서도 독특한 경력과 철학을 가진 인물이다. 볼테르와 디드로를 비롯한 많은 철학가가 이성의 발달에 따른 문명의 진보를 내세웠지만 루소는 감성의 권리와 자연으로의 회귀를 주장하며 문명의 모순을 드러냈다. 그는 1712년, 시 공화국이었던 제네바에서, 시계공인 아버지 이작 루소와 어머니 쉬잔 베르나르 사이에서 둘째 아들로 태어났다. 어머니는 출산 후유증으로 루소를 낳고 9일 후에 사망했고 형은 일찌감치 가출하여 루소는 외아들처럼 자랐다. 어려서부터 독서에 몰두하여 낭만적 감성을 지닌 책과 영웅적인 삶을 그린 책을 탐독했다. 1722년 아버지가 한 퇴역 군인과 다투고 제네바를 떠나게 되었을 때부터 아버지와 함께했던 황금기가 끝나고 인생이 추락하기 시작했다. 외삼촌 집과 기숙 학교를 거쳐 도제 생활을 하면서 자신의 진심이 통하지 않는 사회, 욕망을 실현시킬 수 없는 현실 속에서 절망하여 도둑질과 거짓말을 배우게 된다.

1728년 제네바에서 도망쳐 방랑길에 올랐는데, 그해에 '엄마'라고 부르게 되는 바랑 부인을 만난다. 바랑 부인과의 관계는 육체관계로까지 발전하여 근친상간을 저지른 것과 같은 죄의식에 시달린다. 루소는 바랑 부인의 후원으로 신학교에 들어가기도 하고 르 메트르의 지도 아래 음악 공부를 하기도 하는데, 1742년 자신이 개발한 새로운 음악 표기법을 가지고 성공을 꿈꾸며 파리로 진출하지만 성공하지 못한다.

1744년에 테레즈 바쇠르를 만나 동거하며, 그녀가 죽을 때까지 함께한다. 그녀와의 사이에서 다섯 명의 아이를 두지만 고아원에 버리는데, 후에 볼테르가 팸플릿을 통해 이 사실을 공개함으로써 교육론 『에밀』의 작가가 자신의 아이를 유기했다는 사실이 세상에 널리 알려진다. 1749년에 뱅센 감옥에 수감되어 있던 디드로를 만나러 가던 중에 "학문과 예술의 부흥은 풍속의 순화에 기여했는가?"라는 디종 아카데미의 현상 논문 공고를 읽고 새로운 비전을 갖게 된다. '뱅센의 계시'라고 일컬어지는 이 사건은 루소의 삶에서 일대 전환점이 되었다. 그는 『학문 예술론』에서 학문과 기술의 향상이 물질적 진보뿐 아니라 도덕적 진보까지 가져올 수 있으리라는 낙관적 진보 개념을 부정하고, 도덕적이고 윤리적인 개혁을 요청했다. 루소는 디종 아카데미상을 수상하면서 하루아침에 정신적 벼락출세자가 되어 화제의 인물이 되었다. 1753년 디종 아카데미에서 "인간 불평등의 기원은 무엇이며, 불평등은 자연법에 의해 허용되는가?"라는 현상 논문 공고가 나자 사회의 악을 낳게 한 원인을 분석한 논문 『인간 불평등 기원론』을 쓴다. 이 저작은 1761년에 쓴 『사회 계약론』과 함께 계몽주의 시대의 중요한 저작으로 꼽힌다.

1756년 에르미타주로 은거했다가 1757년에는 몽모랑시로 옮겨 가는데, 이때부터 다른 계몽주의 철학가들과의 불화가 본격화된다. 1758년부터 1760년까지 본격적으로 저술 활동에 몰두하여, 18세기 최대의 베스트셀러라고 일컬어지는『신엘로이즈』, 교육론의 근간을 이룬『에밀』, 타락한 사회를 어떻게 구원할 것인가에 대해 성찰하면서 자유롭고 평등한 사람들이 도덕적 의지인 일반 의지에 따라 공동의 이익을 추구하는 사회를 꿈꾸며『사회 계약론』을 쓴다. 그의 저술 활동이 활발해질수록 그의 사상 속에 들어 있는 혁명적 성격이 뚜렷이 드러나면서 당대의 정치권력인 종교계와 법원뿐 아니라 지적 권력인 철학가로부터도 위험하다는 평가를 받았다. 루소는 이러한 박해가 자신의 저작이 아니라, 부당하게도 자신의 '인격' 자체를 겨냥하고 있다고 느끼고 자신의 영혼을 있는 그대로 드러내 보임으로써 스스로를 정당화하고자 했다.『고백록』은 1764년부터 쓰기 시작하여 1770년경에 완성되었다. 이 시기는 그의 주요 작품이 금서 처분을 받고 그가 망명하던 기간과 일치하는데, 이러한 상황에서 솔직하고도 도전적인『고백록』의 특성이 비롯된다. 그는 자신과 타인 사이에 조화로운 의사소통이 불가능해졌다는 불행한 의식을 자기에 대한 글쓰기라는 형식으로 드러내고 있는 것이다.『고백록』에 자신의 내면을 가감없이 솔직하게 드러냈음에도 불구하고 독자로부터 이해받지 못하고 다른 철학가들로부터 탄압받고 있다는 피해망상이 심해지면서, 다시 자신의 내면을 성찰하고 스스로를 변호하고자 1772년부터 1776년에 걸쳐『루소가 장 자크를 판단한다』를 집필한다. 1777년에는『고독한 산책자의 몽상』을 쓰지만 완성하지 못한 채 1778년 7월 2일 사망한다.

장 자크 루소

『고백록』의 근대성

루소의 『고백록』은 자서전 장르의 전범으로 여겨지고 있다. 그의 자서전은 부모님의 결혼 이야기에서부터 시작해서 자서전을 다른 사람들에게 읽어 주는 장면에 이르기까지, 시간의 흐름에 따른 연대기적 구성이 잘 지켜지고 있으며, 점진적으로 추락하는 삶이라는 큰 틀 안에서 삶의 통일성이 유지되고 있고, 자기를 검토하고 정당화하는 글쓰기의 목표 또한 일관되게 드러나고 있다. 문학적 소명의 근원을 찾아내는 것이 현재의 '나'의 탐구와 밀접한 관계가 있다는 점을 인식하고 있어서 자서전을 쓰게 된 연원이 현재에 있다는 사실 또한 잘 보여 주고 있다.

루소에게 자기에 대한 성찰은 『고백록』으로 끝나는 일회적인 사건이 아니었다. 『고백록』을 전후해서 그는 여러 가지 자전적 기록과 작품을 남겼다. 말셰르브(Malesherbes)에게 보낸 네 통의 편지에는 그가 품고 있던 자서전의 계획이 기술되어 있고, 『고백록』을 쓴 이후에는 그것이 실패했다고 생각했기 때문에 『루소가 장 자크를 판단한다』와 『고독한 산책자의 몽상』을 썼다.

이들 작품에 일관된 주제가 있다면, 그것은 그가 말하는 진실이 내면적이고 주관적인 '나'의 진실이라는 사실이다. 루소는 "아무도 없고 나뿐이다. 나는 내 마음을 느끼고 인간을 안다."라고 주장했다. "내 마음을 느끼고 인간을 안다."라고 표현했지만, 우리에게는 "내 마음을 느끼기 때문에"라고 읽힌다. 그의 관점에서 인간을 알기 위해서는 마음을 '느끼는' 것이 필수적이었다. 또 알기 위해서는 '나'의 내면을 응시해야 했다. 다른 사람과 다른 점, 자신의 유일성을 이해하는 것이 앎의 길로 나아가기 위한 선행 조건이었던 것이다. 지금은 별로 신기해 보이지 않는 이러한 생각이 당시로서는 아주 새로운 사실이었다. 지금까지 문학이나 철학은 보편적 인간성을 규명하는 것을 목표로 하고 있었다. 그런데 루소가 처음으로 자신의 변별성을, 자기 개성의 탐구를 글쓰기의 목표로 제시했던 것이다. 그는 성 아우구스티누스처럼 예수 그리스도의 생애를 '모방'하려고 하지 않았고, 몽테뉴처럼 '인용'을 통해 자신의 삶을 재구성하려고 하지 않는다. 그의 사유 방식이나 글쓰기 방식은 자신의 인식과 신의 인식이 불가분의 관계에 놓여 있던 중세나 타인 지향적이었던 르네상스와는 완전히 다른 방식이었다. 이와 같은 관점에서 보면, 그가 인생 후반기에 이르러, 그때까지 관심을 기울이고 있던 사회적·정치적·역사적 문제에 대해서는 극도로 무관심하고 오직 사적인 일에 관심을 기울이며 개인적 관점으로 글을 썼다는 것은 의미심장하다. 근대적 자아는 전통이나 타인에게서 벗어나 자기 내부에 존재하는 자율적인 그 무엇을 추구하고 있음을 루소는 웅변적으로 보여 주고 있다.

　　그러나 근대적인 자서전의 창시자라고 해서 루소가 자기에 대한 글쓰기 전통에서 벗어나 뜻밖의 장르를 갑자기 창조해 낸 것은 아니다. 오히려 종교적 자서전 전통과 역사적 회고록을 받아들인 후, 자서전을 자신의 독특한 개성을 표현하는 공간으로 변화시키는데 성공한 최초의 인물이 루소였다고 평하는 것이 적절하다. 성 아우구스티누스 이래 지속되어 왔던 종교적 자서전이 적절히 보여 주고 있듯이, 진실은 존재의 의미를 추구하는 과정에서, 다시 말해 자신의 행위를 명백하게 설명하고자 하는 의지에 의해 이루어진다는 것을 알고 있었다는 점에서 루소는 전통의 계승자였다. 그러나 성 아우구스티누스와는 달리 루소에게 구원은 신의 은총이라는 정신적 신비 체험을 탐구하고 서술함으로써 얻어지는 것이 아니었다. 루소는 자신의 시대가 영혼의 기억을 기술할 것을 요구하지 않으며, 한 개인이 자신을 정의하고 만들어 가는 과정, 다시 말하면 자신의 탄생을 발생론적으로 기술하기를 요구한다는 사실을 이해하고 있었다는 점에서 종교적 자서전에서 벗어나고 있다. 내적으로 충일한 삶 대신에 그는 개인의 성장과 개성의 형성이라는 관점에서 자신의 삶을 서술할 것을 선택했다. 따라서 그의 자서전이 여전히 '고백록'이라는 제목을 달고 있지만, 그의 고백은 회심의 이야기가 세속화된 상황을 반영하고 있을 뿐, 신이라는 타자 앞에 선 인간의 상황은 더 이상 문제되지 않는다. 일반화하면, 그의 자서전에서는 타인의 시선을 통해 바라본 내가 아니라 '내'가 이해한 '나 자신'을 기술하는 것이 문제였다.

　　루소의 위대함은 자신의 삶을 표현하기 위해 새로운 서사 구조가 필요하다는 것을 인식하고, 이제까지 제각기 다른 전통을 지니고 있던 종교적 자서전, 회고록, 자전적 소설의 장르적 특성을 자서전에 수용했다는 사실에 있다. 그는 자서전을 기술하는 데 허구의 모델을 사용할 수 있음을 최초로 인식했던 사람 중의 하나였다. 자신의 결점을 드러내는 것이 성실성의 지표가 되고 그것이 자신을 정당화할 수 있는 방식이라는 역설적인 상황을 인식하고, 그러한 인식을 표현하기 위해서는 새로운 표현 양식이 필요하다는 사실을 이해함으로써 루소는 근대성의 징후를 읽어 내고 있었던 것이다.

그러나 귀스도르프는 루소 이전에도 많은 자서전이 존재했다고 하면서 자서전은 결코 근대적 장르가 아니라고 주장하고, 루소의『고백록』을 자서전 장르의 토대를 이룬 작품으로 간주하는 필립 르죈의 관점에 격렬한 비판을 가한다. 르죈과 귀스도르프의 차이를 이해하기 위해서는 '근대적'이라는 단서를 이해할 필요가 있다. 이 논쟁은 자서전적인 글쓰기를 귀스도르프처럼 내면 성찰을 필요로 하는 인간의 일반적인 정신 현상으로 볼 것인가, 아니면 르죈처럼 하나의 문학 장르로 규정할 것인가에 대한 입장 차이에서 비롯된 것이다. 루소를 '근대적 자서전'의 창시자로 간주하는 것은 그가 자서전의 형식·어조·주제 등에서 결정적인 전범을 제시했다는 의미로 이해할 필요가 있다.[1]

그렇다면 왜 18세기 루소에 이르러 외부에 존재하는 타자의 모델에 따라 자신의 삶을 주조해 내는 단계에서 벗어나 문학가는 자신의 내면으로 관심을 돌리게 된 것일까? 18세기의 정치적 문맥 속에서 자아의 탄생이 차지하는 의미를 탐색함으로써 그 질문에 답할 수 있다. 17세기까지 굳건한 사회 통제 체제하에서 한 개인의 미래는 출생에 따른 신분에 의해 미리 결정되었고 그 시기에 자서전을 쓴다는 것은 이미 결정되어 있는 미래가 어떻게 실현되었는가를 다시 보여 주는 것에 불과했다. 그러나 프랑스 혁명에서 잘 알 수 있듯이, 18세기에 이르러 정치적으로 절대 권력이 사라지고 평등의 이념과 함께 개인이 권리를 소유한 시민으로 등장하게 되었다. 특히 사회 유동성이 강화되고 개인적 삶의 조건이 변하면서, 한 개인의 운명이 정치 체제나 종교에 종속된 것이 아니라는 생각이 일반화되었다. 기존의 사회관계망이 붕괴되면서 개인은 자기 운명에 책임을 져

장 자크 루소

야 했고 스스로 자기 통일성을 창출해 내야 했다. 문학에서도 개인이 하나의 가치가 되고 그중에서도 개인의 '자아'가 새로운 탐구의 장이 되었다. 그래서 자서전을 쓰는 행위도 개인이 자신의 삶을 경영하는 방식을 보여 줄 수밖에 없었다. 그리고 18세기에 철학의 속성이 바뀐 것도 염두에 두어야 한다. 철학가들이 이때까지는 이성적으로 논리적 추론을 통해 진리에 도달할 수 있다고 믿었다면, 루소에게 이르러서는 내적 신념과 직관이 그것을 대신하기에 이르렀다. 루소는 행위의 도덕성을 진리의 토대인 자아를 통해 확보하려고 노력했다. 그에게 도덕이란 자아에 대한 투명한 감수성을 의미했던 것이다.

　　거짓 없이 성실하게 서술하기만 한다면 평범한 자신의 일상이나 내면의 움직임도 글쓰기의 대상이 될 수 있다는 사실은 자서전 장르에 일대 혁신을 불러일으켰다. 루소에게 자서전의 계획은 개인의 관점을 서술함으로써 자신의 내면을 밝히는 것과 관련되지만, 그 내면은 이제 신과의 일치를 통한 구원이라는 의미를 상실하고 특이하고 주관적인 것을 의미하게 되었기 때문이다. 이 과정에서 성적인 취향이라든지 최초의 기억, 독서 체험, 부모와의 관계, 언어와의 관계 등 이때까지 사소한 것으로 치부되거나 수치스러워서 그 누구도 문학 텍스트에 기술하려고 생각하지 않았던 기억이 문학적으로 각별히 주목받게 되었다. 특히 수치스러운 기억을 기록하고 그것을 공공연히 드러낸다는 점에서 자기에 대한 글쓰기는 도덕적이고 사회적인 의미를 지니는 자기 검증 행위로 인식되었다. 이처럼 루소는 더 이상 형이상학적 초월의 형태를 취하지 않아도 얼마든지 '자기 정당화'라는 형태를 통해 구원이 가능하다는 사실을 인식하고 있었다는 점, 위대한 사건이 아니라 '나'의 내면에 있는 '자아'가 글쓰기의 대상이 될 수 있다는 사실을 인식하고 있었다는 점에서 근대적이다. 특히 내면이 이야기의 대상이 된다는 사실은 또 다른 부차적인 변화를 초래했다. 그것은 우선적으로 자신의 내면에 대해 명민한 의식을 갖고 있는 사람은 누구나 글을 쓸 수 있다는 것을 의미하기 때문에 극히 제한된 사람들만 글을 썼던 이전과 달리 글을 쓸 수 있는 사람의 수가 무한정 확장될 수 있었다. 그리고 인간의 가치는 지위나 경제력에 의해 결정되는 것이 아니라 강렬한 자기 인식 능력에 달려 있다는 사실을 인식한 것도 루소에게서 찾아볼 수 있는 탁월한 점이다. 루소는 자아가 인식의 대상이자 문학의 주제가 될 수 있다는 사실을 깨닫고 있었던 것이다. 루소에 이르면, 자기 인식의 문제는 신과의 합일이나 타인을 통해 자신을 드러내는 인용이나 유사성과의 관계로 파악되지 않으며, 글쓰기의 대상인 '나'는 더 이상 그 의미가 확정된 존재가 아니다. '나'라고 하는 존재를 드러내는 것이든 구성하는 것이든, 그것이 오직 글쓰기를 통해 가능하다는 것을 인식하고 있었다는 점에서 루소는 선구적이다.

삶의 구조,
점진적인 타락

'나'의 내면을 탐색한다고 해서 삶에 대한 이성적인 인식 과정이 배제되는 것은 아니다. 루소의 자서전은 생을 서술하는 방법론을 천착했다는

장 자크 루소

데에서도 그 독창성을 인정받고 있다. 종교적 자서전이 구원을 향한 도정으로 삶을 구조화했던 데 반해 루소는 삶을 점진적인 타락의 과정으로 기술했다. 장 스타로뱅스키는 루소의 유년기를 "성서와 개인적인 이야기의 이상한 교배"라고 정의하면서, 루소의 삶 전체가 "상상적인 것으로의 이행"이며, 종교적 주제를 사용하여 삶을 신화적 차원으로 옮겨 놓고 있기 때문에 루소가 자신의 운명에 대해 이야기할 때에 "무죄, 천국, 추락, 유배, 수난"과 같은 기독교적인 개념을 사용한다고 지적한다.[2] 르죈은 『고백록』의 구조적 차원에 주목하여, 루소의 유년기는 오비디우스의 『변신 이야기』에서 비롯된 네 가지 신화 구분에 기초하고 있다고 밝히고 있다. 문명이 발전하면서 황금기에서 은기, 청동기, 철기로 타락하는 것처럼 루소도 자신의 인생을 점진적인 타락 과정으로 설명하고 있다는 것이다.[3] 루소는 이러한 타락 과정을 자신의 일상에 비추어 형상화하고 있다. 그 과정은 타인과의 관계 측면에서, 자유의 축소와 인간성의 타락이라는 차원에서 조명되고 있다.

> 나는 적당한 자유를 누리고 있었지만 그 자유는 점차 그 정도까지 제한되더니 결국 완전히 사라지고 말았다. 아버지 집에서는 대담했고, 랑베르시에 댁에서는 자유로웠으며 외삼촌 댁에서는 신중했고, 주인집에서는 두려워했다. 그때부터 나는 타락한 아이가 되고 말았다.[4]

루소는 아이가 타락하는 과정을 도둑질 체험을 통해 구체적으로 형상화하고 있는데 그 체험의 과정 또한 점진적인 타락의 궤적을 그리고 있다. 도둑질은 성 아우구스티누스 이후 자서전 장르를 특징짓는 하나의 토포스로 인정받고 있는 소재인데, 루소는 도둑질 에피소드를 통해 유년기 삶의 여정을 일관된 관점에서 제시하고 있다. 그는 뒤코맹의 집에서 주인의 학대를 받으며, 일과 시간에 자신과 친구들을 위해 메달을 만든다. 주인을 위해 써야 할 시간을 자신을 위해 사용했다는 점에서 루소는 그 행위를 시간을 도둑질하는 행위로 이해하고 있다. 이어 베라의 사주를 받아 아스파라거스를 도둑질하고, 세 번째로는 사과를 도둑질하며, 나중에는 오랫동안 죄의식에 사로잡히게 했던 리본 도둑질에까지 이르게 된다. 아스파라거스는 타인의 사주에 따라 훔친 것이기 때문에 루소 자신이 피해자였다면, 사과 도둑질은 의도적인 도둑질이라는 점에서 더욱더 타락한 행위다. 리본 도둑질에서는 거짓말을 하고 마리옹에게 죄를 뒤집어씌웠기 때문에 자신이 가해자로 등장한다. 이처럼 도둑질이라는 하나의 체험을 서술하면서도 루소는 삶의 구조와 『고백록』의 전체 구도가 드러날 수 있도록 섬세하게 배려하고 있다.

도둑질과 '사랑의 요구'

'도둑질'이 루소 자서전의 특징을 가장 잘 드러내는 주제라고 할 수는 없지만, 유년기의 체험을 서술하고 있는 『고백록』 1권에서 두드러지게 드러나는 여러 주제 중의 하나임에는 분명하다. 특히 도둑질은 루소의 사회적·정치적·미학적 이상향이라고 할 수 있는 '투명성'에 대한 욕망을 가

장 자크 루소

장 잘 보여 주는 주제이기도 하다. 루소는 도둑질이 사물과 인간을 매개하는 '돈'을 거부하는 행위임을 밝히는 것으로부터 시작한다.

> 나는 돈보다는 사물에 더 끌린다. 왜냐하면 돈과 내가 원했던 물건을 소유하는 것 사이에는 언제나 매개물이 있기 때문이다. 반면 사물 자체와 그 사물로 인한 쾌감 사이에는 매개물이 전혀 없다. 사물을 보면, 그 사물 때문에 나는 유혹된다. 만약 사물을 얻게 해 주는 수단만 보게 된다면 그 수단 때문에 유혹되지는 않는다.[5]

앞의 구절에서 루소는 돈을 매개하지 않고 사물을 직접적으로 소유하고자 했던 특유의 경제관을 도둑질과 연관시키고 있다. 그 경제관은 '유혹'이라는 용어에서 알 수 있듯이 욕망의 관점에서 서술되고 있다. 돈이 매개되지 않은 사회란 욕망하는 사물을 직접 소유할 수 있는 사회이기 때문에 루소처럼 돈이 없는 경제적 약자도 자신의 욕망을 만족시킬 수 있는 사회다. 그런데 어떤 경제 체제 내에서도 돈을 매개하지 않고는 자신의 욕망을 만족시킬 수 없다. 경제적 약자가 도둑질의 유혹에 빠질 수밖에 없는 이유가 바로 그것이다. 이와 같은 관점에서 보면, 루소는 도둑질의 원인을 경제 제도에서 비롯된 사회적 차별에서 찾고 있으며, 그 책임도 불완전한 사회가 져야 한다고 주장한다. 루소에게 도둑질은 소유와 존재에 대한 철학적 사유에서 비롯되는 행위이자 현대의 경제 체제를 거부하는 행위인 셈이다.

도둑질을 다른 문맥, 예를 들어 도둑질할 당시의 '욕망'과 관련하여 살펴보면 이러한 특성이 잘 부각된다. 스타로뱅스키는 도둑질에 대한 사회학적이고 심리적인 분석을 시도하면서, 도둑질은 타인의 눈에 띄지 않고 자신의 욕망을 실현하는 방식이기 때문에 도둑질을 통해 루소는 적대적인 타인의 시선에서 느끼던 죄책감에서 벗어날 수 있고, 자신의 통일성을 유지할 수 있었다고 지적한다. 루소에게 도둑질은 방어 기제라는 것이다.[6]

욕망의 관점에서 도둑질 에피소드를 분석해 보면 독특한 관점이 드러난다. 당시 루소는 아버지가 도피한 이후 함께 지냈던 사촌 베르나르와 헤어졌을 뿐 아니라, 그 누구와도 인간적인 관계를 맺지 못했다. 주인인 뒤코맹은 폭력적이고 억압적인 사람이었다. 가족을 비롯하여 모든 유형의 우정이나 사랑이 사라져 버린 현실을 주목한 르쾬은 "인간이 부재하면 중요해지는 것은 사물과의 관계"[7]라고 지적한다. 그러나 도둑질이 사물과 관계 맺는 방식인 것은 분명하지만 루소는 사물과의 관계보다는 그 사물을 통해 맺을 수 있는 인간과의 관계를 더 중시한다.

아스파라거스 도둑질을 예로 들면, 베라의 사주를 받아 루소는 거절하지 못하고 도둑질을 하게 된다. 그러나 루소는 도둑질해서 생긴 돈으로 같이 식사를 하면서도 약간의 빵 조각에 만족할 뿐 포도주에는 손을 대지 않았다는 사실을 강조하면서, 그 이유로 도둑질이 물질적인 욕망에서 비롯된 것이 아니라 베라의 관심에 부응함으로써 그와 호의적인 관계를 유지하고 싶은 욕망이 더 컸다고 지적한다. 그가 훔친 것은 사물의 '상징'일 뿐 사물 자체를 훔친 것이 아니라는 점에서 아스파라거스는 '사랑에 대한 요구'를 감추고 있는 대체물이다. 도둑질이 타인의 애정을 유지하는 방식이라는 사실로부터 우리는 루소의 도둑질을 정서적 의미망 속에 위치시킬 수 있다.

나는 내 사기 행각을 아주 충실하게 해냈다. 그렇게 행동했던 단 하나의 동기는 나에게 그것을 하도록 한 사람의 환심을 사는 것이었다.[8]

"나는 내 마음이 무료할 때가 아니면 음식에 관심을 기울이지 않았다."라는 문장이나 "나의 가장 강렬한 욕망은 나에게 다가오는 모든 것으로부터 사랑받는 것이었다."라는 문장에서도 이러한 관점을 확인할 수 있다. 아스파라거스를 훔친 것은 그의 마음이 비어 있기 때문이며, 사랑받고자 하는 욕망이 채워지지 않았기 때문이다. 이처럼 타인의 애정을 얻고자 하는 욕망이 도둑질의 심리학을 형성한다. 루소에게 표면에 드러난 범죄의 담론은 르쾬이 지적한 것처럼 '사랑의 언어, 사랑을 요구하는 언어'를 감추고 있다.

이 과오의 담론 아래에서, 또는 차라리 이 과오의 담론을 통해 우리는 때로는 드러난 상태로, 때로는 감춰진 상태로, 사랑의 언어, 사랑을 요구하는 언어를 읽어 낼 수 있다. …… 그러나 사랑의 언어는 어떤 유일한 존재, 타인에게만 건네는 언어다. 그것은 어떤 다른 매개물을 넘어 회복할 수 없을 정도로 잃어버린 양자 관계를 회복하기를 욕망하는 것이다.[9]

'사랑의 요구'는 도둑질에 대한 윤리적 판단이나 붙잡혔을 때 자신이 당할 불이익에 대한 두려움보다 더 강렬하게 작용하는 동인이다. 루소가 "40년이 지난 후에도 아직 나의 양심에 무겁게 남아 있고, 나이가 들어 갈수록 약화되기커녕 쓰라린 감정이 격화되는, 죄에 대한 오랜 기억과 견딜 수 없는 후회의 무게"를 지니고 있어 "오늘까지도 누그러지지 않고 내 양심을 짓누르고 있는 이 죄책감에서 벗어나고자 하는 욕망이 어느 정도는 내가 자서전을 쓸 결심을 하는 데 기여했다고 말할 수 있다."[10]라고 기록하고 있는 마리옹의 리본 사건도 같은 문맥에서 분석할 수 있다.

루소는 청년기에 토리노를 떠돌다가 베르첼리스 백작 부인 댁의 하인으로 들어갔다. 그리고 백작 부인이 사망하여 혼란스러운 틈을 이용해서 리본을 훔쳤다. 그 일이 발각되자 평소 짝사랑하던 마리옹이 리본을 자신에게 주었다고 거짓말을 함으로써 그녀를 쫓겨나게 만든다. 이때까지 루소는 자신이 사회적 불평등의 희생자였다고 서술했지만, 이 장면에 이르면 도둑질을 하고 거짓말을 함으로써 한 처녀의 앞날을 망친 가해자가 되고, 이로 인한 죄책감에 시달리게 된 것이다.

왜 루소는 도둑질을 하고 거짓말을 했을까? 폴 드 망은 도둑질과 거짓말에서 '자기 과시'와 같은 나르키소스적인 측면을 읽어 내고 있다. 루소는 글쓰기를 위해 수치심을 불러일으키는 사건이 필요했으며, 수치심을 드러내는 데 겪는 어려움이 클수록 자기 만족도 커진다는 것이다.[11] 그러나 루소가 리본을 훔치고 마리옹을 죄인으로 몰아가는 것은 실제로는 자신이 마리옹에게 하고 싶었던 사랑 고백을 마리옹의 입을 통해 듣고 싶었기 때문이라는 르죈의 해석에도 일리가 있다.[12] 마리옹이 누명을 쓰고 난 후 루소에게 했던 "아, 루소! 난 당신이 좋은 사람이라고 생각하고 있었어요."라는 말을 루소는 '사랑 고백'으로 이해하고 있으며, 여기에 숨

장 자크 루소

겨진 에로티시즘이 도둑질과 거짓말의 은밀한 동인이라는 것이다. 그러므로 도둑질을 루소에게서는 애정과 관련된 사건으로 이해할 필요가 있다. 아스파라거스 사건에서 루소는 아스파라거스가 아니라 베라를 욕망하고 있었고, 리본 사건에서는 리본이 아니라 마리옹을 욕망하고 있었음을 감안하면, 루소가 훔쳤던 사물은 욕망하는 것에 도달하기 위한 수단이었지 결코 목표가 아니었다. 루소가 지적한 것을 약간 변형시켜 말한다면 도둑질에서 그가 원한 것은 돈이라고 하는 매개물도 아니었고, 겉으로 드러난 사물도 아니었다. 그는 '관계' 맺기를 욕망했던 것이다.

이와 같은 관점에서 보면, 도둑질은 욕망의 대상을 향유할 수 없도록 배제된 젊은이가 그 대상을 획득하기 위해 취한 행동임을 알 수 있다. 욕망할 수는 있으나 소유할 수는 없는 현실 때문에 도둑질을 통해 루소는 그 욕망을 만족시키고자 하는 것이다. 뒤코맹의 집에서 벌어지는 일을 서술하면서 루소가 '선망'이라고 하는 용어를 사용한 이유를 이제 이해할 수 있다.

모든 것이 나에게서 박탈되어 있다는 단 하나의 이유 때문에 내가 보고 있는 모든 것이 내 마음속에서는 선망의 대상이 되는 …… 어떤 집에서 내가 어떤 존재가 되었겠는지를 생각해 보기를.[13]

루소에게 어떤 사물이 선망의 대상이 되기 위해서는 두 가지 조건이 충족되어야 한다. 선망의 대상은 그의 '마음'과 관련되어야 하며, '박탈'이라는 특징이 드러나야 한다. 마음과 관련되는 것은 도둑질이 단순히 물질적인 문제가 아니라 애정의 문제이기 때문이다. 박탈과 관련하여 홍

미로운 점은 루소는 '어떤' 사물이 결핍되었을 때 그것을 욕망의 대상으로 삼는 것이 아니라, '모든 것'이 결핍되었을 때 어떤 대상을 욕망하게 된다는 점이다. 그가 어떤 대상을 욕망했을 때, 그 대상은 구체적인 하나의 사물이 아니다. 그것은 결핍되어 있는 '모든 것'이 응축된 대상이며 결핍된 모든 것의 알레고리라고 할 수 있다. 그러므로 이 결핍감은 채워질 수 있는 성질의 것이 아니다. 그가 훔친 것은 물질적인 것이 아니라 존재론적인 대상이며, 루소의 내적 욕구와 관련되기 때문이다. 이처럼 도둑질을 '사랑의 요구'로 이해할 때, 도둑질은 악한 행위라기보다는 행복했던 유년기, 투명성을 회복하기 위한 시도로 나타나며 이로써 악을 행하면서도 선을 실현하고자 했다는 자기 정당화의 담론이 완성된다.

부재와 글쓰기

도둑질을 다룬 또 다른 에피소드로 루소가 '사과 사냥 기억'이라고 이름 붙인 에피소드가 있다.[14] 이 에피소드는 사과를 훔쳐 먹으려다가 주인에게 들킨 기억을 다루고 있는데, 연구자들은 이 에피소드를 정치 사회적 문맥에서 '숭고한 영웅주의에서 건달의 비열한 행동으로' 추락한 루소의 특성을 반영하고 있는 것으로 이해하고 있다.

그런데 이 에피소드를 꼼꼼히 읽어 보면 흥미로운 사실을 발견할 수 있다. 사과를 '도둑질'하면서 '사냥'이라는 단어를 쓰고 있고, 또 도둑질을 주인에게 들키는 순간 "펜이 내 손에서 떨어진다."라고 에피소드를 끝맺고 있다는 사실이다. 주인이 나타나 '잘한다.'라고 빈정대는 순간 루소는 너무 놀라 쥐고 있던 쇠꼬챙이를 떨어뜨렸지만 쇠꼬챙이 대신 펜을 떨어뜨린 것으로 자서전에 기술하고 있다. 과연 어떤 점에서 쇠꼬챙이가 펜이 되었을까? 그뿐 아니라 사과 사냥 기억에 바로 이어서 느닷없이 독서 체험이 이어지고 있는데, 이러한 단절을 어떻게 이해할 수 있을까?

　　해당 부분을 살펴보면, 주인이 사과를 광에 넣어 두고 보관하고 있는데 루소가 그것을 훔쳐 내려고 한다. 그런데 사과가 손이 닿지 않을 정도로 너무 멀리 떨어져 있어서 루소는 쇠꼬챙이로 사과를 내려찍어 꺼내려고 한다. 쇠꼬챙이가 너무 짧아 루소는 주인이 사냥할 때 사용하는 쇠꼬챙이를 덧붙여서 늘인 후에야 겨우 사과에 닿을 수 있었다. 쇠꼬챙이가 짧을 때 다른 긴 쇠꼬챙이를 사용하는 것이 아니라 자신의 쇠꼬챙이에 주인의 쇠꼬챙이를 연결하여 사용한 것이다. 쇠꼬챙이는 주인이 사냥감을 내려찍을 때 이용하던 것이어서 사과를 훔치는 행위는 '사냥'이 된다. 사과는 사냥감으로 변하고, 쇠꼬챙이는 창이나 총으로 변하며, 사과를 내려찍기 위해서는 '겨냥'해야 한다. '사냥'이라는 용어로 표현함으로써 루소는 자신의 도둑질이 '사냥을 좋아하는' 주인의 행위를 '모방'하는 행위였음을 드러낸다. 이 용어를 통해 루소는 주인이 감추고 있는 대상이 자기 욕망의 대상이 되었음을 밝히고, 주인이 욕망의 대상을 향유하는 방식인 사냥으로 사과를 향유하기를 원했음을 드러내고 있다.

　　루소의 쇠꼬챙이는 욕망의 대상을 얻기 위해 만들어 낸 자신의 팔루스라고 할 수 있다. 하지만 그 팔루스가 충분치 않아, 자기 욕망 끝에 주인의 욕망을 덧대어 놓아야 욕망의 대상에 도달할 수 있다. 루소는 아직 완벽한 팔루스로 존재하지 못하는 결핍된 존재이기 때문에 자신의 쇠꼬챙이와 사과 사이의 거리는 주인의 쇠꼬챙이를 통해서만 메울 수 있다. 이때 주인의 쇠꼬챙이는 루소에게 부족한 것을 보완하는 '보충물'[15]이다.

루소가 사랑의 대상을 직접 소유하지 못하고 오직 자위행위를 통해 욕망을 해소하는 자신의 성향에 대해 서술하면서 자위를 '이 위험한 보충물(ce dangereux supplément)'이라고 부른 데에서 착안하여, 자크 데리다는 『그라마톨로지』에서 '보충물'이라는 개념을 주제 분석 방법론으로뿐 아니라 문학 텍스트의 독서 방법론으로 제시한 바 있다. 그에 따르면 '보충물'에는 '추가'와 '대신'이라고 하는 두 가지 기능이 있다.[16]

주인의 쇠꼬챙이가 루소의 쇠꼬챙이에 '추가'될 수 있는 것은 둘의 욕망이 같은 성격을 지니고 있기 때문이다. 그래서 주인의 쇠꼬챙이가 자신의 쇠꼬챙이를 '대신'할 수 있다. 주인의 쇠꼬챙이를 주인의 팔루스라고 할 때, 루소는 주인의 쇠꼬챙이로 주인의 사과를 도둑질함으로써 주인을 '대신'하여 주인이 된 듯한 느낌을 누리게 된다. 그가 훔친 것은 주인의 욕망인 셈이다. 주인의 쇠꼬챙이를 달고 주인으로 가장함으로써 자신의 욕망을 실현하는 루소의 '사과 사냥' 에피소드는 루소가 주인의 욕망을 모방하여 주인이 욕망하는 대상을 욕망하는 것임을 알려 준다. 도둑질이 발각된 후 루소가 놀라서 쇠꼬챙이를 떨어뜨렸다는 사실에서 '거세'의 의미까지 포괄하면, 이 에피소드는 사과를 훔치는 에피소드가 아니라 주인의 욕망을 욕망하는 자가 주인으로부터 거세되는 문제를 다루고 있다고 할 수 있다.

"펜이 내 손에서 떨어진다."라는 문장을 자서전 장르와 관련하여

장 자크 루소

생각해 보면, 글을 쓰고 있는 현재가 체험의 순간인 과거의 한 순간에 개입하고 있다는 점에서 흥미롭다. 과거에 쇠꼬챙이를 떨어뜨린 것처럼 현재에는 펜을 떨어뜨린다고 기술함으로써, 루소는 사과를 훔치려고 했던 과거의 주인공이면서 동시에 사건을 서술하고 있는 서술자이며, 펜을 떨어뜨리는 작가라는 사실이 부각된다. 주인공과 서술자, 그리고 작가가 동일인임을 드러냄으로써 이 사건은 르죈이 정의한 자서전의 정의에 부합하는 사건, 자서전적인 사건이 되는 것이다. 이러한 삼중의 동일시를 통해 이 에피소드는 사건이 일어났을 때의 감정과 그 사건을 기술할 때의 감정을 동시에 전달하게 되고, "자신의 영혼을 이중으로 묘사"할 수 있는 특권적인 에피소드가 된다.[17]

그런데 펜을 떨어뜨린다는 것은 문자 그대로, 글쓰기를 중단하는 경험이다. 도둑질 에피소드가 고백-글쓰기가 가능한가에 대한 문제를 제기하는 것이다. 루소가 글쓰기를 중단할 정도로 두려움을 느낀 이유는 무엇일까? 그것은 주인의 '목소리'와 관계된다. 주인이 '잘한다.'라고 빈정대면서 자기 존재를 드러내는 순간, 그는 두려움을 느낀다. 루소가 사과를 쳐다보고 도둑질을 하기 위해서는 집에 자신밖에 없다는 확신이 필요했다. 주인이 숨겨 놓았던 것을 욕망하기 위해서는 주인의 부재라고 하는 조건이 필요한 것이다. 부재야말로 욕망의 조건이다.

부재는 존재의 부재에서 기억의 부재에 이르기까지 그 의미망이 상당히 넓다. 심지어 자신의 탄생이 '어머니의 목숨과 맞바꾼' 상황 때문에 루소는 어머니의 원초적인 부재를 채우는 대체물로 여겨지기도 한다.

아! 아버지는 신음하며 말하곤 했다. 나에게 그녀를 돌려 다오. 그녀로 내 슬픔을 달래 다오. 그녀가 내 영혼에 남겨 놓은 공허함을 채워 다오. 네가 내 아들이기만 했다면 내가 너를 이처럼 사랑했겠니?[18]

사랑했던 아내가 죽고 난 후 아들에게 죽은 아내의 역할을 해 달라는 아버지의 욕망을 정신분석학의 관점에서 고려해 보면 참으로 당혹스럽다. 어머니의 부재가 원초적 부재라면 쉬잔 고모가 부른 노래 가사를 잊어버린 것은 기억의 부재에 해당한다. 그런데 루소는 노래 가사를 찾으려고 하는 대신, 자신이 가사를 잊어버렸다는 사실을 말함으로써 부재를 드러낸다. 어머니의 부재에 대해서는 아버지가 들려준 어머니에 대한 사랑 이야기나 어머니의 분신에 대한 담론을 무한히 만들어 냄으로써 메우고, 기억의 부재에 대해서는 파리에서 가사를 구할 수 있을 거라고 가정하면서 결핍된 사항을 둘러싸고 있는 부분을 이야기함으로써 메운다. 부재 자체를 이야기함으로써 부재를 드러내고 동시에 메우는 것이다. 이처럼 과거에는 존재했지만 지금은 찾을 수 없는 부재하는 대상은 기원에 존재하는 결핍이 되며, 그 결핍을 서술하는 것이 글쓰기의 대상이 된다.[19]

부재하는 대상은 욕망의 기원을 끊임없이 탐구하도록 한다. 루소가 1권 마지막에서, 자신이 제네바를 떠나지 않았더라면 어떤 미래가 펼쳐졌을까를 상상하는 부분도 부재의 관점에서 이해할 수 있다. '만약…… 했더라면' 하고 상상하는 '과거의 비현실'은 자서전을 구성하는 주요 서술 전략 중의 하나인데, 과거에 일어나지 않은 사건에 대한 상상은 부재하는 것에 대해 루소가 어떤 방식으로 대응하고 있는지를 알려 준다는 점에서 중요하다. 루소가 자신의 에로티시즘에 대해 지적한 다음 문장도 부재와 상상의 관계를 설명하는 것으로 이해할 수 있다.

> 이처럼 나는 소유한 것이 거의 없었다. 그러나 내 방식대로, 다시 말하면 상상으로, 끊임없이 많은 즐거움을 얻고 있었다.[20]

루소는 여자들과 많은 관계를 맺지는 못했지만 상상을 통해서 많은 쾌락을 얻었다고 고백한다. 소유하지 못했다는 사실과 즐거움을 얻었다는 사실은 대립적이기 때문에, 루소는 여기에서 '그러나'라는 접속사를 사용한다. 그렇지만 '그러나'라는 접속사를 '이유'를 설명하는 것으로 이해할 때 루소의 욕망을 좀 더 분명히 이해할 수 있다. 그가 상상의 쾌락을 얻게 된 것은 많이 소유하지 못했기 때문이다.

이와 같은 관점에서 보면 결핍 또는 부재는 루소가 상상이라고 하는 문학의 근원에 접근할 수 있도록 도와준 통로라고 할 수 있다. 과거의 기원이든 미래의 불확실한 사건이든, 부재하는 사건은 현재 글쓰는 시점에서 자신의 감정을 가장 고양된 상태로 전달할 수 있는 사건 중의 하나다. 부재하는 것이 그의 욕망을 더욱 강하게 자극한다는 의미에서, 부재가 담론을 만든다고 할 수 있다. 루소에게 진실이란 사건의 진실인 동시에 감정의 진실이기 때문에 더욱더 그러하다.

부재가 글쓰기의 원천이라는 사실은 르죈이나 스타로뱅스키, 데리다 모두 지적하고 있다.[21] 그러나 사과 사냥 에피소드에서처럼 주인이 '잘한다.'라고 조롱 섞인 말을 내뱉는 언어 존재로 등장하는 순간 고백이 중단된다는 사실은 좀 더 강조할 필요가 있다. 볼기 맞기를 원하든 아니면 리본을 훔치든, 루소의 행위는 욕망의 대상에 대한 '사랑의 언어'이기 때문에 범죄 행위 자체가 타인에 의해 읽히고 해석되어야 하는 언어라고 할 수 있다. 그러나 주인은 루소가 의도했던 사랑의 욕망이나 의사소통의 시도를 읽어 주지 못한다. 주인이 등장하여 그를 빈정대는 순간, 루소는 왜 사과가 욕망의 대상이 되었는지, 왜 쇠꼬챙이를 덧대어 주인의 욕망을 모방했는지에 대해서 더는 고백할 수 없다. 고백하지 못하기 때문에 속죄의 기회를 얻는 것도 불가능하다. 주인 앞에서 루소는 떨어뜨린 사과 두 쪽이라는 '증거물'을 앞에 둔 현행범일 뿐이다. 주인 앞에서 루소는 과거에는 도둑이었고 현재에도 당시에 느꼈던 두려움 때문에 펜을 떨어뜨리는, 죄의식을 지닌 사람일 뿐이다. 루소는 펜이 떨어지는 상황, 즉 불가능한 고백이라는 상황을 통해, 자신의 관계 맺기 시도가 실패했음을 알려 준다. 고백은 고백의 대상이 부재할 때 가능한 반면, 고백의 대상이 현존할 때에는 불가능하기 때문이다.

독서 체험과
글쓰기

사과 도둑질 에피소드는 도둑질을 통해서도 사물을 직접적으로 소유할 수 없고 타인과도 직접적으로 소통할 수 없다는 것을 암시하고 있다. 사과 도둑질 에피소드에 이어, 루소는 화자로 직접 등장하여 자신의 '경제

장 자크 루소

학', 즉 도둑질과 돈, 그리고 사물에 대한 직접적인 소유 욕망을 일종의 논술처럼 여러 페이지에 걸쳐 서술한다. 그리고 1부를 끝내기 전, 다시 말해 제네바를 떠나기 전에 자신이 독서에 몰두해 있었다고 고백한다.

그런데 도둑질 에피소드를 서술하고 난 후 루소가 독서 체험을 서술한 것은 논리적으로 볼 때 일관된 것처럼 보이지 않는다. 이 둘 사이에는 단절이 있는 것만 같다. 구성의 단절에 대한 이러한 의문은 성 아우구스티누스가 『고백록』을 자신의 개인사를 기술한 부분과 형이상학을 기술한 부분으로 분리해 놓은 이유가 무엇인지를 질문하는 것과 같다. 이 질문을 통해 루소가 자서전을 쓴 이유를 짐작해 볼 수 있다.

루소가 자서전을 쓴 이유는 세 가지로 요약할 수 있다. 첫 번째는 다른 계몽주의 철학가들이 자신에게 가하는 비난에 대해 자기 정당화를 시도하고자 했으며, 두 번째는 과거의 추억을 환기함으로써 행복했던 시간을 추체험하는 것이고 마지막으로는 모범이 되는 초상화를 제시함으로써 독자들이 스스로를 이해할 수 있도록 도울 수 있는 '하나의 비교항'을 제시하는 것이다. 그러나 독서 체험과 글쓰기의 문제는 루소 자신이 어떻게 작가가 되었는가 하는 소명 의식과 연결되어 있다는 점에서 중요하다.

독서 체험이 루소에게 어떤 의미가 있는지를 이해하기 위해서는 "함께할 사람이 없으면 나는 항상 엉뚱하게도 먹으면서 책을 읽었다."라는 문장에서 출발할 필요가 있다. 먹기와 독서는 타인과의 관계가 위태로워졌을 때 그가 취하는 대체물이다. 왜 먹는 것과 독서가 연결되는 것일까? 루소는 이 둘의 관계를 다음과 같이 서술한다. "다른 사람과 대면하지 못할 때, 나는 항상 먹으면서 읽고 싶었기 때문이다. 독서는 나에게 결핍되어 있는 사회의 대체물이다. 나는 책 한 페이지와 빵 한 조각을 번갈아 가며 먹어 치웠다. 그것은 마치 내 책이 나와 함께 저녁 식사를 하는 것 같았다."[22] 그리고 보니, 아스파라거스 도둑질이나 사과 도둑질처럼, 루소의 도둑질은 주로 먹는 것과 관련되어 있다. 먹는 행위를 매개로 도둑질과 독서 체험도 쉽게 연결된다. "함께할 사람이 없으면"이라는 표현에서 알 수 있듯이, 루소에게 독서 행위나 도둑질은 현재의 불안정한 상황에 대응하는 방식이다. 다만 도둑질이 사회에 대한 적의를 표현한다면 독서는 적대적 타자가 없는 세계로의 도피라고 하는 차이점이 있다.

루소는 인간관계가 불가능할 때 도둑질을 시도하는 등 사물과의 관계를 중시하는 경향을 보인다. 그렇지만 '독서 경험'을 통해 루소는 불가능한 인간관계를 보상하는 또 다른 방법을 알게 된다. 독서 체험을 통해 그는 사물과의 관계에서 벗어날 수 있는 기회를 얻는다. 루소에게 독서 체험은 상상적인 것을 통해 실패한 인간관계를 보상하는 방법이기 때문이다.[23]

루소는 유년기에 돌아가신 어머니가 남겨 준 책을 아버지와 함께 읽었다. 그에게 독서는 부재하는 어머니와 함께하는 원초적이며 전적인 체험이었다. 독서는 어머니의 세계로의 귀환, 행복했던 과거로, 그리고 모든 것이 가능한 내부로의 도피라고 할 수 있다. 그래서 르죈은 "어머니가 소설이다."[24]라고 단언한다.

그러나 루소가 천국의 이상향을 체험한 것은 아버지의 이야기를 통해서 가능했다는 사실은 주목을 요한다. 루소는 자신의 삶을 점차 타락하는 과정으로 서술하면서, "자식의 복종 상태에서 노예와 같은 속박 상태"로 갑자기 전이된 것으로 제시한 바 있다. 그때 '자식의 복종 상태'를 일종의 이상향으로 제시한 것은 매우 특징적이다. 어머니가 일찍 돌아가셨던 관계로 자식의 복종 상태란 아버지에 대한 복종을 의미한다. 부모님이 결혼 전에 겪었던 사랑을 천국의 이미지로 제시하고 있는 것과 마찬가지로, 루소는 아버지와 함께 독서했던 유년기의 체험을 천국의 체험으로 제시하고 있다. 그런 의미에서, 니콜라 보노트는 삶의 기원에 있었던 체험이 루소의 독특한 개성을 형성했을 뿐 아니라 그가 도달해야 하는 이상적인 상태를 구성하고 있다고 지적한다.[25] 다만, 그 천국을 체험하는 것은 아버지가 들려주었던 이야기를 통해서 가능하다. 루소의 이상향은 이야기를 통해 그 천국을 체험할 수 있도록 해 주었던 부자 관계에 있었던 것이다. 그런 점에서 독서는 현실에서 벗어나 상상 속으로 도피하는 방식인 동시에, 유년 시절로, 아버지의 세계로 귀환하는 방식이라고 할 수 있다.

그러므로 아버지는 이중의 이미지를 지니고 있다. 사과 사냥 에피소드 끝에 나타나 루소를 단죄하고 글쓰기를 중단시켰던 주인 – 아버지는 거세하는 아버지로서 루소가 부정하는 아버지상을 지니고 있다. 그것은 자신의 행복을 위해 아들을 랑베르시에 목사에게 보낸 아버지, 루소의 상상 속에서 자신을 버린 아버지의 이미지와 연결되어 있다. 반면, 함께 독서하면서 삶의 기원에서 경험한 행복을 환기시켜 주는 아버지는 루소가 회복하고자 하는 긍정적인 아버지상이다. 도둑질 에피소드에서 주인 – 아버지로부터 거세당한 루소는 텍스트 말미에서 아버지와 함께했던 독서로의 회귀를 기술함으로써 천국의 이미지를 복원하고 상상 속에서 아버지를 복권시키며 불행한 현실에서 벗어나 행복한 시기로 도피하고자 한다. 아버지가 루소를 버리고 다른 도시로 가 버린 순간, 그래서 아버지로부터 거부된 순간, 아버지와의 관계 회복은 불가능한 것처럼 보이지만, 루소는 독서를 통해 상상 속에서 자기 삶의 기원에 놓인 행복을 추체험하고 아버지와의 관계를 회복하고자 한다. 루소는 도둑질로 인해 겪게 된 배제 상황을 독서를 통해 보상하고 극복해 내는 것이다.

이처럼 도둑질은 단순히 사회적 불평등을 드러내는 드라마가 아니다. 그것은 관계를 욕망하는 내면의 드라마다. 동시에 독서와 연결되면서, 도둑질은 아버지와 함께 보냈던 행복했던 시간을 회고하는 회복의 드라마가 된다. 루소는 도둑질과 독서 경험을 통해 자기 기원에 놓여 있는 원형적 인물로 아버지를 제시한다. 루소의 고백은 아버지라고 하는 기원에 대한 계보학적인 고백이었던 것이다. 이와 같은 관점에서 볼 때 구조적인 단절로 보이는 도둑질과 독서 체험은 단절이 아니라 불안정한 관계를 보상하고 해소하는 두 가지 전략이라고 할 수 있다. 자신의 탄생에서 시작해서 책을 읽고 글을 쓰는 작가의 상황까지 모두 서술하고 있는 『고백록』 1권은 그의 자서전 전체를 요약하고 있다. 그는 자신의 성격이 형성되는 과정과 작가가 되는 여정, 말하자면 현재의 작품이 만들어지는 과정을 모두 보여 주고 있다.

루소,
근대 자서전의 시조

성 아우구스티누스는 자신의 삶을 드러내는 것이 다른 사람들에게 하나의 '모델'로 작용하리라는 굳건한 믿음을 지니고 있었다. 하지만 성

장 자크 루소

아우구스티누스의 자서전은 중세 종교적 자서전의 기원이 된 반면, 루소의 자서전은 근대적 자서전의 기원이 되었다. 루소의 자서전이 이전의 자서전과 다른 점은 무엇인가?

우선 누가 작가가 되는가, 그리고 무엇을 문학의 주제로 삼을 것인가 하는 점에서 루소는 새로운 관점을 도입했다. 이때까지는 자신의 삶을 이야기하면서도 자전적 소설처럼 등장인물을 내세우거나, 몽테뉴처럼 타인의 삶을 인용하거나 재해석해도 작가가 될 수 있었다. 그러나 루소는 자서전에서 등장인물을 내세워 발언하지 않고 문학 행위 전면에 자신의 이름을 걸고 자신의 행위에 대해 증언하고 변호했다. 그 과정에서 자기 자신을 인식하는 자는 누구나 작가가 될 수 있다는 사실을 보여 주었다. 루소에게 이르면 글쓰기는 영웅이나 귀족, 장군과 같이 특정 계층에 한정된 행위가 아니다. 비천한 계층 출신일지라도 자신의 삶에 대해 말할 수만 있다면 작가가 될 수 있고 문학의 소재가 될 수 있었다.[26] 그는 가난한 시민인 자신도 작가가 될 수 있고, 자신의 삶에 대한 이야기가 하나의 모델로 기능할 수 있다고 생각했다. 하나의 모델이 되기 위해서는 여전히 위대함의 차원이 필요하지만 루소에게 새로운 점은, 그가 뇌샤텔 원고에서 밝히고 있듯이, 위대함은 외적 행위를 통해 얻어지는 것이 아니라, '영혼의 상태', 사상과 감정의 위대함을 기록할 때에도 가능하다고 믿었다는 사실이다. 그리고 영혼의 상태를 기술하는 데에는 출신 계급이 문제되지 않으며 자신의 장점뿐 아니라 단점도 숨기지 않고 기술하는 개인적 결단이 문제라고 생각했다.[27] 그가 작가의 지위를 서민에게까지 끌어내린 것은 시민으로서 '나'를 있는 그대로 서술하고자 했던 그의 글쓰기가 도달할 수밖에 없는 필연적인 결과였다.

보노트는 루소의 자서전이 가져온 변화를 '장르의 민주화'라고 이름 붙이면서, 루소에 의해 사회적 가치의 위계나 서술 대상의 중요성을 판단하는 데 있어 새로운 변화가 초래되었음을 강조하고 있다.[28] 이와 같은 관점에서 자서전이 귀족의 장르인 회고록을 대신하면서 장인(artisan)의 조건과 가치가 새롭게 조명되었으며, 사교계의 행위보다는 검소한 생활에서 누릴 수 있는 행복이 중시되고, 역사적 사건보다 일상적인 사실, 특히 유년기에 대한 명민한 의식이 강조되었다는 것은 주목할 만하다. 이때까지 영웅의 삶이나 위대한 사건과 같이 도덕적으로 정당화할 수 있는 이상적이고 전형적인 삶이 문학의 대상이 되었다면, 루소에 이르러 '평범한' 개인의 '사소한' 일상사가 이야기 대상이 될 수 있었다. '누가 쓰느냐', 그리고 '무엇을 쓰느냐'의 차원에서 루소는 무의미한 것이 의미를 담지하고 있음을 알고 있었던 것이다. 또한 무의미해 보이는 과거를 기억하는 것이 원초적 행복을 추체험하는 것, 다시 말해 상실된 '자연'을 회복하는 진리 탐구의 행동임을 자각하고 있었다. 진리가 '개인적인 것'을 말할 수 있는 권리와 불가분의 관계에 놓여 있다는 사실은 당시로서는 그야말로 혁명적인 변화였다. '내'가 이해한 '나'를 기술하는 것은 작가의 위상에 변화를 일으켰고 문학의 소재를 확대하는 결과를 가져왔다.

두 번째로 루소는 독자들에게 자서전을 읽을 때 특별한 태도를 요구했다는 점을 들 수 있다. "나는 한 인간을 사실 그대로 털어놓고 세상 사람들 앞에 내보일 작정이다. 이 인간은 나 자신이다."[29]라는 문장에서 알 수 있듯이, 자서전 작가가 글쓰기의 주체이며 동시에 글쓰기의 대상이라

장 자크 루소

는 이중의 위상을 지니고 있다는 사실을 루소는 분명히 인식하고 있었다. 이러한 특징은 근대 문학을 평가할 때 자주 인용되는 나르키소스적인 이미지와 연결되어 있다. 그런데 "한 인간을 사실 그대로 털어놓는"다는 것은 자신의 삶에 대해 솔직하게 말하겠다는 의지를 표명한 것인데, 그 결과 독자는 새로운 유형의 독서 체험을 하게 된다. 작가가 '사실'을 고백하겠다고 선언했기 때문에 독자는 '작품'에 대해 미학적 판단을 내리기보다는 '작가'의 도덕적·윤리적 태도에 대해 관심을 갖게 된다. 성실성의 규약 때문에 독자의 기대 지평이 바뀌게 된 것이다.

세 번째로는 루소의 자기에 대한 글쓰기가 '나는 누구인가?'라는 질문에 의해 촉발되지 않았다는 사실도 지적할 수 있다. 루소는 인간의 본성이 시간의 흐름에 따라 영향을 받지 않을 뿐 아니라 타인이나 신의 시선에 의해서도 왜곡될 수 없는 불변항이라고 생각했다. 그는 인간의 본성에 대해 확신하고 있었기 때문에 자기 존재에 대한 질문을 새삼 다시 제기할 필요가 없었다.

때로는 비참하고 비열한 인간으로, 때로는 선하고 관대하고 숭고한 인간으로 나는 있는 그대로 나 자신을 밝혀 놓았다. 나는 당신이 보는 대로 내 내면을 열어 보였다.[30]

인간 본성에 대한 이러한 낙관론은 "여기 자연의 모든 진실 속에서 자연에 따라 정확하게 그려진 유일한 초상화가 있다."라고 선언한 그의 자서전 서문에 잘 표현되어 있다. 흥미로운 사실은 자아를 묘사한 초상화를 완성하기 위해 루소가 '자연'이라는 용어를 사용하고 있다는 점이다. 이때 '자연'은 우리가 살고 있는 환경이라는 의미는 전혀 없다. 그것은 차라리 자아에 대한 '이념'에 가까운 용어다. 『학문 예술론』을 기술하게 된 계기에서 알 수 있듯이, 루소가 뱅센에서 발견한 '계시'가 신의 본성에 대한 이해가 아니라 인간의 선함에 대한 확신이라고 할 때, 그것이 바로 루소가 찾아낸 인간에 대한 이념이었다. '자연'이나 '자아'는 악의 근원인 사회와 대립된 용어일 뿐 아니라 루소에게는 완성 가능성을 의미하는 형이상학적 의미를 지니고 있었다. 개인적 본성을 드러내는 것이 인간의 보편적 본성을 드러내는 것이라는 의미로 형이상학의 의미를 한정짓는다면 말이다. 그러므로 몽테뉴와 달리 루소에게 있어 글쓰기는 자아를 형성하는 요소가 아니고 미리 결정되어 있는 자신의 선한 자아를 표현하는 것에 한정된다.[31]

　　이러한 측면에서 루소의 근대성을 반박할 수도 있다. 현대적 글쓰기에는 글 쓰는 주체가 글 속에서 자기 존재 의식을 문제시하는 자기 반성적 특성이 있는데, 루소에게서는 이러한 특성이 결여되어 있다는 것이다. 이와 같은 관점에서 지젤 마티유-카스텔라니는 자기 정당성에 대한 확신이 가득한 루소나 지드보다는 성 아우구스티누스나 몽테뉴가 더 현대적이라고 지적한다. 이들은 "자신들의 계획에 대해 질문하고, 그 계획이 유효한 조건에 대해 숙고하며, 자기의 글을 문제화"하기 때문에 끊임없이 "자기 담화 행위의 양상에 대해" 질문하고 있다. 그래서 자서전적인 성찰의 글쓰기는 표현의 장이 아니라 탐색의 장이 되며 그것이 현대성과 관련된다는 것이다.[32]

자아의 본성이 불변하기 때문에 글쓰기에 의해 자아가 생성·변모하는 것이 아니라면, 루소의 글쓰기가 제기하고 있는 문제는 무엇인가? 루소 자서전의 새로운 기획은 스타일, 즉 자신의 세계관에 어울리는 새로운 언어를 발명하는 것과 관련된다. 그것은 뇌샤텔 판본 서문에 잘 표현되어 있다.

내가 말해야 할 것을 위해서는 내 계획만큼이나 새로운 언어를 발명해야 할지도 모른다. 끊임없이 동요하는, 흔히 그토록 저속하고 때로는 그토록 숭고한 이 다양한 감정의 거대한 혼란을 해결하기 위해서 나는 어떤 어조, 어떤 스타일을 취해야 할 것인가?[33]

인간 본성은 불변하지만 감정은 혼란스럽고 다양하다는 모순이 루소의 자서전을 규정한다. 그런데 자서전을, 본성을 드러내 보임으로써 자신의 무죄를 증명할 수 있는 하나의 증거물로 간주하고 있는 그로서는 자아를 혼란스러운 상태 그대로 서술하는 것으로는 충분하지 않다. 타인들이 쉽게 이해할 수 있도록 자아를 체계적인 것으로 제시해야 한다. 여기에서 화자의 구성 능력이 요구된다. 인간의 선한 본성이 글 쓰는 과정에서 왜곡되고 훼손될 수 있다는 논리적 모순이 생겨나는 것이다. 본성은 변하지 않지만 감정을 표현하는 과정에서 글쓰기는 본성을 왜곡시킬 가능성이 있다. 여기에서 우리는 글을 쓰기 시작하면서 자신의 불행이 시작되었다는 루소의 진술을 이해하게 된다.

글쓰기가 자신의 삶을 왜곡시킬 수 있다는 것은 책에 대한 루소 자신의 판단에서도 확인할 수 있다. 그는 『학문 예술론』을 디종 아카데미에 응모한 순간 이미 자신의 파멸이 결정되었다고 생각했다. 그는 "그 순간부터 나는 파멸했다. 나의 나머지 생애와 불행은 그 미망의 순간에서 비롯된 피할 수 없는 결과였다."라고 지적한다. 자신의 글로 인해 타인과의 관계가 훼손되고 장애물이 생겼다는 이러한 견해는 이미 고전이라고 평가받고 있는 장 스타로뱅스키의 저서 『장 자크 루소: 투명성과 장애물』에서도 확인할 수 있다. 이 책에 따르면, 투명성은 인간의 원초적인 상태인데 사회적 요인 때문에 인간 사이에 넘을 수 없는 장애물이 생긴다는 것이다. 그리고 장애물 중 대표적인 것이 바로 자기가 쓴 저서들이라는 데 루소의 모순이 있다. 루소는 그에게 영광을 안겨 준 저작 활동 때문에 타인과의 관계에서 소외되고 사회에서 영원히 배제되었다고 느낀다.

자서전도 그의 다른 저작과 마찬가지로 그를 소외시키는 장애물 역할밖에는 하지 못하는 것일까? 루소는 자서전이야말로 자신의 투명성을 보장해 줄 수 있는 유일한 것이라고 생각한다. 최후의 심판의 나팔이 울릴 때, 그가 들고 가는 것이 바로 이 자서전이다.

> 최후의 심판의 나팔이여 언제든 울릴 테면 울려라. 나는 이 책을 손에 들고 지고의 심판자 앞에 나아가 소리 높여 외치리라. 나는 이렇게 행동하고 생각하고 존재했노라. 선악을 기탄없이 말했노라. 조금도 악한 일을 빼지 않았고 착한 일을 덧붙이지도 않았노라.[34]

언어가 삶에 끼치는 부정적인 영향(장애물)에서 벗어나기 위해 다시 언어에 의지해서 자신의 순수성(투명성)을 증명하려는 시도야말로 자서전적인 글쓰기와 삶의 관계를 잘 보여 주고 있다.[35] 언어는 나와 타인의 직접적인 접촉을 방해하는 요소이지만, 언어를 통해 타인과 관계를 맺고, 나를 해석의 대상으로 제시할 수밖에 없다. 언어를 신뢰할 수밖에 없는 이 모순적 상황이 루소의 자서전을 특징짓고 있다. 매개물에 불과한 언어를 고발해야 하지만, 투명성을 확보하기 위해서 자서전을 써야 한다면『고백록』은 자신의 삶을 정당화하기 위한 최후의 수단이 된다.

　　마지막으로 독자와의 관계도 주목할 수 있다. 루소가 글쓰기에 대해 모순적인 입장을 보여 주는 것은 그가 타인에게 이중의 위상을 부여하고 있는 것과 일맥상통한다. 루소는 신을 절대적 타자로 등장시키고는 있지만 그가 직접 말을 건네는 대상은 그를 둘러싼 타인들이다. 그 타인들의 성격도 매우 제한적이다. 타인들은 그의 적, 그의 책의 파괴자다. 타인은 복수심이 강하고 악행을 일삼는 사람들로 한정되어 있다. 그러나 루소가 구원받을 수 있는 가능성이 적대적인 타인에게 달려 있다는 점이 문제다. 글쓰기가 자신의 투명성을 방해하는 장애물인 동시에 투명성을 회복하기 위해 꼭 필요한 수단이었던 것처럼 타인도 루소가 자신의 순수함을 변호하는 데에는 반드시 필요한 존재다. 루소가 솔직하게 자신의 행동과 내면을 드러낸 이상, 그 원초적 순수함을 이해하고 판단해야 할 존재는 타인들, 즉 독자다. 그가 재판관으로 신을 호출하는 이유도 신이야말로 가장 객관적인 독자, 루소의 정당성을 증명할 수 있는 독자이기 때문이다.

　　이러한 사실로 미루어 볼 때, 루소는 프랑스 문학사에서 최초로 자신의 독창성을 자각한 작가라고 할 수 있다. 그는 글쓰기의 주체이자 대상으로 자기 자신을 제시하는 순간 새로운 글쓰기가 가능하다는 것을 인식했으며 글쓰기의 독창성은 주제의 참신함에서 비롯되는 것이 아니라 모든 것을 다 말하겠다고 하는 '성실성'의 의지에서 비롯된다는 사실도 의식하고 있었다. 성실성이 진실을 담보하는 기제라는 것을 알고 있었던 것이다. 그리고 적대적 타자를 소통의 대상으로 삼아야 하는 모순, 언어가 소통의 장애물이지만 소통하기 위해서는 언어를 통할 수밖에 없다는 모순을 인지하고, 문학이란 이러한 모순 속에서만 가능하다는 것을 인지했다는 점에서 루소는 근대적이다. 이처럼 루소의『고백록』은 상승하는 시민계급에 속하는 한 개인의 역사가 시대의 요구와 정확하게 일치하는 행복한 체험을 형상화한 예외적인 경우라고 할 수 있다.

샤토브리앙, 그리고 자서전의 역사

타디에는 "19세기 전체가 일인칭으로 말한다."라고 단언한 바 있다.[36] 이 표현은 루소에게 예외적으로 나타났던 '개인의 고양'과 '주관성'이라는 특징이 19세기의 시대정신이었음을 의미한다. 이른바 '개인성'이 문학 중심부에 자리 잡게 된 것이다. 자신을 향한 깊은 관심사를 통해 이 세기의 사람들이 자기 정체성에 대한 확고한 믿음에 도달했다고 말할 수 있는가? 샤토브리앙의『무덤 너머의 회고록』의 경우를 보면, 그를 자서전

장 자크 루소

으로 이끌고 간 동기는 자기에 대한 믿음이라기보다는 자신에 대한 의혹
과 사회에 대한 불만, 고독의 감정인 것처럼 보인다. 그에게 자서전적인
성찰의 글쓰기는 확고한 자아를 표현하는 공간이 되지 못하고 자신에 대
한 의혹의 장으로 기능한다. 그래서 '자아'는 이미 알고 있는 사실을 표현
하는 방식이라기보다는 이해하고 추구해야 할 하나의 가치로 나타난다.
그는 실패한 삶을 연금술적으로 변화시켜 허구 – 정체성을 만들어 내고자
한다.

　　그의 고백은 일정한 방향을 지니고 있다. 샤토브리앙은 삶의 서사적
이고 영웅적인 면모를 강조한다. '자기 승화(sublimation de soi)'[37]를 목표로
하는 것이다. 그는 친구들에게 해가 되는 고백이나 자신의 결함을 노출시
키는 고백은 하지 않고 자신과 인간의 가치를 드높일 수 있는 것들을 고백
한다. 그래서 그의 자서전은 고상한 감정과 도덕적 우월감으로 채색되어
있으며 타인을 배려하려는 기색이 역력하다. 물론 샤토브리앙이 자신에
게 결점이 없다고 생각하는 것은 아니다. 그가 진실을 드러내고 인간을 고
양하는 방식이 루소와 다를 뿐이다. 루소가 결점을 고백함으로써 자신의
유일성을 확보했다면, 샤토브리앙은 글쓰기가 가지고 있는 허구적 차원
을 인식하고 차라리 그 허구적 속성을 적극적으로 자기 글쓰기의 원칙으
로 받아들임으로써 삶을 위대함의 차원에서 이해하고자 한다.

　　내 삶의 회고록은 내 친구들에게 고통을 주는 고백록은 절대 되지 않을
　　것이다. 만약 내가 미래에 어떤 중요한 사람이 된다면 내 친구들도 거기
　　에서 마찬가지로 멋지고 존경할 만한 이름을 갖게 될 것이다. 나는 후세

사람들에게 내 세세한 약점을 이야기하지 않을 것이다. 나는 나에 대해서 인간으로서 내 존엄성에 적합한 것만을, 감히 말한다면 내 심정의 고양에 적합한 것만을 이야기할 것이다. 세상에 오직 아름다운 것만을 제시해야 한다. 자신의 생에서 인간들을 고결하고 관대한 감정으로 고양시킬 수 있는 것만을 발견한다고 해서 그것이 신에게 거짓말을 하는 것은 아니다.[38]

샤토브리앙에게 개인사를 통해 펼쳐지는 역사를 기록하도록 하고 전환기에 어울리는 '내 시대의 서사시'[39]를 만들도록 추동한 것은 '위대함'에 대한 욕망이 있었기 때문이다. 그래서 그는 자신의 자서전에 '회고록'이라는 제목을 붙여 놓았다. 연구자들에 따르면, 회고록은 프랑스의 경우 16～17세기에 많이 쓰였다. 이 시기에 이르러 전제 군주들이 권력을 강화해 나감에 따라 사회 계급 사이에 불균형이 심화되었다. 구체제하에서 부르주아 계층은 상승하는 경제력에 걸맞은 권리를 확보하지 못했기 때문에 부당한 현실의 피해자라고 생각했고, 귀족은 귀족대로 그동안 누려왔던 기득권이 약화되는 것을 받아들일 수 없었다. 사회의 구성원들이 암묵적으로 위기감을 느끼던 그 시기에, 전체적이고 종합적인 관점을 제시할 수 있는 현대적 의미의 역사가가 아직 존재하지 않았기 때문에 역사적 사건에 참여했던 개인이 자신의 경험과 기억에 의존해서 일종의 무훈담을 쓸 수밖에 없었다.

회고록 작가들은 문학적 야심에 이끌려 회고록을 썼다기보다는, 정치 일선에서 물러난 후 당대의 풍습, 특히 역사적인 인물을 묘사하고 기

장 자크 루소

록해 두고자 하는 개인적인 필요에 따라 회고록을 썼다. 또한 자기가 경험했던 시대의 역사에 대해 '자신의 관점'을 서술할 필요를 강하게 느끼고 있었다. 그것은 후대가 판단할 수 있는 자료를 남겨 준다는 의미를 넘어서서 전기 작가 자신이 그 사건에 대한 일종의 소송을 제기한다는 의미가 담겨 있었다. 그 결과 회고록은 권력을 지닌 자의 담론에 대항해서 그 권력에 의해 왜곡된 개인의 삶과 명예를 보호하려는 은밀한 의지가 충돌하는 공간이 되었다. 회고록은 자신을 인식하기 위한 성찰의 공간이라기보다는 자신을 드러내기 위한 과시의 공간이 된 것이다. 회고록 작가는 비록 역사적으로나 정치적으로는 패배자이지만 어떤 사건에 대해 자신의 관점을 제시하고 그 관점을 정당화하는 방법으로 회고록을 선택했고 자신이 남겨 놓은 기록을 통해 실추된 명예를 만회하고자 시도했다. 그래서 회고록은 검열 없이 자신의 관점을 이야기할 수 있는 자유의 공간이 되며, 공식적인 역사 기록과는 다른 구체적인 자료를 제공함으로써 후세의 역사가들이 종합 판단할 수 있는 일차 자료가 될 수 있다.[40]

샤토브리앙의 경우, 그러한 특징이 특히 두드러지게 나타난다. 그는 '유언 서문'에서 "내 삶의 모든 흐름"을 쓰겠다고 고백하는데, 그 삶에서는 개인적인 것과 역사적이고 정치적인 것이 구별되지 않는다. "나는 역사를 이루었기 때문에 그것을 쓸 수 있다."라는 표현이나 "내 세기 안에서 그리고 그 세기 옆에서, 나는 그렇게 하려고 노력하지 않고서도 세 가지 차원에서, 종교적·정치적·문학적 차원에서 나의 세기에 영향을 끼쳤다."[41]라는 표현은 샤토브리앙 자신이 자서전을 쓸 수 있는 정당성을 지닌 인물이라는 점을 강조하고, 동시에 자서전 작가의 자아는 한 개인의 자아를 의미하기보다는 자신의 역사의식과 불가분의 관계 속에 놓여 있음을 보여 준다. 그 역사의식은 유년기의 개인적 체험, 즉 과거의 실제 경험과 왕정복고기의 흥망에 대해 완전한 역사를 서술하고자 하는 야심, 그리고 아직 완성되지 않은 미래에 대한 예견까지 동시에 서술하겠다는 야심으로 표현된다.[42] 그 결과, 『무덤 너머의 회고록』에서 자서전의 서술 대상이 되는 개인의 내적인 삶은 회고록의 대상이라 할 수 있는 개인과 국가에 대한 공식적인 행동에 비해 상대적으로 중요한 위치를 차지하지 못하고 있다. 그의 자아는 화자가 나폴레옹과 함께 나누어 가지고 있는 영향력의 관점에서 환기되고 있다는 사실도 샤토브리앙이 개인적 삶을 펼쳐 보이기보다는 그 삶을 통해 펼쳐지는 역사 기록에 보다 많은 관심을 기울인다는 사실을 보여 주고 있다.

장 자크 루소

샤토브리앙:
우울과 환멸의 회고록

나는 지금 보스와 페르슈 경계에 있는 몽부아시에에 있다. 콜베르-몽부아시에 백작 부인 소유였던 이 땅에 있던 성은 혁명 기간 동안 팔리고 파괴되었다. 자그마한 건물 두 채만이 남아 있다. 그것들은 철문으로 분리되어 있는데, 이전에는 관리인의 거처였다. 정원은 이제 영국식으로 바뀌었지만 이전의 규칙적인 프랑스식 정원의 흔적을 간직하고 있다. 반듯한 산책로, 아치형 가로수 길에 둘러싸인 나무들이 그 정원에 신중한 분위기를 부여하고 있다. 폐허가 그렇듯이 그 정원은 마음에 든다.

어제저녁에는 혼자 산책을 했다. 하늘은 가을 하늘과 비슷했다. 간간이 찬바람이 불어왔다. 숲의 빛이 들어오는 곳에서 태양을 바라보기 위해 발걸음을 멈췄다. 태양은 알뤼 탑 위에 있는 구름 속으로 사라지고 있었다. 200년 전 그 탑에 살던 가브리엘도 나처럼 석양을 바라보았다. 앙리 4세와 가브리엘은 어떻게 되었는가? 이 『회고록』이 출판될 때 나도 그렇게 되겠지.

개똥지빠귀가 자작나무 가장 높은 가지에 앉아 지저귀는 소리에 이런 생각에서 빠져나왔다. 그 순간, 그 마법 같은 새 소리 때문에 눈앞에 아버지의 영지가 다시 나타났다. 조금 전에 목격했던 재앙을 잊고 나는 갑자기 과거로 옮겨 가 개똥지빠귀가 지저귀는 소리가 자주 들려오던 시골을 떠올렸다. 그 소리에 귀를 기울였던 당시, 나는 지금과 마찬가지로 슬펐다. 그러나 첫 번째

슬픔은 아무런 경험도 하지 못했을 때 갖게 되는, 행복에 대한 막연한 욕망에서 비롯된 슬픔이었다. 지금 내가 느끼는 슬픔은 일이 어떻게 돌아가는지 평가하고 판단하여 알고 있는 데에서 비롯되었다. 콩부르 숲에서 들은 새 울음소리는 나에게 지복을 꿈꾸게 했고 나는 그것에 도달할 수 있으리라고 믿었다. 몽부아시에 정원에서 들은 똑같은 새 울음소리는 잡을 수 없는 지복을 찾아다니며 잃어버린 날들을 나에게 환기시켜 주었다. 나는 이제 더 이상 배울게 없다.

나는 다른 사람보다 더 빨리 걸었고 삶의 일주를 끝냈다. 시간은 달아나며 나를 끌고 간다. 심지어 이 『회고록』을 끝낼 수 있을지조차 확신할 수 없다. 이미 이 『회고록』을 쓰기 시작했던 곳이 얼마나 많은가? 어디에서 그것을 끝내게 될까? 얼마 동안이나 나는 숲 가장자리를 산책하게 될까? 나에게 남겨진 얼마 안 되는 순간들을 이용하자. 언급할 수 있을 때 서둘러 나의 젊은 시절을 묘사하자. 항해자는 마법의 해안을 영원히 떠나면서, 멀어져 가는 육지, 곧 사라질 육지를 바라보며 일기를 쓴다.[43]

샤토브리앙(1768~1848)은 『무덤 너머의 회고록』 서문에서 자신의 삶을 세 시기로 구분한다. 첫째 시기인 1800년까지는 군인이자 여행자였으며, 둘째 시기인 1800년부터 1814년까지는 문학가였고, 셋째 시기인 왕정복고기부터 1830년까지는 정치가였다. 그는 『무덤 너머의 회고록』을 쓰게 된 것은 자신이 군인과 정치가로서 실패했기 때문이라고 밝힌다. 하지만 독자로서는 개인의 역사를 기술하는 것이 시대의 역사를 기술하는 것과 동일한 가치를 갖게 되는 탁월한 작가를 얻게 되었다. 샤토브리앙 이후, 사실주의자들은 한 개인의 운명을 통해 계층의 운명을 성공적으로 서술한 바 있고, 20세기에 들어 앙드레 말로처럼 특정한 역사적 사건과 이데올로기에 주목한 작가가 있긴 하지만 그렇다고 해서 샤토브리앙이 지니고 있는 문학사적 가치가 줄어드는 것은 아니다. 사라진 왕조와 관련된 과거를 서술하면서 그는 근대 문학에 우울의 정조를 부여했으며, 프랑스 문학사에서 보기 드물게 낭만주의 소설, 낭만주의 산문의 가능성을 활짝 열어 보였다.

『무덤 너머의 회고록』은 제목에서 암시하고 있듯이, 이미 죽은 자의 관점에서 과거를 기술하고 있다. 자서전은 자서전 작가가 자신의 죽음을 기록할 수 없다는 점에서 이미 미완성을 가정하고 있다. 많은 자서전 작가가 자신의 삶을 유년기로 한정하거나 아니면 일정한 주제를 통해 과거에 일정한 의미를 부여하는 방법을 선호하는 것도 이 때문이다. 하지만 자서전이 완성되기 위해서는 말할 수 없는 죽음에 대해 나름대로의 방법을 강구할 수밖에 없다. 죽음을 서술하는 방법에는 여러 가지가 있다. 작가가 경험하지 못한 이러저러한 가능성을 하나의 이야기로 풀어내 자신이 꿈꾸는 삶에 대해 서술하는 것처럼, 죽음에 대해서도 작가가 상상한 서사들이 실제 죽음의 경험을 대신할 수 있다. 그러나 자서전 작가가 자신의 죽음을 기술하고자 하는 욕망에는 죽음을 넘어 자신의 생산물인 자서전의 출판을 보려는 욕망이 숨어 있다. 내가 죽어야 자서전이 살 수 있는 것이다. 이처럼 자서전이라는 텍스트와 자서전 작가는 서로 대립 관계에 있다. 자서전 작가는 글쓰기를 통해 자신이 누구인지를 기술할 수도 있고, 자신이 살고 있는 사회에 대해 일정한 관점을 제시할 수 있지만 삶에 대한 욕구 이면에는 인생의 끝에 기다리고 있는 죽음에 대답해야 한다는 긴급한 필요를 감추고 있다.

샤토브리앙이 『무덤 너머의 회고록』을 쓸 때 그는 자신이 고독에 처해 있고 자기 이야기를 통해 사회에 메시지를 전달해야겠다고 생각했다. 그는 자기를 인식하고 시간을 극복하고자 했는데, 그때 선택한 방법이 자신을 성찰하고 이에 대해 이야기하는 것이었다. 자기에 대한 글쓰기로 비범한 영혼을 드러낼 수 있으며 망각에 이르기 마련인 시간을 극복할 수 있다고 그는 믿었다. 그의 자서전에는 '시간의 흐름, 젊음, 소유'의 문제가 제기되어 있으며, 이 문제들을 중심으로 과거를 재현하는 과정에서 내적인 삶의 정수가 드러난다. 특히 영혼의 상태와 자연의 묘사는 분리할 수 없을 정도로 밀접하게 연결되어 있다. 우리가 인용한 예문에서도 샤토브리앙은 과거와 현재를 비교하면서 흘러가는 시간과 기억, 정서의 문제를 제기하고 있다. 그는 모든 것을 '폐허'의 관점에서 바라본다. 가까운 미래에 다가올 죽음을 200년 전, 앙리 4세의 사랑을 받았던 가브리엘의 죽음과 연결시키면서 죽음은 더 이상 피할 수 없는 현실이 된다. 새 울음소리는 똑같지만 더 이상 행복을 기대할 수 없으리라는 사실에서 슬픔을 느끼기도 하고, 시간에 쫓겨 죽음으로 이끌려 가면서도 그는 자신이 살아온 과거를 제대로 다 기술할 수 있을까 하는 초조함에 사로잡히기도 한다. 노년의 작가가 생애라고 하는 해안을 떠나며, 글쓰기의 바닷속에서 하루하루를 기록하고 있는 항해자의 이미지야말로 18세기 말에서 19세기 중엽까지 역사를 관통한 작가-영웅의 모습이라고 할 수 있다.

4

미셸 레리스

루카스 크라나흐, 「유디트」(1530)

레리스는 어느 날 독일의 화가 루카스 크라나흐의 그림 「루크레시아」와 「유디트」를 우연히 발견하게 된다. 「루크레시아」에는 강간당한 후 순결을 증명하기 위해 자살하는 로마의 한 여성이, 「유디트」에는 이방인 홀로페르네스 때문에 유대 민족이 위기에 처하자 신의 계시를 받고 그를 유혹한 후 머리를 잘라 한 손으로 잡고 있는 구약 성서의 한 여성이 그려져 있었다. 자신의 삶이 서로 대립적인 두 가지 성향에 의해 지배되고 있음을 깨닫고서 『성년』의 기본 구조를 착안하게 되었다고 고백했음을 고려하면, 레리스는 마조히스트적인 루크레시아와 사디스트적인 유디트의 성향을 모두 가진 이중성으로 자신의 성향을 규정한 다음, 이 둘 사이에서 균열과 불안을 느끼는 인물로 자신을 형상화하고 있다.

생애

미셸 레리스는 1901년 4월 20일, 파리에서 삼 형제 중 막내로 태어났다. 1990년에 사망할 때까지 당대의 거의 모든 아방가르드 운동에 가담했고, 거의 모든 분야에서 백과전서와 같은 지식을 쌓고 경험했다. 그는 초현실주의자로 활동했고, 시인이자 민속학자였고, 소설가이자 예술 비평가였다. 그가 활동했던 모든 분야에서 그의 이름은 한번도 주류로서 또는 주도자로 언급된 적이 없다. 그는 단지 자서전 작가였을 뿐이다. 그러나 그는 자서전 장르의 방향을 획기적으로 일신한 인물로 평가받고 있다. 그는 자신이 경험하고 숙고했던 방법적 성찰, 존재론적 문제를 자서전에서 제기하고 이를 해결하고자 했다. 그는 정신분석 치료를 받았고 꿈을 기록하고 분석했으며, 초현실주의, 민속학, 실존주의에 참여했고, 식민주의와 인종 차별주의에 반대했다. 이와 같은 다양한 경험은 물론이고 유년기부터 보고 읽고 강렬한 느낌을 받았던 그림, 신화, 연극, 오페라, 문학 텍스트 등이 그의 자서전에 독창적으로 녹아들어 있다. 레리스를 이해하기 위해서는 그 어떤 작가의 경우보다 백과전서적인 교양이 필요하며, 20세기 전 시기를 아우르는 지적·정치적·문화적·예술적 흐름에 민감하게 반응해야 한다.

그는 유년기에 온갖 종류의 연극과 오페라에 깊은 관심을 기울였고, 연극과 현실을 구분하지 못할 정도로 몰두했다. 제1차 세계 대전이 끝난 후에는 재즈에 관심이 있어 친구들과 함께 서프라이즈 파티에 열심히 참여했다. 그의 첫 애인이었던 케이와의 연애는 1919년, 전쟁 직후의 축제와도 같은 분위기에서 시작되어 4년간 지속되었다. 그 관계에서 그는 자신의 비겁함을 인식했다. 1921년 작가에 대한 소명 의식 없이 문학에 관심을 기울여 막연히 작가가 되고자 했다. 1922년 프로이트에 관한 책을 읽으면서 일기를 쓰기 시작했다. 일기는 사망하기 직전인 1989년까지 지속되었다. 그는 평소에도 메모하기 위해 카드를 가지고 다니며 꼼꼼히 기록하는 습관이 있었는데, 메모 카드와 일기는 자서전을 쓰면서 참고했던 일차 자료가 되었다. 1922년 동성애를 경험했고 후에 아내가 될 루이즈 고동을 만났다.

1922년부터 1924년까지 화가 앙드레 마송이 주도하는 블로메 거리 그룹에 참여했고, 1924년부터 1928년까지 앙드레 브르통이 주도한 초현실주의 그룹에 가담하여 활동했다. 실질적인 문학 활동은 초현실주의의 영향 아래에서 시작되었으며 첫 시집 『시뮬라크르(Simulacre)』(1925)도 그 영향 아래에 놓여 있다. 초현실주의의 또 다른 영향은 말장난에 근거하여 간행한 자신만의 『어휘집(Glossaire j'y serre mes gloses)』에서 확인할 수 있다. 이때부터 언어 – 놀이는 그의 글쓰기를 규정하는 가장 중요한 특징 중의 하나가 되었다.

1926년 루이즈 고동과 결혼했으며, 그의 아내는 제트(Zette)라는 가명으로 자서전에 등장한다. 그의 장인이 유명한 화상이자 입체파 이론가인 칸바일레르이다. 제트는 어머니 뤼시 고동이 열다섯 살에 낳은 딸로서 사교계에서는 동생으로 알려져 있었다. 그의 자서전에서 '존재의 이중성'이 중요한 주제가 된 데에는 부인의 정체성, 자신의 동성애 체험, 그리고 작은아버지가 일찍 돌아가셔서 함께 자랐던 사촌 누나 쥘리에트를 오랫동안 친누나로 알고 있었던 이 세 가지 혼란에서 비롯된 것으로 보인다. 1927년 몇 달간 공산당에 가입하여 활동했다. 1930년부터 1935년에 걸쳐 정신분석 치료를 받았는데, 레리스는 그 치료 방법론에 근거해 글을 쓴 최초의 작가 중의 한 명이다. 1931~33년에는 프랑스 정부가 주도했던 아프리카의 다카르-지부티 민속학 탐험에 참여했고, 그때 쓴 일기『환영의 아프리카(L'Afrique fantôme)』(1934)에서 객관적 사실만을 드러내는 전통 민속학자의 글쓰기와는 달리 자신의 내면을 가감 없이 드러내 격렬한 찬반 논쟁의 중심에 서게 되었다. 이 일기는 레리스의 자서전 기획이 구체적으로 드러난 첫 번째 작품이다.

레리스의 정치적 입장은 친공산주의·반식민주의로 요약할 수 있는데, 그 사유의 틀은 민속학적 입장에서 비롯되었다. 민속학 탐험 경력을 바탕으로 트로카데로의 민속학 박물관에서 정년할 때까지 근무했다. 1937년 바타유, 카이우와와 함께 '사회학 학교(Collège de Sociologie)'를 세워 1939년까지 활동했다. 1939년 첫 자서전『성년』을 출간했고, 1940년부터 『게임의 규칙』이라는 제목으로 4권의 자서전을 출판했다(『삭제(Biffures)』(1948),『잡동사니(Fourbis)』(1955),『미세 섬유(Fibrilles)』(1966),『희미한 소리(Frêle Bruit)』(1976)). 삶의 규칙을 찾고자 했던 자기 성찰의 시도는 거의 36년 동안 지속되었다. 특히『미세 섬유』에서는 자신의 문학적 신념에도 불구하고 자서전에서마저 모든 것을 솔직하게 다 고백하지 못하는 현실을 비관하여 시도했던 자살 체험이 중요하게 다루어지고 있다.

이후 『올랭피아 목의 리본(*Le ruban au cou d'Olympia*)』(1976), 『소란스럽게(*A cor et à cri*)』(1988) 등의 자서전을 썼는데, 매번 정신분석학, 언어학, 민속학, 마네의 그림 등을 주요 방법론이나 소재로 동원하여 새로운 관점에서 자신의 삶을 성찰했고, 같은 에피소드를 다른 관점으로 다루는 등 자신의 삶을 하나의 고정된 의미로 확정하는 것을 극도로 경계했다.

레리스의 자서전은 초기에는 수없이 많은 죽음과 '피의 세례'의 기억이 주를 이루지만 중기에는 시니피앙을 다루는 언어 놀이의 차원이 강해지고, 후기에 이르면 이미지의 글쓰기나 목소리의 글쓰기와 같이 '말할 수 없는 것, 부재'의 문제에 관한 성찰, 글쓰기에 대한 성찰이 주를 이룬다. 물론 자기 정체성의 문제는 전 생애에 걸쳐 일관되게 제기되고 있으며, 글쓰기의 문제 또한 초기부터 지속적으로 제기되고 있다. 하지만 인생 말기에 다가갈수록 행동의 가능성은 줄어들기 때문에 과거를 회고하면서 이때까지 자신의 삶을 지배했던 행위, 즉 글쓰기가 삶을 구원하는 시적인 행위가 될 수 있을까를 성찰하는 것은 극히 당연하다.

제2차 세계 대전 후에는 잠시 사르트르, 시몬 드 보부아르가 주도한 잡지 《레 탕 모데른('현대')》의 편집 위원을 지냈고, 1960년에는 블랑쇼가 주도한 '121인 알제리 전쟁 불복종 권리 선언'에 서명했다. 1980년에는 그의 전 작품에 대해 프랑스 문학 대상 수상자로 선정되었으나 수상을 거부했다. 이후에도 지속적으로 자서전을 썼으며 1990년 9월 30일에 사망했다. 사후 1992년에 일기가 출간되었고, 1994년에는 중국 방문 경험을 기록한 일기『중국 일기(*Journal de Chine*)』가 출간되었다. 그의 주요 저작들이 프랑스 갈리마르 출판사의 권위 있는 플레이아드 총서로 2003년과 2014년에 각각 출간되었고, 앞으로 한 권이 더 출판될 예정이다.

레리스의 자서전은 자서전 장르의 형식과 목표를 일신했다는 평가를 받고 있다. 다른 자서전 작가들이 생애의 마지막 순간에 자신의 과거를 뒤돌아보기 위해 자서전을 썼다면, 그는 앞으로 영위할 삶의 방향을 확보하기 위해 글을 썼다. 자서전에 유년기의 수치스러운 기억, 성적 환상, 죽음과 신체적 노쇠에 대한 명상이 일관되게 등장하고 있는 것에서 알 수 있듯이, 그의 자서전에는 자기 만족감은 전혀 없다. 그러나 89년에 이르는 생애 동안 자신이 가담했던 모든 문학 운동이나 예술의 움직임을 자서전 속에 형상화하기를 원했고 한순간도 자서전에서 벗어나지 않았다는 점에서, 그는 부단한 자기 탐구의 열정으로 자서전에 일생을 바친 자서전 장르의 순교자와 같은 인물이라는 평을 듣고 있다.

미완의 텍스트

레리스의 첫 자서전『성년』은 파편화된 형식을 취하고 있다.『성년』의 구성은 매우 독특하다. 자크 보렐이 "자서전 문학의 선언문"[1]이라고 평가할 정도로 그 중요성을 인정받고 있는 「투우를 통해 고찰한 문학론」이 서두에 있고, 본문은 소제목이 붙은 마흔 개의 작은 장과 제목이 없는 장 두 개로 구성되어 있다. 그 뒤를 이어 개정할 때마다 덧붙인 제법 긴 각주가 텍스트에 포함되어 있다. 1939년 초판본에 "이제 막 인생의 반, 서른네 살이 되었다."로 시작한 문장이 어떻게 변화했는지를 살펴보는 것도 텍스트의 특징을 이해하는 데 도움이 된다. 레리스는 서두의 이 문장을 판본에 관계없이 본문에 그대로 둔 채, 1946년 재판본에서는 각주에 "이 페이지가 나올 때 나는 마흔다섯 살이 될 것이다."라는 문장을 덧붙이고, 1964년 판본에는 "1964년, 이십 년이 된 이 오래된 주석에 새로운 주석을 덧붙여야 할 것이다. 나는 적어도 다음과 같은 것을 주목한다."라는 표현과 함께 그동안 관점이나 세부 사항에서 변모된 부분을 수정하고 있다. 재판을 찍을 때마다 새롭게 덧붙여지는 각주에서 알 수 있듯이, 그의 자서전은 결코 끝맺음할 수 없는 '미완성'이라는 특성을 보여 주고 있다. 이러한 특성은 마침표 대신 말줄임표로 끝맺음하고 있는 본문에서도 확인할 수 있다. 그가 이런 형식을 취하는 이유는 자서전이 완결된 과거를 기술하는 공간이 아니라, '현재'라고 하는 시간 인식과 밀접하게 관련되어 있는, 변모하고 움직이는 공간이기 때문이다.

자서전을 '산문으로 쓰여진 과거 회상형의 이야기'라고 정의했던 르죈의 『자서전의 규약』을 상기해 본다면, 일관된 이야기 형태를 취하지 않고, 연상되는 대로 파편화된 에피소드를 제시하고 있는 이 자서전이 루소 전통에서 벗어나 있는 것은 쉽게 이해할 수 있다. 그러나 파편화되어 있다고 해서 삶을 구조화하는 일정한 방향이 없는 것은 아니다. 『성년』은 파편화된 구조 아래 변증법적인 구조를 감추고 있어서 독자들은 작가가 설정해 놓은 삶에 대한 일정한 방향을 짐작할 수 있다. 예를 들면, 1930년 글을 쓸 수조차 없는 극심한 자기 혐오증에 빠져 있던 레리스는 어느 날 독일의 화가 루카스 크라나흐의 그림 「루크레시아」와 「유디트」를 우연히 발견하게 된다. 「루크레시아」에는 강간당한 후 순결을 증명하기 위해 자살하는 로마의 한 여성이, 「유디트」에는 이방인 홀로페르네스 때문에 유대 민족이 위기에 처하자 신의 계시를 받고 그를 유혹한 후 머리를 잘라 한 손으로 잡고 있는 구약 성서의 한 여성이 그려져 있었다. 자신의 삶이 서로 대립적인 두 가지 성향에 의해 지배되고 있음을 깨닫고서 『성년』의 기본 구조를 착안하게 되었다고 고백했음을 고려하면, 레리스는 마조히스트적인 루크레시아와 사디스트적인 유디트의 성향을 모두 가진 이중성으로 자신의 성향을 규정한 다음, 이 둘 사이에서 균열과 불안을 느끼는 인물로 자신을 형상화하고 있다. 그러나 레리스가 두 그림에서 자살과 살해라는, 죽음의 서로 다른 두 양상만을 이해한 것은 아니다. 레리스는 이 그림에서 차이를 보기보다는 죽음과 피로 표현된 삶의 동질성을 발견한다. 그리고 『성년』의 마지막 장 제목에 테오도르 제리코의 그림 「메두사 호의 뗏목」을 인용함으로써, 구원의 가능성을 내비치고 있다. 레리스는 자신의 자서전으로 대립적인 두 성향을 변증법적으로 종합하여 자신이 꿈꾸던 시적 이상을 실현하고자 했던 것이다.

　　레리스는 정신분석 치료 덕분에 그러한 구원의 가능성을 엿보았다고 고백하고 있다. 그러나 정신분석 치료가 자서전 기술 방법이나 삶을 해석하는 방법에 영향을 준 것은 사실이지만, 자서전의 목표는 정신분석학이 추구하는 목표와 다르기 때문에 강박 관념을 해소하는 데까지 나아갈 수 없었다. 레리스도, 정신분석 치료를 받은 후 자신을 사로잡고 있던 불안에서 일정 부분 빠져나왔으며 삶의 통일성을 발견하게 되었다고 고백

　　　　　　　　　　미셸 레리스

하면서도 정신분석 치료가 결정적인 해방의 수단은 되지 못했다고 지적하고 있다. 정신분석은 일시적인 완화의 효과만을 주었을 뿐이다. 이러한 부정적인 생각은 "마치 내가 살고 있던 거짓된 건축물이, 그것을 대체할 수 있는 어떤 것도 남겨 놓지 않고, 토대부터 무너져 버리는 식으로 전개되었다."라는 지적에서 잘 드러난다. 정신분석은 레리스가 갖고 있는 문제를 확정 짓는 데에는 성공했지만, 문제를 해결하지는 못했다는 것이다.

그렇다면 정신분석학을 통해 레리스는 무엇을 얻게 되었을까? 정신분석 치료에서 자신의 삶에 대해 말하는 것이 문제를 해결하는 방법이 되듯이, 그는 자서전 쓰기 자체가 자신에게 제기되었던 문제를 해결하는 방식이 될 수 있음을 깨달았다. 그리고 『성년』은 정신분석 치료를 넘어서는 것이었다. 그는 정신분석학을 연금술적이며 시적인 방법론으로 이해했기 때문에 자신의 불행을 가지고 행복을 만들어 내는 것이 가능하리라고 생각했다. 레리스가 삶을 변증법적으로 구성했던 것도 삶을 연금술적으로 이해했기 때문이었고, 그가 유년 시절의 신화를 창조하려고 시도했던 것도 정신분석 치료에서 발견했던 삶의 통일성을 글을 통해 회복하고 재형상화할 수 있는 가능성을 엿보기 위해서였다. 정신분석 치료로 삶의 어려움을 결정적으로 극복하지는 못했지만 잠시 동안 경험했던 삶의 지속성과 안정감을 글쓰기를 통해 다시 경험하고자 한 것이다.

파편화한 에피소드를 주제별로 묶어 제시하고 있는 『성년』의 형식이나 정신분석 치료에서 유래한 글쓰기의 목표에서 알 수 있듯이, 그의 자서전은 애초부터 하나의 완결된 이야기로 제시되기보다는 독자에 의해 끊임없이 재해석되어야 하는 미완의 텍스트일 수밖에 없었다. 이러한 특성은 정점을 상징하는 '성년'의 단계에 도달하기를 꿈꾸면서도 무의식적으로 '정점'을 거부하고, 결핍이나 과잉 상태로 일종의 '자화상'을 제시하는 텍스트의 서두에서 분명히 드러나 있다.

이제 막 인생의 반, 서른네 살이 되었다. 신체적으로 보면, 나는 보통 키지만 약간 작은 편이다. 머리가 곱슬거리는 것을 막고, 또 머리가 빠지면서 더 대머리가 되지 않을까 두려워 갈색 머리를 짧게 잘랐다. 내가 판단하는 한, 내 신체의 특징적인 면모는 다음과 같다. 목덜미는 아주 똑바르게, 마치 성채나 절벽처럼 수직으로 떨어지고 있다. 그것은 (점성가의 말을 믿어 본다면) 황소자리로 태어난 사람들이 보여 주는 전형적인 특징이다. 튀어나온 이마는 차라리 혹처럼 보이고, 관자놀이의 정맥은 지나치게 굵고 툭 튀어나와 있다. 이마가 발달한 것은 (점성가의 말에 따르면) 백양궁좌와 관계있다. 사실 나는 4월 20일에 태어나서 숫양자리와 황소자리, 두 자리의 경계에 놓여 있다. 눈은 갈색이고 눈썹 가장자리는 대체로 부어 있다. 얼굴색은 붉은빛을 띤다. 얼굴이 붉고 피부가 반짝이는 이런 경향 때문에 그것을 난처해하고 부끄러워한다. 손은 말랐고 털이 상당히 많으며 핏줄이 아주 두드러진다. 가운뎃손가락 두 개는 끝이 안으로 휘어 있다. 내 성격에서 상당히 연약한 것 또는 도피하려는 무엇을 나타내고 있음이 틀림없다.[2]

『성년』은 자신의 기원이라 할 수 있는 출생과 관련한 경험을 서술하는 것으로 시작하지 않는다. 그는 연대기적인 서술 방식을 포기하고 글 쓰

미셸 레리스

고 있는 현재의 시점에서 마치 초상화를 그리듯 현재의 모습을 묘사하는 것으로 자서전을 시작한다. 이러한 서술 전략을 선택한 것은 자서전에는 객관적인 글쓰기란 없으며, 모든 것은 현재의 관점에서 과거를 서술하는 것이라는 점을 그가 분명히 인식하고 있기 때문이다.

아무리 객관적으로 외모를 묘사하더라도 묘사나 서술에는 자신에 대한 관점이 이미 일정 부분 내포되어 있다. 레리스는 신체 묘사를 통해 자신을 '결핍' 상태로 제시하고 있다. 그의 키는 '약간 작은 편'이고, 대머리는 점점 더 벗겨지고 있으며 이마가 튀어나온 것은 '혹'으로 제시되어 있고, 정맥은 '지나치게' 굵다. 자신의 외모를 자신의 의견으로 제시하지 못하고 점성가의 말을 인용할 정도로 자기 확신이 없으며, 별자리도 경계에 놓인 것으로 서술하고, 가운뎃손가락은 안으로 휘어 있어서 남성적 자질을 오히려 부정하는 듯하다. 이 부끄러운 외모 묘사를 통해 그는 자신의 성격을 '연약'하고 '도피'적인 것으로 제시한다. 이처럼 레리스의 작품은 타자의 시선에 자신의 약점과 결점을 노출시키면서 스스로에게 상처를 입히고, 자신의 이미지를 훼손시키는 데에 바쳐져 있다. 수전 손택의 용어로 말하면, 레리스는 "한계의 목록"을 제시하는 데 열중하고, 자신을 "패배자"로 제시하며, 그가 독자들에게 제시하고자 하는 주제는 "역겨움"이다.[3]

레리스가 외모나 성격만 보잘것없고 비루한 상태로 기술하는 것은 아니다. 세계나 타인과 맺고 있는 관계를 기술할 때에도 마찬가지로 무력한 '희생자'로 자신을 제시한다. 그의 관점에서 보면 "세상은 함정으로 가득하고, 거대한 감옥이거나 외과 수술실"이며, 레리스 본인은 "의사들의 실험용 육체, 대포에 찢길 육체, 관에 들어갈 육체가 되기 위해 이 세상에 태어났을 뿐이다." 이러한 비관적 인식은 그가 '잘린 목'이라고 이름 붙인 편도선 수술 경험에서 잘 드러난다.

대여섯 살에 나는 공격의 희생자가 되었다. 비대 증식한 편도선을 제거하는 목 수술을 받은 것이다. 수술은 마취도 하지 않고 아주 거칠게 이루어졌다. 우선, 부모님은 외과 의사에게 나를 데리고 가면서 어디로 데리고 간다고 말하지 않은 잘못을 저질렀다. 내 기억이 맞다면, 나는 우리가 서커스 구경을 간다고 생각했다. 그래서 외과 의사와 그를 도와주는 늙은 가정의가 마련해 놓았던 그 음울한 수작을 전혀 예상하지 못했다. 그것은 하나하나가 음모처럼 진행되었다. 나는 사람들이 나를 끔찍한 함정에 끌어들였다는 느낌을 갖게 되었다. 사건은 다음과 같이 진행되었다. 부모님을 대기실에 남겨 놓고, 늙은 의사는 나를 외과 의사에게 데리고 갔다. 외과 의사는 다른 방에 있었는데 검은 수염을 기르고 흰 가운을 입고 있었다.(적어도 내가 간직하고 있는 식인귀의 이미지는 이것이다.) 날카로운 수술 도구들이 눈에 들어왔다. 나를 무릎 위에 앉히면서 늙은 의사가 안심시키려고 "자, 귀여운 녀석, 부엌놀이를 하게 될 거야."라고 말한 것으로 보아, 나는 겁에 질렸던 것 같다. 외과 의사가 갑자기 공격적으로 내 목에 수술 도구를 집어넣었고, 고통을 느꼈고, 배를 가를 때 동물이 지르는 것 같은 비명을 질렀다는 사실을 제외하면, 이 순간부터 나는 아무것도 기억하지 못했다. 옆에서 나를 기다리고 있던 어머니는 겁에 질려 있었다.

미셸 레리스

레리스는 편도선을 수술한 이 경험을 "가장 고통스러운 기억"이라고 부른다. 그 기억은 부모님의 거짓말에서부터 시작한다. 놀러 간다고 했기 때문에 한창 기대에 부풀어 올랐다가 갑자기 함정에 빠진 듯 외과 의사에게 붙들려 수술을 받는 이 장면은 레리스가 현실을 어떻게 인식하고 있는지 선명하게 보여 준다. 그에게 삶은 도살장으로 끌려가기 위한 추락의 과정에 불과하며 자신의 육체 또한 포탄에 맞아 죽거나 의학 실험을 위해 대기하고 있는 유예된 시체일 뿐이다. 그는 삶을 비극적이고 피해망상의 관점에서 바라본다. 이 에피소드의 제목이 '잘린 목'이라는 데에서 알 수 있듯이, 레리스는 이 수술을 '거세 체험'으로 제시하고 있다. 아버지의 손에서 늙은 의사의 손으로 넘겨지고, 이어 외과 의사의 손에 이르게 되는 이러한 일련의 과정을 거쳐, 어린 레리스는 자신을 '식인귀'에게 산 채로 잡아먹히는 희생양으로 인지한다. 프로이트가 「토템과 타부」에서 원초적 아버지로 제시한 바 있는 거세하는 아버지상을 레리스는 추상적으로 인지한 것이 아니라 구체적이고 강력한 이미지로 간직하고 있는 것이다. 게다가 편도선 수술은 자신의 일부분을 떼어 내는 것이라는 점에서 총체성을 상실하는 체험이라고 할 수 있다. 레리스는 수술 후 말을 하지 못했는데, 거세가 '언어의 상실'이라는 차원으로 이루어진 것은 흥미롭다. 레리스에게 글쓰기는 거세를 거부하는 행위, 즉 자신의 총체성을 확보하는 행위이기 때문이다. 그의 글쓰기가 '정체성에 대한 시적인 탐색'이라는 평을 받는 이유도 여기에 있다. 그는 인간을 애초에는 완전한 존재였는데 살아가면서 부분적이고 파편화된 존재로 추락했다고 생각한다. 자기를 성찰하는 것은 존재의 근원적 상태인 총체적 존재로 회귀하는 것과 연결되어 있다. 한 가지만 덧붙여 말하면, 이미지 차원에서 이 수술 에피소드는 강간의 이미지를 담고 있다. 레리스는 수동적으로 '공격'을 당하고 있으며 수술 도구가 목에 들어오는 것은 성행위를 연상시킨다. 편도선 수술을 거세로 이해한다면, 이 수술은 남성을 여성으로 만드는 과정이다. 레리스가 젊었을 때 양성애자였던 점을 고려하면 그는 자신의 모호한 성 정체성을 이런 식으로 암시하고 있는지도 모른다.

　　루크레시아나 유디트처럼 죽음에도 굴하지 않는 영웅이 되기를 꿈꾸지만, 그의 육체는 나약하다. 다른 자서전에서는 만약 게슈타포에 체포된다면 고문을 견뎌 내고 비밀을 지킬 수 있을까라고 스스로 질문하면서, 절대로 그럴 수 없을 것이라고 쓸쓸하게 고백하기도 한다. 육체적 고통을 견디지 못하기도 하지만, 이러한 자기 비하적인 진술을 통해 그는 자신이 영웅적이지 못하며, 행동에는 무능하고, 추악한 결점투성이라는 사실을 노골적으로 폭로하고자 한다. 그래서 수전 손택에 따르면, 레리스의 자서전은 "난해하고 모호하기 일쑤이며 때로는 지루하다." 이에 덧붙여 그녀는 레리스의 텍스트를 읽을 때 느끼게 되는 '지루함'이야말로 현대 문학의 가장 중요한 특징 중의 하나라고 지적한다.

　　오늘날 난해함과 불투명성이 대단히 농도 짙은 문학 작품의 조건이라고 변론하기는 힘들지 않다. 그러나 지루함은 어떤가? 지루함이 정당화될 수 있는가? 때로는 그럴 수 있다고 나는 생각한다.(위대한 예술이 끊임없이 재미있어야 할 의무가 있는가? 나는 아니라고 본다.) 우리는 현대 문학의 가장 창조적인 문체적 특징 가운데 하나가 지루함이라는 점을 인정해야 한다.[4]

격정적인 삶을 살지도 않았고 스스로 영웅적이라고 생각하지도 않으며 죽음만이 삶에 의미를 부여한다고 하면서도 끊임없이 죽음의 순간을 지연시키고자 했던 레리스에게 지루함이란 그의 삶 자체였다고 할 수 있다. 그의 문체는 그의 삶과 구분되지 않았던 것이다. 그래서 그는 자신이 증오하는 상태를 꾸밈 없이 제시하면서 사실대로 말한다는 성실성의 원칙을 지켜 나가는 동시에 영웅적 이상과 현실 사이의 괴리를 구체화한다. 이러한 괴리는 환상과 환멸 사이의 괴리로, 그가 지향하는 시와 그가 쓰고 있는 산문 사이의 괴리로 나타난다. 자신의 삶이 분열되어 있고, 이중성의 삶을 살고 있으며, 두 극단 사이를 오가고 있다는 생각은 자신의 삶을 하나로 고정시켜 놓을 수 없기 때문에 무한히 글쓰기를 지속할 수밖에 없다는 개념으로 발전한다. 삶에 대한 인식과 미완의 텍스트라고 하는 형식이 일치하고 있는 것이다.

투우,
죽음의 미학

레리스가 파편화된 에피소드의 모음으로 구성된 일종의 초상화처럼 자서전을 제시한 것은 일관된 이야기를 만들 수 없다는 무력감에 기인한 것이기도 하지만, 거기에는 삶의 내용만큼이나 삶의 형식 또는 문학의 형식도 중요하다는 인식이 깔려 있다. 이 문제는 「투우를 통해 고찰한 문학론」을 통해 구체적으로 제기되고 있다. 레리스는 투우의 이미지를 "작가에게 가장 소중한 이미지 중의 하나"라고 밝힌 바 있다. 투우의 이미지는 자기에 대한 성찰 방식으로 자서전적인 글쓰기를 선택하면서 우연히 발견한 일회적인 이미지가 아니다. 이 이미지는 그의 전 텍스트에 걸쳐 지속적으로 등장하고 끊임없이 재해석되면서 일종의 개인 신화를 이루고 있다.

자서전에서 "진실만을, 오직 진실만을 말할" 것을 목표로 한다고 하면서, 왜 레리스는 사실을 서술하지 않고 하나의 이미지를 통해 서술하는 것일까? 레리스는 타인으로부터 이해받기 위해서는 자신의 삶을 있는 그대로 전달하는 것으로는 충분하지 않다는 것을 이해하고 있다. 그래서 하나의 관점을 선택하고, 그 관점에 따라 자신의 삶을 신화적 구도에 따라 재배치함으로써 스스로를 고양시키고자 한다. 그는 에로티시즘과 죽음이라는 주제를 선택하고 이 관점을 통해 사건에 비극적인 효과를 부여하고자 한다. 그 결과 비극적 사건이라고는 아무것도 없는 너무나 진부한 일상에 그가 '성스러움'이라고 부른 신화적 비극성을 부여할 수 있게 된다. 레리스가 콜라주나 몽타주를 텍스트 구성 방법으로 선택한 것도 삶을 절정의 순간에 응축시켜 비극성을 전달하기 위한 것이다.

그러나 삶에 비극성을 제시하는 것만으로는 충분하지 않다. 그 비극성을 종합할 수 있는 가능성을 찾지 못하는 한 그는 자신의 시도를 실패한 것으로 여긴다. 그래서 레리스는 신화적 인물을 이용해 비극성을 부여하고, 그 인물들이 제시하는 모순된 성향 속에서 통일성을 찾아내려고 노력한다. 그의 첫 자서전은 바로 이러한 노력의 산물이며, 이때 발견한 이미지가 투우의 이미지다.

어떤 측면에서 투우가 작가에게 가장 소중한 이미지가 된 것일까?

미셸 레리스

레리스는 투우를 삶과 문학의 모든 것을 표상하는 이미지로 간주하고 있다. 투우의 이미지는 「투우를 통해 고찰한 문학론」에서 본격적으로 탐색되고 있는데, 이 서문이 1946년에 발간된 『성년』의 재판 서문인 것을 주목할 필요가 있다. 레리스는 제2차 세계 대전 직후라는 위기 상황에서 내적인 삶을 고백하는 문학의 정당성은 어디에서 확인할 수 있는가라는 질문을 제기하고, 당시 그가 경도되어 있던 사르트르의 실존주의 관점에서 자서전을 새롭게 정의함으로써 글쓰기가 삶과 맺고 있는 관계를 다시 규정하고자 했다. 그 결과 이 서문은 내적인 자아를 탐색하는 자서전적인 성찰의 글쓰기가 '행위'일 수 있는가 하는 문제를 제기하게 되었다. 이 질문은 "문학 작품에 황소 뿔의 그림자라도 도입할"[5] 수 있는가로 요약할 수 있다.

> 결국, 나는 황소의 뿔을 꿈꾸고 있었다. 단순히 문학가가 되는 것을 나는 받아들일 수 없었다. 위험을 겪고 그 위험으로부터 이제까지보다 더 뛰어날 수 있는 기회를 끌어내고, 가장 위협받는 순간에 자기 스타일의 모든 장점을 보여 주는 투우사, 그것이야말로 나를 매혹시키는 것이었고 내가 되고자 하는 것이었다.[6]

황소의 뿔은 삶을 위협하는 모든 유형의 죽음을 상징한다. 레리스는 자서전 작가로서 개인적이고 내밀한 삶의 비밀을 타인에게 공공연하게 고백하는 행위가 죽음과 대면하는 행위가 될 수 있다고 믿는다. 죽음과의 대면을 통해서만 실현될 수 있는 "행위로서의 글쓰기", 이것이 그가 실현하고자 했던 것이다.

흔히 투우에서는 황소와 투우사의 대치 관계, 그리고 최후의 일격을 통한 '죽음'의 장면이 연상된다. 사실 투우는, 레리스가 "자아의 폐쇄된 공간"이라고 부른 투우장에서, 황소와 투우사라는 적대적인 두 힘이 충돌하는 죽음의 드라마다. 황소는 투우사에게 응축되어 있는 즉각적인 죽음을 상징한다. 죽음의 두려움을 극복하고 황소에게 최후의 일격을 가하는 투우사도 황소에게는 죽음을 의미한다. 그 죽음은 자신의 생명을 담보로 삼아 공개적으로 행해지는 것이기 때문에 어떤 '속임수'도 있을 수 없는 진정한 죽음이다.

레리스가 투우의 열렬한 애호가가 된 것은 자신의 현 상태에 대한 냉철한 인식에서 비롯되었다. 그는 "사태에 적절히 대처하는 데 커다란 어려움을 겪고 있고, 두려움을 느낄 때가 아니면 가장 모호한 비현실 속에서 발버둥 치고 있는 느낌을 갖게 된다."라고 고백하면서, 투우가 자신의 천성적인 비겁함을 깨닫게 해 주었으며 동시에 자신을 고양시키는 데 필요한 '두려움'의 느낌을 준다고 밝히고 있다. 그러므로 황소와 투우사가 대치하고 있는 상황이야말로 한 인간이 죽음에 직면하여 자신의 생명력을 가장 강렬하게 포착하는 순간을 상징한다. 레리스가 투우에서 끌어낸 첫 번째 교훈은 진정으로 살 수 있기 위해서는 우선 진정한 방식으로 죽는 법을 알아야 한다는 사실이었다. 이처럼 죽음과 삶은 역동적인 긴장 관계 속에서 이해되고 있다.

자신을 죽일 수도 있을 황소 앞에서 투우사가 영웅으로 변할 수 있는 가능성을 확보하듯이, 레리스는 죽음의 위협에 사로잡혀 있다는 확신이 없다면 영웅이 될 수도 없고 시적인 상태에도 도달할 수 없다고 생각한

미셸 레리스

다. 소멸에 대한 두려움이 존재 의식을 강화시키며, 자신의 행위가 속임수나 거짓에 근거하고 있는 것이 아닌가 하는 회의에서 진정성의 욕망이 강화된다.

투우사와 황소의 대치 상태를 레리스는 예술에서 보편적으로 나타나는 주제인 '주체와 대상의 대결'로 이해하고 있다. 자서전 작가가 투우사라면, 그가 서술해야 할 자신의 과거는 그가 맞서 싸워야 할 황소와 다를 바 없다. 그런데 투우사에게 황소가 죽음의 상징인 것처럼 자서전 작가도 망각 속으로 사라지는 자신의 과거와 대적해야 한다. 자서전이 글쓰기의 주체인 작가와 글쓰기의 대상이 되는 과거의 대결을 서술하는 것이라면, 자신이 직면해야 하는 타자는 '나 자신'이며, '나'에 대한 의식이 자서전적인 글쓰기의 토대를 이루고 있음을 투우의 이미지는 탁월하게 드러내고 있다. 황소는 자서전 작가가 탐구해야 할 자신의 과거를 의미하고, 더 넓은 의미로는 자신이 매혹시켜야 할 타인을 의미한다.

그러나 투우의 이미지에서 투우사와 황소의 대치 관계, 즉 자신이 살아남기 위해 타인을 죽여야 하는 '지배의 미학'만을 읽게 된다면, 작가의 위상은 투우사로서의 측면으로 제한되고 만다. 뛰어난 투우사가 되기 위해서는 무기력한 황소를 죽이는 것으로는 충분하지 않다. 황소도 투우사의 생명을 위협할 정도로 뛰어나야 하고, 투우사가 부여한 죽음을 영웅적으로 맞이할 수 있어야 한다. 투우의 두 주체인 투우사와 황소가 서로에게 치명적인 '적'인 동시에 경기의 '파트너'로, 말하자면 서로를 최고조로 고양시킬 수 있는 시적 순간의 매개자로 존재해야 한다.

황소와 투우사가 적이면서 동시에 공모자라는 '이중의 정체성'을 가지고 있다는 사실은 투우의 마지막 단계를 살펴보면 확연히 드러난다. 황소는 뿔(일종의 칼)을 가진 남성을 상징하는 존재이지만 종국에는 투우사의 칼을 '받아들여야' 하는, 여성의 이미지인 망토(cape)의 역할을 하게 된다. 투우사도 처음에는 황소의 돌진을 받아들여야 하는 망토로 존재하지만 결국은 황소를 죽여야 하는 칼로 존재한다. 그들은 서로에게 칼이면서 동시에 망토다. 그들은 모호한 양성적(兩性的)인 주체다. 투우를 투우사와 황소의 대립으로 보는 관점에서 벗어나 칼과 망토라는 관점에서 살펴본다면, 투우는 '지배'의 유형과는 다른 '모호성'의 관계를 표상하고 있다. 레리스가 투우의 이미지에 부여한 독특한 존재론은 바로 이 지점에서 시작한다.

칼(épée)에서
망토(cape)로

레리스에게 투우는 "영웅에 의해 야수가 길들여지고 살해되었다."라는 도식으로 이해할 수 있는, 일종의 신화적 드라마다. 이 도식에 따르면, 투우는 죽음이라는 궁극적인 목표를 향해 가는 과정이다. 그러나 그 죽음은 '길들임'을 통해서 이루어질 수밖에 없다. 투우는 영웅과 야수라는 두 주인공이 벌이는 '길들임과 살해'의 드라마다. 레리스는 투우의 두 주역인 '투우사'와 '황소'를 대신해서 '칼'과 '망토'라는 두 개의 도구를 선택한 후, 길들임의 과정은 '망토'를 통해, 살해의 과정은 '칼'을 통해 이루어진다는

미셸 레리스

사실을 분명히 한다. 이때 사로잡음과 스쳐 지나감, 지배와 소통이라는, 현실을 대하는 분명히 구분되는 두 가지 방식이 제시된다.

야수를 공개적으로 처형하는 '칼의 진실'은 절정의 순간, 죽음에 대한 승리의 순간을 형상화한다. 황소에 의해 야기된 무질서가 정돈되고 질서가 다시 확립되어 영웅적인 신화가 완성되는 이 순간, 모든 것이 완결될 깊이, 즉 칼을 체험하게 되는 이 순간이 투우에서는 '진실의 시간'이다. 투우사가 황소라는 타인과 만나는 이 순간이 주체와 대상의 대립이 사라지는 시적인 순간, 진실이 아름다움과 일치하는 유일한 순간이다. 이것은 대치의 과정이 끝나고 '지배'가 확정되는 순간이다.

그러나 죽음을 초래하게 될 칼의 진실에 대해 레리스는 두 가지 사항을 덧붙여 그 의미를 제한한다. 그는 죽음이 모든 것의 완성을 의미한다 할지라도 자신의 죽음은 미완성일 수밖에 없다고 생각한다. 죽음으로 모든 것이 '완성'되기 위해서는 자신의 죽음이 가져올 결과까지도 알아야 하는데, 죽어 버린다면 그 결과를 알 수 없기 때문에, 죽음은 완성이 아니라 오히려 지속되고 있는 위기의 한 과정에 불과하다는 것이다. 두 번째로 레리스는 칼로 찌르는 자보다는 칼이나 뿔에 '찔리는' 자에 자신을 동일시한다는 사실을 지적할 수 있다.

> 투우를 구경할 때면, 나는 칼이 황소의 몸에 박히는 순간에는 황소에, 투우사가 자신의 남성다움을 가장 분명히 드러내 뿔에 찔려 죽을 수도 있을 그러한 위험을 겪을 때에는 …… 투우사에 나를 동일시하는 경향이 있다.[7]

레리스는 황소나 투우사가 죽임을 당하는 순간에, 즉 피해자에 자신을 동일시하고 있다. 레리스의 투우는 지배하는 방식이 아니라 지배당하는 방식인 것이다. 레리스가 "자신이 가장 위협받는 순간에 자기 스타일의 모든 장점을 보여 주는 투우사"가 되기로 선택하는 순간, 투우의 초점은 "칼에서 망토로" 이동하게 된다.

레리스는 살해를 통해 모든 움직임을 고정시켜 버리는 '칼의 질서'가 내포하고 있는 파괴적인 힘에 공포심을 느낀다. 그래서 칼의 질서가 실현되는 것을 무한히 지연시키고자 한다. 그 욕망은 또 다른 현실, 또 다른 정체성을 전제하고 있다. 그 욕망이 실현되는 공간인 투우사의 '망토'에 대해 올리비에 우베르는 "잡으려고 노력할수록 숨어 버리며 달아나는 현실"[8]이라고 지적한다. '망토'는 결코 고착시킬 수 없는 무엇이 존재하고 있음을 상징하면서, 투우사가 불안정하고 일시적인 어떤 것과 관계 맺고 있음을 분명히 한다. 레리스가 아름다움에 대해 정의하면서, "아름다움은 어떤 한계, 곧 극복되어 새로운 고양의 근원으로 변모되는, 찢김이라 할 수 있을 불충분함을 명백히 인식하는 것에 토대를 두고 있다."[9]라고 말할 때, 이것은 '망토'를 중심으로 펼쳐지는 무한 반복의 상황을 염두에 두고 있는 것이 틀림없다.

망토를 중심으로 이루어지는 현실 인식은 왜 불충분하게 여겨지는 것일까? 그것은 무엇보다도 황소가 망토 속으로 뛰어들어도 투우사의 몸-실체를 포착하지 못하고 몸의 그림자, 망토 뒤의 텅 빈 공간만 포착할 수 있기 때문이다. 이러한 사실은 육체적인 충돌이 불가능하다는 것을, 타인을 포착하고 하나가 되는 것이 불가능하다는 것을 알려 준다. 죽음이 가

미셸 레리스

능하다는 것이 영웅이 되는 것, 신화적 삶이 가능하다는 것을 암시했다면, 죽음이 불가능하다는 것은 타자와의 운명적인 분리를 의미하는 것으로서, 신화적 삶에 대한 환상에서 깨어나는 체험이 된다. 망토는 '죽음의 체험이 불가능한' 공간인 것이다.

망토는 입구이면서 출구이고, 황소가 출현하고 곧 사라지는 이중의 공간이다. 망토는 황소의 뿔이 결코 목표에 도달하지 못하도록 하는 환영에 불과하다. 망토가 "비어 있기" 때문에 황소가 망토를 중심으로 끊임없는 왕복 운동을 하게 되듯이, 망토는 '충일성'을 추구하도록 하는 하나의 매혹적인 '미끼'일 따름이다. 이처럼 '망토'는 '칼'과는 다른 새로운 유형의 체험을 제시한다. 그것은 모든 것을 의문시하고 새롭게 시도하도록 권유하는, 레리스의 표현을 빌리면, '모호성'의 체험이다.

오직 모호성만이 절대적 인식의 느낌을 준다. …… 한편으로는, 충분히 가까이 접근하여 실제로 접촉했다는 환상을 가졌을 때, 다른 한편으로는 실패를 자각하고 균열을 올바르게 인식할 때, 이 절대적 인식의 느낌은 경험된다.[10]

레리스가 절대적 인식을 갖게 되는 순간은 '환상'의 순간이거나 '균열'을 인식하는 순간이다. 이것을 그는 '모호성의 체험'이라고 이름 붙인다. 이 관점에서 볼 때, 칼로 황소를 죽이는 순간을 투우의 정수로 선택하면, 투우는 '죽음의 이야기'가 되지만, 망토를 매개로 하여 무한히 반복되는 경험을 이야기의 대상으로 삼는다면, 투우는 시를 '환기'시키는 상황의 이야기, 즉 무(vide)의 이야기가 될 것이고 자신과 타자의 일체 가능성을 의문시하는 방식이 된다. 그리고 황소를 죽이는 것이 자신의 과거를 모두 말하는 완성을 가정하는 것이라면, 망토의 체험은 본질적으로 미완성을 가정하고 있다. 자서전적인 글쓰기가 장르의 속성상 탄생과 죽음의 체험을 다 말할 수는 없는 것이기에, 망토의 체험이 자서전 장르의 특성을 보다 잘 드러내고 있다고 할 수 있다. 또 독자와의 관계에서 살펴보면, 이러한 일체의 순간은 작가의 말이 독자로부터 완벽하게 이해되는 순간을 의미하는데, 레리스에게 완벽한 의사소통이란 불가능한 것이므로 망토에 의해 이루어지는 부재의 체험이야말로 그가 경험하는 투우 체험의 내용이라고 할 수 있다.

　　망토가 상징하는 이 '무'의 공간을 연구자들은 다양하게 정의한다. 마르세티는 그것을 모든 것이 사라져 버리는 소멸의 공간이 아니라 "의미를 생산하는 모태"[11]라며 긍정적이고 역동적인 의미를 부여하고, 프랑수아 정은 "변모가 일어나는 기능의 공간"[12]으로, 에티엔 수리오는 "열려 있는 간격, 비어 있는 공간, 말하자면 마음대로 사용할 수 있는 공간"[13]으로 정의한다. 그래서 카트린 모봉은 "창조자로 하여금 모든 상투적인 형태를 해체하고 이 비어 있음을 창조하도록 이끄는 강렬한 자유의 욕망"이 예술 창조 행위의 토대라고 강조하고 있다.[14]

　　칼에서 망토로, 레리스의 삶과 예술에 독특한 성격을 부여하는 것이 바로 이 변화다. 레리스는 진실이 결정적으로 드러나는 '칼의 현실'을 무한히 연기시킴으로써, 망토를 중심으로 이루어지는 무한 반복의 공간, 미완성의 공간을 선택한다. 망토는 황소를 다가오게 하고 또 멀어지게 하면서 황소로 하여금 일정한 거리를 유지하도록 강요하기 때문에, 그 공간에서 삶은 결코 완성에 이를 수 없는, 끊임없는 접근으로 규정된다. 그러므로 망토를 선택한다는 것은 어떤 의미에서는 진정한 죽음의 가능성을 배제한 채 거짓된 싸움을 선택하는 것일 수 있다. 작가 입장에서 말하면, 망토를 선택하는 것은 행위를 통해 실제로 죽음을 경험하기보다는 죽음을 '기록'하기를 선택하는 것이다. 망토에 포착되는 환영을 서술하는 것이 유일한 목표가 될 때, 투우는 환영의 행위가 될 수밖에 없다.

'망토'의 차원에서 진정한 죽음의 가능성이 배제된다고 해서 투우사의 행위를 허위와 거짓의 차원으로 조명해서는 안 된다. 망토를 중심으로 이루어지는 투우사의 행위는 죽음을 경험하는 또 다른 방식으로 이해되어야 한다. 투우 용어로 '비틀기'라고 일컫는 행위에 의해 투우사는 황소를 가능한 한 그의 육체에 가까이 끌어들이면서도 결코, 황소의 뿔이 그의 육체 속에 박히지 않도록 할 수 있다. '망토'의 미학이 성립하기 위해서는 투우사에게도 특별한 기교가 요구된다. 이렇게 몸을 비틈으로써 황소의 뿔이 몸을 스쳐 지나가는 아주 좁은 공간이 만들어진다. 그것이 바로 삶과 죽음 사이의 공간, 투우사가 죽음과 하나가 되지 않도록 도와주면서, 매번 새롭게, '죽음의 환상'을 경험하도록 하는 공간이다. 이 공간이 없다면 투우사는 자기 파멸의 길로 들어설 수밖에 없다. 그러므로 '비틀기'를 통해 만들어지는 공간은 '삶의 공간'이 된다. 그 공간은 죽음과의 대치 상태를 끊임없이 다시 만들어 냄으로써, 투우사에게 반복해서 자신의 재능을 선보이도록 하는 '가능성의 공간'이라 할 수 있다.

레리스가 꿈꾸는 글쓰기의 공간은 바로 '망토'로 표상된 공간이다.

'망토'는 접근할 수는 있으나 결코 포착할 수 없는 어떤 공간, 죽음의 '효과'를 극도로 얻을 수 있는 삶의 공간이기 때문이다. 망토의 체험을 글쓰기와 관련지어 보면, 타자와의 만남이 불가능하기 때문에, 또 그가 기대했던 것과 실제로 경험했던 것 사이에서 느껴지는 거리감 때문에 레리스는 끊임없이 자신에게 되돌아올 수밖에 없고, 그 결과 자서전을 쓸 수밖에 없다. '비틀기'에 의해 마련되는 이 미완성의 공간이야말로 무한한 글쓰기를 가능케 하는 공간이다.

　　망토를 중심으로 이루어지는 길들임의 과정이 없다면 궁극적인 칼의 진실도 불가능하다는 점에서, 망토는 거짓을 체험하는 공간이 아니라 칼의 죽음과는 '다른 유형의 진실'을 체험하는 공간이다. 망토에서 가능한 죽음은 절대적인 죽음이 아니라 상대적인 죽음, '황소 뿔의 그림자'만을 허용하는 죽음인 것이다. 그러나 황소로 하여금 비어 있는 '망토'를 향해 돌진하도록 유혹하고 투우사로 하여금 황소로 상징되는 죽음의 위협을 받아들이도록 하는 것은 진정한 합일에의 욕구를 통해 가능한 것이기 때문에 '망토'는 진실을 체험하는 공간이 된다. 그리고 '칼'을 대신하여 '망토'를 선택함으로써 글쓰기가 가능하다는 점에서 망토는 미학의 영역에 속한다고 말할 수 있다. 만약 투우사가 문학 작가라면 그가 서술할 수 있는 체험은 죽음을 물리친 희열의 체험이 아니라, 다가오는 죽음이 야기하는 공포의 체험, 결코 결합할 수 없고 도달할 수 없는 깊이의 체험, 즉 말할 수 없음의 체험이 될 것이다. 칼과 망토의 상호 관계를 통해 우리는 투우가 진실의 체험과 미학적 체험이라는 두 가지 차원을 가지고 있으며, 자서전에 서술되어 있는 그의 자아는 삶과 죽음의 경계에 위치해 있음을 알

　　　　　　　미셸 레리스

수 있다. 칼과 망토의 상호 역동적인 관계를 통해, '영원한 것' 옆에 존재하는 '변모하는 요소'를 통해 레리스는 자신의 삶을 포착할 수 없는 것, 말할 수 없는 것의 차원으로 제시한다.

환영의 투우

망토라는 거울에 비친 투우가 진정한 투우라면, 이때 투우는 결정적인 만남이 무한히 지연되고 무한히 반복되는, 일시적이고 불안정한 접촉에 불과한 미완성의 행위가 된다. 왜 레리스는 투우를 칼의 진실 대신 망토를 매개로 하여 환영을 추구하는 방식으로 변화시킨 것일까? 왜 투우는 환영으로 존재할 수밖에 없는 것일까?

레리스가 환영이라는 용어를 투우의 경우에만 사용한 것은 아니다. 민속학자로서 1931~33년에 아프리카를 탐사하고 난 후 그는 『환영의 아프리카』라는 제목의 일기를 보고서로 제출한 바 있다. 객관적인 글쓰기를 요구하는 민속학자의 저술이 주관적이고 내적인 반응을 기록하는 일기 형식을 지니게 된 것과 일기 제목에 '환영'이라는 용어가 사용된 것은 밀접한 관계가 있다.

그의 개인 용어 사전에서 '환영'이라는 용어는 '(투구의 결핍으로 생성된) 환영들(FANTÔMES(engendrés au défaut des heaumes))'로 정의되어 있다. 이 정의에 따르면 '환영'은 결핍(au défaut de)으로 규정된다. 결핍되어 있는 것은 투구(heaumes)이지만, 프랑스어에서 '투구'는 '옴'이라고 발음되면서

'남자'를 의미하는 '옴(homme)'과 소리가 유사하다. 그러므로 결핍된 것은 자신의 남성적인 자질이라고 할 수 있다. 투구를 쓰고 전장으로 나아갈 수 없기 때문에, 자신의 용기를 드러내지 못하기 때문에, 꿈꾸었던 성년에 도달할 수 없기 때문에, 만족시킬 수 없는 욕구만이 남기 때문에, 존재의 변화를 수행할 수 없기 때문에, 그는 '환영'이 된다. '환영'이라는 용어로 레리스는 불가능의 체험을 고백하고 있다.

그러나 환영이 '결핍'이라는 부정적 의미로만 사용되는 것은 아니다. 결핍으로 인해 환영은 작가의 '내적인 환상'을 드러내는 장점이 있다. 환영은 결핍의 근원을 자신의 내부에서 찾으려는 '자기로의 회귀'를 요구한다는 점에서 자신에 대한 성찰을 서술하는 자서전적인 글쓰기의 특징을 잘 보여 주고 있다.

모니크 보리는 '환영'이 죽음과 맺고 있는 모호한 관계에 대해 연구하면서, 환영이 삶과 죽음, 보이는 것과 보이지 않는 것, 물질적인 것과 비물질적인 것, 육체화된 것과 정신적인 것의 긴장을 표현하는 것이라고 지적한다. 그래서 환영을 "보이지 않는 것이 형태를 부여받아 무대 위에서 보이게 되는 것"이라고 정의한다.[15] 보리는 그것을 '존재의 긴장'이라는 용어로 서술했지만, 그 긴장이 만들어지는 것은 존재의 이중성과 관련이 있다. 우리가 앞에서 언급했듯이, 그의 아내 루이즈 고동은 딸이면서 여동생이라는 이중의 정체성을 갖고 있었으며, 그녀에 대한 그의 감정 또한 이중적이었다. 레리스는 제트와 결혼함으로써 물질적 안락함을 얻게 되었는데, 부인이 상징하는 이러한 요소를 마음속 깊이 거부하면서도, 위기의 순간에는 그녀에게 지어 준 가명('제트', 알파벳의 마지막 자모)이 암시하듯 그가 돌아가야 할 최후의 안식처로 그녀를 선택한다.

이중성의 체험은 '말하기 – 고백하기'에서도 확인할 수 있다. 1957년 레리스는 자살을 시도한다. 그의 정부(情婦)는 레리스에게 자신과의 관계를 자서전에 쓰지 말 것은 물론이고 제트에게도 말하지 말 것을 요구했는데, 그는 이 사실을 감추고 있어야 하며 심지어는 거짓말을 해야 한다는 사실 때문에 괴로워한다. 자신의 삶 자체라고 할 수 있는 자서전 쓰기의 규약에 따르면 "모든 것을 말해야" 하는데, 그 원칙에 위배되는 삶을 살고 있다는 느낌 때문에 그는 자살이라는 극한의 행동을 시도한다. 자살 시도는 진실과 거짓 사이에 찢겨 있는 자신의 이중성을 극복하고자 한 시도였다. 그 사건 이후 혼수상태에 빠져 있던 3일간을 그는 일종의 '유령' 상태로 규정한다. 고백이 불가능하다는 사실이 그를 환영의 체험으로 몰고 간 것이다. 이러한 이중의 정체성은 제2의 천성이 되어 '자신을 없애지 않으면 그의 모순을 없애지 못할 것'이라고 느끼기에 이른다.

욕망과 현실이라는 두 항 사이에서 찢긴 상태로 존재하게 될 때, 그는 '환영'으로 존재한다. '환영'이라는 용어는 "그곳에 있지만 잊힌 모든 것"의 상태, 또는 "사라지면서 자신의 존재를 강하게 느끼도록 하는" 모든 것의 존재 방식을 의미한다. 그것을 레리스는 "한계 사이에" 존재하는 동시성의 상태로 설명한다. 동시성의 상태 속에서 그는 투우사이면서 황소, 연기자이면서 관객, 글을 쓰는 자이면서 자기 글의 대상이 되는 자, 가장 주관적인 작업을 하는 자서전 작가이면서 객관성을 담보로 하는 민속학자가 된다. 그가 일관되게 '일상성 속의 성스러움', '산문을 통한 시적 상태의 추구', '사소한 사건 속에서 운명 읽기' 등을 추구하는 것도 이중성의 징후를 드러내고 있는 것으로 이해할 수 있다.

'환영'은 모든 존재의 이중성, 혹은 모호성에 대한 레리스적 사유를 요약하고 있는 단어로, 그의 미적인 사유의 귀결점이다. 그러므로 투우를 통해 살펴본 그의 삶을 진실과 거짓의 대립 구조로 설명할 수는 없을 것이다. 모호성 자체를 기본적인 존재 방식으로 받아들임으로써 '환영의 투우'는 삶의 드라마, 긍정의 드라마가 된다. 레리스에게 '망토'의 현실은 결핍에서 시작되지만, 그의 욕망은 삶의 어려움을 반복적으로 경험하고자 하는 욕망으로 이어진다. 레리스는 환영이라는 용어를 그것의 적극적인 의미로, 다양성과 반복에 의해 열리는 새로운 경험의 공간으로 이해하며, 죽음이 불가능한 상황을 오히려 글쓰기의 원체험 공간으로 제시하고 있다.

살롱의 투우사

투우가 삶에 죽음(의 효과)을 부과하는 방식이라면, 투우장에 있지 않고, 길들여야 할 황소도 없으며, 손에 죽음-타자를 물리칠 수 있는 어떤 도구도 가지고 있지 않은 문학가도 투우사처럼 죽음을 체험할 수 있을까? 이러한 의문이 생기는 것은 육체를 이용해서 이루어지는 투우사의 행위와 글쓰기에 의해 이루어지는 작가의 용기 있는 행위 사이에 괴리가 있기 때문이다. '투우'에서 제시하고 있는 '행위의 차원'과 자서전의 글쓰기가 받아들일 수밖에 없는 '환영의 체험'은 서로 모순되는 것이 아닐까? 글쓰기라는 간접적인 방식을 통해 삶에 위험을 끌어들이고 글쓰기를 행위로 전환시킬 수 있을까?

레리스는 육체적으로 무력감을 느끼고 있기 때문에 투우사처럼 죽음에 맞설 용기가 없다고 밝힌다. 그는 영웅이 되고자 하지만 막상 육체적으로 공포를 느끼게 되는 상황에 처하면 쉽게 도망치고 말며, 비겁하게 도망치게 되는 상황 때문에 죄의식을 갖게 된다. 그래서 투우와 글쓰기 사이에 수립하고자 했던 진정성의 관계가 결국은 헛된 말장난에 불과한 것이 아닐까 하고 의심한다. 투우를 구경하면서 투우사라는 환상을 품고 있는 관객일 뿐이라는 의식 때문에, 어떤 실질적인 위험도 그의 삶 속에 받아들이지 못할 것이라는 의식 때문에, 그는 이때까지 서술했던 투우를 비현실적인 것이라고 비난하기에 이른다.

관객에게 …… 투우는 모든 유형의 미학적 표현이 그렇듯, 비현실적이다. 투우는 사람이 경험하는 비극이 아니라, 외부에서, 어떤 위험도 겪지 않은 채, 관찰하는 비극적 공연물에 불과하기 때문이다.[16]

이 인용문은 단순히 투우의 본질에 대해 서술하는 것이 아니라 투우의 이미지에 기대어 문학을 행위로 간주하고자 했던 모든 예술가에게 제기되는 질문이다. 투우가 비극을 상연하는 공연물에 불과하다는 입장을 통해 레리스는 글쓰기가 속임수와 사기에 불과할 수 있다는 것을 암시하고 있다. 그렇다면 죽음이 내포하고 있는 격렬한 현실을 경험하기 위해서, 작가는 어떤 투우를 '발명'해 내야 하는 것일까?

카밀로 호세 셀라(Camilo José Cela)의 작품 『살롱의 투우사(*Toreros*

de salon)』에서 우리는 이 질문에 적합한 투우의 이미지를 발견한다. 셀라에 따르면, '내적인 황소'를 창조해 내기만 한다면 살아 있는 황소를 대면하지 않더라도 누구나 문학의 투우사가 될 수 있다. 황소는 외부에 존재하는 것이 아니라 내면 속에서 발견해야 할 대상이다. 응시해야 할 대상을 외부로의 투사(projection)를 통해서가 아니라 내부로의 투사(introjection)를 통해 발견해야 한다. 투우사와 자신을 동일시하기 위해서 투우장으로 가서 죽음을 길들이는 대신, 일상생활을 규정하는 환영의 모습을 길들여야 한다. 그것이 바로 '살롱의 투우사'라는 작가의 이미지다. 살롱의 투우사는 존재 의식을 확보하기 위해 자기 내면을 탐색하고 육체적인 위험과는 다른 위험을 만들어 내야 한다. 살롱의 투우사가 자신의 내부에서 적을 찾아내듯이, 자서전 작가도 과거를 탐색하고 그 탐색의 행위가 황소라는 죽음의 이미지에 필적할 만한 죽음의 공포를 불러일으켜야 한다. 그때 그가 느낀 공포를 기록하는 것이 행위로 여겨질 수 있을 것이다.

레리스가 자신의 저서 중의 하나에 『투우의 거울』이라는 제목을 붙인 이유를 이제 이해할 수 있다. 투우라는 거울을 통해 읽게 되는 것은 결국 '나' 자신의 드라마이며, 내가 마주 보고 있는 황소는 거울에 비친 나의 모습이다. 그 거울은 피 흘리는 격렬한 싸움을 비추지 않고 내적인 싸움에 전념하는 나르키소스의 모습을 비추는 거울이다. 그러나 그 거울에 비친 모습이 거짓된 모습이라고는 결코 말할 수 없다. 거울은 레리스에게 진실과 관련되어 있기 때문이다. 레리스는 유년 시절의 경험을 서술하면서, '진실·거짓·환상·경험·궁핍'이라는 다섯 이미지에 관심을 기울였다고 고백한 적이 있다. 그중에서 '진실'은 "거울을 손에 들고 우물에서 나체로 나오는 여성"의 이미지로 제시되었다. 그가 자서전 작가를 '거울을 만드는 자'라고 정의할 때, 그 거울은 시간이 흘러 기억할 수 없기 때문에 감춰져 있는 다양한 경험을 드러내고 새로운 관점에서 재해석하도록 하는 거울, 한마디로 자기 자신을 드러내는 거울이다. 그에게 거울은 허상을 반영할지라도, 그 허상을 통해 진실을 포착하도록 하는 모든 것의 은유인 셈이다.

이제 자서전적인 성찰의 글쓰기에서는 '육체적인 한계'를 다시 경험하는 것이 문제되지 않는다. 육체적 죽음을 대신해서 어떤 죽음을 발명해 낼 것인가 하는 문제가 제기된다. 레리스는 윤리적 죽음을 제안한다. 그는 「투우를 통해 고찰한 문학론」에서 죽음과 동일한 것으로 여겨질 수 있는 상징적인 죽음을 다음과 같이 나열하고 있다.

> 저자로서는, 감정적이거나 성적인 차원의 강박 관념을 숨김없이 드러내고 자신이 가장 수치스러워하는 결함이나 비열한 행동을 공개적으로 고백하는 것이, 비록 그림자에 불과할지라도, 문학 작품에 황소의 뿔을 끌어들이는 방법이었다.[17]

레리스가 이 문장에서 투우와 문학론을 연결시키면서 "그림자에 불과할지라도, 문학 작품에 황소의 뿔을 끌어들이는" 시도라고 정의할 때 우리에게는 '……에 불과할지라도'라는 표현이 '오직'이라는 의미로 들린다. 레리스의 욕망 속에는 황소의 뿔을 자신의 육체 속에 받아들이고자 하는 욕망보다는 '오직' 그림자만을 경험하고자 하는 욕구가 있는 것이 아닐까 하는 것이 우리의 해석이다. 그 경우에야 비로소 투우는 칼을 중심으로 전개되는 죽음의 드라마에서 망토를 중심으로 하는 '죽음의 효과를 얻고자 하는 드라마'로, 즉 삶의 드라마로 변화한다.

그렇다면 어떻게 해야 죽음의 효과를 삶과 글쓰기에 부여할 수 있을까? 레리스에 따르면, 고백하는 행위 자체가 자서전 작가에게 위험을 부과하는 행위가 된다. 책을 쓰는 것이 행위가 될 수 있는가를 자문하면서 자서전 작가가 필연적으로 부딪히게 되는 세 가지 차원을 상정할 때, 레리스가 제기하는 문제가 바로 이것이다.

자서전적인 성찰의 글을 쓰는 것은 우선 '자기 자신에 대한 행위'로서, 마치 정신분석 치료를 받는 사람이 말을 함으로써 자신을 짓누르는 강박 관념에서 벗어날 수 있듯이, 자서전 작가도 말하기-글쓰기를 통해 자신에 대한 이해의 지평을 확장하고 카타르시스를 얻을 수 있다. 두 번째로는 '타인에 대한 행위'로서, 자서전이 출판된다면 이제 타인의 눈에 비친 자신의 모습이 과거와 동일할 수 없을 뿐 아니라 자신의 글이 공감을 불러일으켜 타인과의 관계를 변화시킬 수 있으리라는 믿음이 있기 때문이다. 마지막은 '문학 차원'의 행위로서, 그동안 은밀히 감춰 왔던 개인적 사실을 자서전에 노골적으로 드러냄으로써 이전에 쓴 작품에 대한 해석의 근거로 이용할 수 있기 때문이다.

그러므로 '행위로서의 문학'은 작가가 글쓰기를 통해, 자신의 예술적 타자라고 할 수 있는 '자아'에 대한 행위, 그 글을 읽고 자신을 판단할 '타인'에 대한 행위, 그리고 자신의 '작품'에 대한 행위이어야 한다. 레리스가 자서전은 "참여 문학이 아니라 나 자신을 완전히 참여시키는 문학"이라고 정의한 것은 이런 의미에서 음미할 만한 가치가 있다. 이 정의를 통해 그는 자서전적인 글쓰기가 단순히 미학적인 차원에 국한되어서는 안 되며 존재론적이고 윤리적인 차원까지 포용해야 한다는 점을 강조하고 있다. 이처럼 투우의 관점에서 사용된 '행위'라는 용어를 레리스는 자신의 미학적·윤리적·존재론적인 모든 것을 성실성과 진정성의 원칙에 따라 고백하는 총체적 행위라는 의미로 사용하고 있다.

실질적인 행위가 불가능한 이상, 작가는 아무리 글쓰기가 '환영'의 싸움에 불과할지라도 자신의 내면을 탐색하는 과정을 '말의 망토(cape des mots)' 위에 펼쳐 나갈 수밖에 없다. 자신의 내부에서 죽음의 흔적을 찾아내고 그것을 종이 위에 옮겨 적는 행위는 레리스에게 자신의 삶을 현실 속에 굳건히 뿌리내리는 행위가 되며, 언어의 조건에 대해 질문하고, 문학을 통해 구원을 찾는 행위로 의미 부여된다. 그래서 실질적인 행위가 불가능한 작가의 존재론적 한계 자체가 그에게는 새로운 시적인 영감의 근원이 된다. 레리스는 부정적으로 나타났던 결핍을 반복적으로 경험하게 하는 언어의 모험을 떠난다. 이때 문학을 한다는 것은 삶에 황소의 뿔을 끌어들이는 행위가 된다.

이러한 사실로부터 우리는 자서전 작가가 시인이 될 수 있는 가능성을 탐색하는 것이 그가 자서전을 쓰는 주된 목표라는 것을 알 수 있다. 삶의 목표로서 제시된 '시인'이란 누구인가? 시인은 시를 쓰는 자를 의미하지 않는다. 시인은 세계가 단절과 죽음의 위기 상황에 놓여 있음을 인식하고 그것을 통일성의 체계로 변화시키기 위해 글쓰기에 자신의 모든 것을 참여시키는 자다. 그는 '성년'에 도달하기 위해 시로 표현되는 '생명력의 충일'을 탐구하는 자다. 레리스는 시를 "구체적으로 경험하여 의미 있는 것이 된 몇 가지 강렬한 상태를 복원하고 이처럼 말로 써 놓은 것"으로 정의하는데, 이때 시란 결국 삶의 방식과 관련된다. 그런 점에서 그는 시를 삶으로 간주한 랭보와, 시를 언어 체험으로 간주한 말라르메의 시적 이상을 화해시키려고 노력한 인물이다. 그가 언어의 기능과 시의 가능성에 대해 끊임없이 질문하면서 글쓰기의 윤리적 의미를 천착하는 것은 이와 같은 이유 때문이다.

레리스는 투우에서 환기되는 죽음의 이미지를 통해 정체성의 문제를 '환영'의 차원으로 전환시킨 후, 이 개념을 통해 문학의 본질에 대해 자문(自問)하고 있다. 그 결과 인간의 조건에서 벗어나기 위해 자신의 모든 것을 '참여시키는 시인'이라는 이상적 자아상을 형상화할 수 있는 계기를 확보할 수 있었다. 자신에 대해 말한다는 것이 '나, 타인, 문학'에 이르기까지 새로운 출발을 가능케 하는 원동력으로 작용했던 것이다.

레리스와 포레 :
고백하기와 유혹하기

레리스는 루이 르네 데 포레(1918~2000)를 "생존해 있는 가장 위대한 작가"라고 평한 바 있다. 두 사람은 1967년부터 20년 이상을 2주에 한 번씩 규칙적으로 만나 점심 식사를 하면서 음악을 포함하여 많은 대화를 나누었다. 레리스도 그렇지만 루이 르네 데 포레는 아직까지 우리나라에는 거의 알려지지 않은 작가다. 레리스의 작품이 번역되지 않은 반면, 데 포레의 대표작인『말꾼』은 번역되어 있다. 이 두 작가는 언어와 침묵에 대한 명민한 감각을 공유하고 있다.『말꾼』에는 레리스의『성년』과 상호 텍스트성의 관계를 맺고 있는 장면이 여럿 있는데, 그중에서도 어떤 상황에서 고백하며, 무엇을 고백하는가, 상대방에게 원하는 관계는 무엇인가라고 하는 차원에서 공통의 주제를 다루고 있는 장면이 하나 있다.

레리스는 첫 애인이었던 케이를 언급하기 전에 자신이 어떤 방식으로 상대방을 매혹시키는가를 고백한다. 그는 상대방에게 강렬한 욕망을 느끼지만 특별히 이야기할 만한 것이 아무것도 없기 때문에 자신의 결점을 이야기하며, 그 결점을 통해 상대방을 매혹시키고자 한다.『말꾼』의 주인공은 바에서 한 여자를 만나 그녀를 유혹하고 싶어 한다. 그러나 평소 소심한 사람이어서 여자를 유혹하지 못하던 그는 술이 취한 채 자신의 삶을 이야기하기 시작한다. 그러나 모든 말하기가 유혹하는 행위가 될 수 있는 것은 아니다. 말하기 중에서도 자신의 가장 내밀한 어떤 부분을 말하기, 다시 말해 고백하기만 유혹하는 행위가 될 수 있다. 이때 말하기는 그가 취하지 못했던 행동을 대신하는 수단이어서, 작가는 말하기를 '말의 발기'라고 표현한다. 두 작가의 작품을 비교해 보자.

> 내 친구들은 모두 잘 알고 있듯이, 나는 고백의 전문가, 광적으로 고백하는 사람이다. 그런데 내가 …… 특히 여자와 함께 있을 때 …… 고백하게 되는 것은 소심함 때문이다. 어떤 사람과 혼자 있게 되었을 때, 그 상대가 여성이면 나는 평소의 나와는 달라진다. 내 고립감과 비참한 느낌은 어찌나 심해지는지, 상대방과 대화의 토대가 될 수 있는 어떤 것을 쉽게 찾아내지 못해서 절망하고, 그녀를 원해도 그녀를 구슬릴 수 없어서, 나는 다른 주제가 없기 때문에 나 자신에 대해 말하기 시작한다. 내 말이 전개됨에 따라 긴장이 고조되고 나는 내 파트너와 나 사이에 놀라운 드라마의 흐름을 만들어 내기에 이른다. 왜냐하면 현재의 혼란 때문에 고통스러워질수록 나는 이 고독감과 외부 세계와의 분리감을 길게 강조하면서 나에 대해 더 고통스러운 방식으로 말하게 되고, 마침내 내가 묘사한 이 비극이 나의 현실에 변함없이 일치하는 것인지 아니면 내가 한 존재와 접촉하자마자, 이를테면 말하도록 강요받자마자 겪게 되는 일시적인 고통을 비유적으로 표현한 것에 불과한지를 모르게 되고 만다.[18]

그래서 난 침묵을 즐기고 있었지요. 잘 모르는 사람과 대화할 때, 화젯거리를 찾아내지 못하는 평소의 내 무능력 때문만은 아니었어요. 아마도 그 여자가 우리말에 대해 무지한 것에 견줄 만한 나의 스페인어에 대한 무지로 인해, 사실 침묵을 지킬 수밖에 없기도 했지요. 사실대로 말씀드리자면, 난 엄청 취해 있어서, 아주 순간적인 거북함밖에 느끼지 않았어요. 마음속으로는 이미 여자에게 나에 관한 여러 가지 이야기를 털어놓고 있더라고요. 나도 깜짝 놀랐어요. 평소라면 가장 가까운 친구에게조차 털어놓을 생각이 전혀 없던 얘기들이었고 더욱이 내가 잘 알지도 못하는 사람에게는 결코 말할 수 없는 얘기들을 말이죠. 하지만 그 여자에 대해 아주 강렬한 욕망을 느꼈고, 어떻게든 여자의 환심을 사려고, 난 별다른 화제가 없어서 나 자신에 대해 이야기하기 시작했던 거지요.[19]

이들은 공통적으로 상대방과 관계를 맺지 못하는 어려움을 토로하고 있다. 자신에 대해 말하는 것은 그들이 더 이상 도망칠 수 없는 궁지에 몰렸다는 표시이며, 그 절망감 때문에 그들은 자신의 삶에 대해 더욱 비관적이고 고통스럽게 고백한다. 이 두 작가가 성적 무력감, 언어와 고독과 죽음에 대한 명민한 의식을 공유하고 있는 것은 그런 이유 때문이다. 흥미로운 사실은 다른 사람에게 손쉽게 털어놓지 못하던 고통스러운 기억을 고백함으로써 그들은 레리스의 용어를 빌리면 '놀라운 드라마의 흐름'을 만들어 내기에 이른다는 점이다. 고백을 통해 새로운 관계 맺기를 실현하는 것이다. 그런 점에서 고백하기는 유혹하기다.

그런데 레리스는 실제로 자신이 과거의 삶을 고백하는지 아니면 고통의 '비유', 즉 문학적으로 변형된 삶을 고백하는지 모르겠다고 하여, 여기에서도 고백과 성실성의 문제를 제기하고 있다. 그리고 이야기를 해

나가고 자서전을 출판할수록 그것들이 자신을 이해하는 데 더 방해가 된다고 지적한다. 루이 르네 데 포레의 소설에서도 주인공은 자신의 삶을 고백했던 여자로부터 비웃음을 당하고 바에서 쫓겨나듯 도망쳐 나온다. 아무리 고백이 타인과 관계 맺고자 하는 시도라 해도 타인과 행복하고 영원한 관계를 맺는 것은 불가능하다는 것을 보여 주는 것이다.

이런 현상이 벌어진 것은, 말이 행동을 대신한다고 해도 말이 행동 자체는 아니기 때문이다. 『말꾼』에서처럼 수다를 통해 '말의 발기'를 경험했다고 해도 그것이 그가 원했던 성관계가 될 수는 없는 것과 마찬가지다. 그러므로 말하기는 타인과 진정으로 관계를 맺는 것이라기보다는 일시적인 고통 완화제에 불과하다. 말하기를 통해 강요된 침묵이라는 수치스러운 상태에서 벗어날 수 있고 말하기 자체가 화자에게 커다란 즐거움을 줄 수 있지만 말을 통해 타인과 진정한 관계를 맺을 수는 없다. 또한 화자는 진정한 관계 맺기를 원하지 않았는지도 모른다. 이 작품에서 화자와 스페인 여인은 서로의 언어를 이해하지 못하는 상태일 뿐 아니라, 화자는 독자에게 "여러분께 내 글을 진정으로 읽어 달라고 요구하는 게 아니라, 누군가 내 글을 읽고 있다는 환상에 머물 수 있도록 해 달라는 것임을 명심해 주세요."[20]라고 말하고 있음을 감안하면 이를 짐작할 수 있다.

말하기 또는 고백하기가 유혹하는 행위라고 할 때 우리는 그 의미를 좀 더 제한적으로 사용할 필요가 있다. 상대방을 유혹하기 위해서는 우선 자기에 대한 확신이 필요하다는 점을 기억해야 한다. 다시 말해 타인을 유혹하기 위해서는 먼저 자신을 유혹할 수 있어야 한다. 말하기를 통해 진정으로 유혹되는 자는 말하면서 성적 흥분의 상태를 경험하는 화자 자신이기 때문이다. 실제로 레리스나 루이 르네 데 포레에게서 중요한 것은 말하고 싶다는 욕망을 실현하는 것이다. 다시 말해 중요한 것은 고독에서 벗어나는 것이다.

그런데 아무리 말하기가 자신을 유혹하는 행위라 해도, 말하기는 본질적으로 타인에게 말하는 행위다. 게다가 타인을 유혹하기 위해 그 누구에게도 말하지 못할 자신의 내밀한 사항을 고백하면 놀라운 드라마의 흐름이라고 할 수 있는 일치의 순간을 경험할 수는 있지만, 곧이어 화자는 말하기의 허망함에 빠져든다. 이 두 작가는 그것을 성적 절정의 순간이 지나가고 난 후에 느끼는 허무감으로 표현하는데, 그때 느껴지는 후회를 침묵에 대한 강한 열망으로 드러낸다. 침묵을 지킬 수밖에 없도록 강요된 상황에서 말하고 싶은 강렬한 욕망이 생겨났고, 말을 함으로써 쾌감을 경험하지만 말로는 결코 상대방을 지속적으로 유혹하지 못하고 자신의 쾌감 또한 지속되지 못하기 때문에 다시 침묵에 대한 욕망이 생기는 것이다. 그것을 마르크 코미나는 다음과 같이 간단히 요약한다. "화자는 말을 해서 행복하고, 말했기 때문에 불행하다."[21] 고독에서 벗어나기 위해서는 말을 해야 하고, 말한 다음에는 다시 침묵으로 돌아갈 수밖에 없다. 그리고 다시 말을 할 수밖에 없다. 말하기와 침묵하기는 서로 배제하는 관계가 아니고 순환하는 관계다. 그러므로 고백하기를 단순히 타인을 유혹하기 위한 행위로만 이해할 수는 없다. 그렇게 본다면 고백은 불완전한 시도에 불과하다. 고백과 침묵을 순환의 리듬 속에서 이해되는 상호 보완적인 관계로 볼 때, 고백은 고독에서 벗어나기 위한 몸부림으로, 타인과 관계 맺는 방식으로 나타난다. 그리고 침묵을 통해 고백은 매 순간 새롭게 다시 시작해야 할 미완의 시도가 된다. 마찬가지로 자서전도 말과 침묵의 관계에서 벗어날 수 없다. 그것은 매 순간 자신에 대한 관점을 수정해 가면서 삶을 다시 살아내야 하는 작가의 상황을 반영하고 있다.

결론

밀란 쿤데라는 『소설의 기술』에서 '투명성'이라는 용어를 정의하면서, "정치적 담화나 언론 용어에서 투명성이라는 단어는 개인의 삶을 대중의 시선에 공개한다는 것이다."라고 지적하고 있다. 그에 따르면 여기에는 일정한 법칙이 있다. 공적인 일을 관장하는 관료주의는 익명화되고 이해할 수 없을 정도로 불투명한데, 공적인 것이 불투명해질수록 개인적인 일들은 더욱 투명해질 것을 요구받는다는 것이다. 이런 사회에서 "타인의 내밀한 삶을 폭로하고자 하는 욕망"은 더 이상 비난받지 않으며 심지어 제도화되고 정당화되어 있어서, 투명성을 강요받고 있는 '사적 개인'에게 내밀한 순간은 찾을 수 없고 탄생에서부터 시작하여 사랑은 물론이고, 건강 상태, 재정 상태, 그리고 죽음에 이르기까지 모든 것은 관리되고 폭로되고 있다.[1]

짐 캐리가 출연했던 영화 「트루먼 쇼」가 이러한 상황을 잘 보여 주고 있다. 한 개인의 삶은 그가 그 사실을 인지하지도 못하고 또 동의하지도 않은 상황에서 마치 스튜디오에서 촬영되듯이 기록되고 또 필요에 따라 공개되고 있다. 안전을 위해 골목마다 감시 카메라가 늘어나고 순간순간 사람의 행동이 저장되고 있다. 시선 앞에 노출되고 있는 것은 단지 타인의 삶만은 아니다. 우리도 자신의 삶을 '기꺼이' 타인에게 공개하고 공유하고 있다. 다른 사람이 내 앞에서 벌거벗고 있기를 원하는 것처럼, 나도 그들 앞에서 벌거벗기를 두려워하지 않는다. 쿤데라의 용어로 하면, 우리는 투명성의 욕망에 사로잡혀 있다. 또는 타인의 투명성을 요구하기 위해 스스로 자신의 삶을 폭로하고 있다.

자신의 정당성을 확보하기 위해서는 자신을 노출시켜야 한다. 이런 식으로 발상의 전환이 가능한 데에는 '나'에 대한 새로운 시각이 제시된 것과 관련 있다. 데카르트는 '사유하는 나'라는 개념을 통해, 세계의 중심에 놓인 인간이 자연과 세계의 주인이며 이성을 가지고 통일성을 만들어 낼 수 있는 주체임을 선언했다. 그러나 인간은 조금씩 자신을 초월하는 힘, 통제할 수 없고 심지어 자신을 소유하고 있는 듯한 기술, 이데올로기, 정치, 역사 앞에서 마치 하나의 사물처럼 불투명한 존재가 되고 말았다. 그 결과 '나' 자신을 탐구의 대상으로 삼을 수밖에 없었다. 이러한 변화는 소설의 화자가 삼인칭 화자에서 일인칭 화자로 바뀐 것에서도 짐작할 수 있다. 독자는 모험이나 줄거리보다는 등장인물의 영혼의 상태에 관심을 기울인다. 문학의 중심에 행동하는 개인은 물러나고 고뇌하는 개인이 자리 잡게 된 것이다.

문학 작품에서 일인칭 표현이 사용된 것은 분명히 시대정신과 기대 지평을 반영하고 있다. 그렇다면 자신의 삶에 대해 이야기하는 것이 왜 한 개인에게 그토록 중요한 것일까? 왜 자신의 삶을 가지고 하나의 이야기로 만드는 것일까? 자신의 삶으로 이야기를 만드는 것이 삶에 의미를 부여하는 행위라면 왜 인간은 과거를 이야기함으로써 삶에 의미를 부여하고, 의미를 부여하는 방식으로 '이야기하기'를 선택할까? 그리고 '경험된 삶'과 '이야기된 삶'은 어떤 관계가 있을까?

한 개인의 자아가 다양하다는 것을 인정하면서도 우리는 그의 정체성이 마치 단일한 것처럼 이야기한다. 자신의 삶에 대해 말하는 것을 우리는 자신을 의식화하는 과정으로, 그리고 경험을 자기의 것으로 소유하는 과정으로 받아들인다. 이런 의미에서 '이야기하기'는 단일한 자아를 만들어 가는 수단이다. 그러나 이야기를 통해 재구성된 과거가 하나의 버전만 있는 것은 아니다. 한 개인의 사회적 자아와 개인적 자아가 다를 수 있고 같은 문제를 상황에 따라 입장을 바꾸어 이야기하기도 하며, 자신이 수행하는 역할이나 기능에 따라 다양한 자아가 드러나기도 한다. 또 장르에 따라 정체성을 구성하는 방법에서 강조점이 달라지기도 한다.

현대 문학에서 '자기에 대한 글쓰기'는 회고록, 내면 일기, 자서전, 자기 묘사의 글쓰기, 자전적 소설, 오토 픽션과 같은 다양한 하위 장르를 포괄하는 광범위한 개념이다. 그중에서 자서전은, 르죈이 정의했듯이 작가·화자·주인공의 동일성이 '이름' 차원에서 확인되는 장르, 글쓰기의 주체인 한 개인이 자신의 삶을 대상으로 오직 진실만을 서술할 것을 전제로 한 글쓰기다. 이것을 르죈은 '자서전의 규약'이라고 이름 붙였다. 진실만을, 그리고 모든 진실을 이야기한다는 의미에서 르죈은 기록된 사실의 진위 여부를 현실에서 확인할 수 있는 '참조 기능'이 자서전 장르의 특성이라고 강조했다. 그러나 실제 글쓰기의 차원에 들어가면 이러한 규약은 엄격하게 지켜지지 않는다. 작가가 자신의 삶 전체를 포착하여 그것을 재현하는 것이 불가능할 뿐 아니라, 그것이 가능하다고 해도 서술된 사실의 진정성을 그 누구도 보장할 수 없기 때문이다.

결론

이러한 난점은 경험에 형태를 부여하고자 하는 자서전 장르의 토대 자체에서 비롯되는 것처럼 보인다. 예를 들면 자신의 과거를 일관된 논리에 따라 연대기적인 순서에 따라 배치하는 것은 독자에게 이해 가능성을 높인다는 장점은 있지만 현재의 시점에서 과거를 서술하는 기억의 현실과는 일치하지 않는다. 특히 회고적 관점으로 과거의 사건에 인과론적인 연속성을 부여하는 것은 경험의 순간에는 깨달을 수 없었던 새로운 관점을 부여할 위험이 있다. 사후에 갖게 된 관점에 근거하여 하나의 사소한 사건에 결정적인 중요성을 부여한다면 그것은 과거를 재구성하는 것이지 과거를 있는 그대로 보여 주는 것은 아니다. 이러한 위험에 대해 사르트르는 그의 자서전 『말』에서 '회고적 환상(illusion rétrospective)'이라는 용어를 사용하여 비판한 바 있다.

'자기에 대한 글쓰기'는 과거의 '나'를 원형 그대로 복원하는 시도라기보다는 '나'의 정체성을 다시 만들어 내는 행위처럼 보인다. 그것은 결국 시간적·공간적으로 떨어져 있는, 말할 수 없는 무엇에 대해 말하고자 하는 불가능한 시도일 수밖에 없다. 이 불가능성을 어떻게 이해해야 할 것인가? '자기에 대한 글쓰기'가 전제하고 있는 시간성의 문제, 다시 말해 과거를 환기하는 것은 현재의 욕망을 읽어 내는 과정이라는 것을 다시 한 번 환기할 필요가 있다. 프로이트가 '은폐 기억'에서 설명했듯이, 과거의 기억은 현재 작용하고 있는 욕망의 산물이다. 과거에 대한 기억이 현재의 관점에서 재구성되었다는 사실은 자서전에 서술된 기억이 객관적 기원을 갖지 않는다는 것을 암시한다. 자서전 속에 제시된 단일한 이야기는 현재의 관점에서 재구성된 하나의 이야기일 뿐 그것이 시간의 지속성을 담보하는 것도 아니고, 과거에 대한 완벽한 버전도 아니다. 그러므로 자서전을 기술하는 것을 자기 존재의 '기원'을 확인하고 그 기원으로부터 현재의 '나'를 연역해 내려는 시도로 이해해서는 안 된다. 그것은 차라리 끝없이 새로운 것을 만들어 내는 모더니즘의 한 양상으로 이해할 필요가 있다. 이와 같은 관점에서 본다면, 자신의 삶으로 이야기를 만든다는 것은 그 의미가 미리 규정된 그런 행위는 결코 아니다. 그것은 차라리 수많은 의문을 포함하고 있는 질문 그 자체다.

이런 의문을 성찰하기 위해 우리는 성 아우구스티누스에서 루소를 거쳐 레리스에 이르는 도정을 탐색했다. 물론 이 세 작가 외에도 자서전의 역사는 많은 작가에 의해 면면히 이어져 오고 있다. 성 아우구스티누스와 더불어 자기에 대한 성찰은 구원과 연결되었으며, 몽테뉴는 자신을 외부의 시선으로 보듯이 객관적으로 관찰하기 시작했고 자신의 삶을 형성하기 위해 타자의 삶과 글을 인용했다. 루소에 이르면 인간의 내면에서 일어나는 일이 검토되기 시작했다. 17세기에 유행했던 회고록이 19세기에 이르러 샤토브리앙과 함께 역사 앞에 놓인 인간의 모습을 드러내면서 자기에 대한 글쓰기를 더욱 풍요롭게 했다. 20세기에 들어 자서전은 하나의 경향으로 아우를 수 없을 정도로 다양해졌다. 현대 작가들은 '새로움'에 대해 강박 관념을 지니고 있어서 작가로서의 정체성을 이전의 작품들과의 차이를 통해 규정하고 있는 것처럼 보일 정도다. 사르트르와 함께 자서전은 실존주의 철학과의 연계 속에서 이해되었고, 조르주 페렉은 인간의 기억에 대한 문제를 제기했으며, 나탈리 사로트는 유년기를 지배했던 기억들을 작은 단어를 통해 풀어내면서 자서전을 누보로망의 관점에서 해체

했다. 이미 조르주 상드가 시도했던 연대기적 기술이 마르그리트 유르스나르와 더불어 다시 자서전에 도입되었다. 그러나 이러한 다양성과 더불어 자서전에서 지속적으로 드러나는 주제들이 있다. 우리가 성 아우구스티누스와 루소, 레리스를 선택한 것은 이들이 정전이라고 할 수 있는 주제나 양식을 자서전에 도입했기 때문이다.

성 아우구스티누스가 자아의 상실을 전제하고 주님의 창조의 역사를 통해 자기 기원을 밝히고자 했다면, 루소는 다양하고 복잡한 과거의 경험을 서로 연결하고, 이야기로 풀어내는 서사의 힘을 확신하고 자기 정체성의 근간으로 '스타일'을 제시했다. 레리스는 자서전에 드러난 자아가 일종의 '환영'에 불과하며, 진정한 자아를 규정할 수 없다는 태도를 보인다. 루소의 『고백록』을 사이에 두고 성 아우구스티누스의 자서전과 레리스의 자서전은 자기에 대한 글쓰기의 역사에서 가능한 양극단을 보여 주고 있다.

성 아우구스티누스는 모든 것은 신의 섭리에 따라 이루어진다는 생각에 근거하여 일종의 '타인의 자서전'이 가능하다는 사실을 보여 준다. 그때의 타인이란 내가 지향해야 하는 하나의 기획으로서의 타인, 내가 도달해야 하는 타인이다. 나의 삶은 타인이 이미 하나의 모델로 보여 준 삶을 내가 다시 살아갈 때 성취된다. 레리스에 이르면 자아를 포착할 수 없다는 사실이 자서전의 가능성을 새롭게 열어 준다. 그에게 중요한 것은 나를 규정하고자 하는 태도가 아니다. 오히려 규정할 수 없다는 사실, 자신이 원하는 이상적 자아상에 결코 도달할 수 없다는 사실 때문에 끊임없이 글쓰기를 지속할 수밖에 없고, 그 강렬한 실패의 경험을 통해 자기 자신을 성찰하는 작가의 소명을 인식하기에 이른다.

성 아우구스티누스의 고백이 회심으로부터 시작하고, 기독교 관점에서 자신의 삶을 완벽하게 재구성하는 작업이었다면, 레리스의 고백은 삶의 결정적 계기나 기원은 부재하지만, 그 부재가 자신의 정체성을 추구하도록 자극하는 '초석이 되는 상실'이라는 점을 분명히 한다. 그래서 성 아우구스티누스의 자서전을 읽고 나면 한 명의 신앙인이 탄생한 것을 느끼게 되고, 레리스의 자서전을 읽고 나면 자기 자신을 적이자 공모자로, 다시 말해 투우사이자 황소로 간주하는 한 명의 작가가 태어난 것을 느끼게 된다.

지젝은 "포스트모더니즘의 주장에 따르면 '현실'은 담론적(이야기적) 산물이자 상징적 허구이며, 우리는 그것을 실체가 있고 자율적인 것으로 오인한다."[2]라고 지적했다. 성 아우구스티누스에게 현실과 고백의 담론 사이에는 아무런 괴리가 없다. 그에게는 엄밀한 의미에서, 독자의 기능 또한 제한적이다. 독자는 그의 삶에 비판적으로 개입하지 않으며 단지 그의 자서전을 읽고 예수가 보여 준 길로 따라 나설 신앙인이다. 그래서 진정한 독자는 주님이다. 왜냐하면 그의 자서전은 '기도'이기 때문이다. 루소는 고백을 통해 타인이 자신에 대해 갖고 있는 오류를 수정하겠다는 의지를 표명한다. 루소 또한 자서전에 기술된 삶을 현실로 인정하고 있으며, 작품과 작가 사이에는 아무런 괴리가 없다. 다만 자서전을 읽는 독자가 적대적인 독자이기 때문에 삶과 이야기, 그리고 독자 사이에는 간극이 생긴다. 루소가 서사를 '연쇄(chaîne)'로 이해한 것은 그 간극을 메우기를 원했기 때문이다. 레리스에 이르면 그런 간극은 글쓰기의 조건 자체가 된다.

그는 간극을 끊임없이 환기시키고, 자신의 과거 이야기가 굳건한 현실이 아니며 언제든지 수정될 수 있는 현실, 일종의 허상임을 강조한다. 지금 고백하고 있는 삶의 이야기는 자신의 삶에 대해 제시할 수 있는 현재의 관점이 반영된 하나의 버전이라는 것이다. 이처럼 자아의 상실이 구원의 토대라고 생각하는 성 아우구스티누스에서부터 자기 정체성의 탐구를 극도의 '모호성'의 체험으로 제시하는 레리스에 이르는 스펙트럼 속에 거의 모든 자서전은 배치된다. 현대의 자서전은 자서전 작가가 자신의 삶으로 결정적인 하나의 이야기를 만들어 낼 수도 없고 또 끝맺음할 수도 없기 때문에 무한히 진행될 수밖에 없는 그런 특권적인 공간이다.

자서전 작가들은 글쓰기를 통해 스스로 자신의 삶에 대해 최후의 판결을 내리고자 시도한다. 그는 자신의 삶을 서술함으로써 자기 삶의 작가이자 해설자이며 심지어 비평가로 남기를 원한다. 그런 의미에서 자서전 작가는 삶을 자유롭게 만들어 내는 주체로 자기 자신을 제시하고 있다. '나는 주체로 존재하고 있는가?'라는 질문이 자서전을 관통하고 있는 것은 그런 의미다.

해리슨 포드가 주연한 「블레이드 러너」라는 영화를 보면 과거의 기억을 조작해서 이식한 인조인간의 이야기가 나온다. 기억과 정체성의 문제를 제기하고 있는 이 영화는 자서전의 관점에서도 의미 있는 질문을 제기하고 있다. 우리가 이야기하고 있는 자신의 과거를 '경험'했다는 사실을 우리는 어떻게 확신할 수 있는가? 과거라고 하는 시간은 저절로, 직접적으로 나에게 주어지는 것이 아니다. 그것은 내가 경험했다고 주장하는 것이며, 또한 그렇게 경험했다고 가정된 어떤 사실이다. 그러나 중요한 것은 자신의 과거에 대해 이야기하는 사람은 자신을 주체로 체험한다는 점이다. 그 체험은 우선 자신의 가치에 대한 긍정적인 판단에서 비롯된다. 그는 자신의 이야기, 자기 관점에서 서술한 이야기가 이야기될 가치가 있다고 생각한다. 그리고 그 이야기가 다른 사람들에게 의미 있는 삶을 경험하도록 도와줄 수 있으리라고, 적어도 반성적 거울이 될 수 있으리라고 생각한다. 그 결과 그는 이야기를 통해 자신이 생각하는 자기 자신을 타인에게 내보일 기회를 얻게 된다. 과거에 저질렀던 잘못을 고백하고 성찰함으로써 그는 자신을 가해자나 죄인으로 제시하지만 동시에 글쓰기를 통해 희생자로 그 위치를 바꾼다. 용서를 구하는 이야기가 에둘러서 정당성을 주장하는 이야기로 바뀌는 것이다. 자기 성찰이 자기 정당화와 연결되어 있는 담론이라는 측면에서 고백은 과거를 연금술적으로 변용하는 시도라고 할 수 있다.

과거를 연금술처럼 변용한다는 점에서 자서전적인 성찰의 글쓰기는 삶을 디자인하는 한 가지 방식이다. 삶을 디자인하는 것이 인생의 첫걸음을 내딛는 젊은이나 인생을 정리해야 할 시점에 있는 노년층에게 한정된 과업이라고 할 수는 없다. 누구나 예외 없이 무한한 변화에 직면해 있고, 스스로 자신의 삶을 만들어 내지 않으면 영원히 위기에 노출될 수밖에 없다. 이 사실을 받아들인다면, 인생의 어느 시점에서 자신의 길을 모색할 필요가 있는 사람들, 삶에 대해 새로운 접근이 필요하다고 믿는 사람들은 매 순간 삶을 디자인해야 한다. 자서전은 새롭게 삶을 디자인할 때 시도할 수 있는 한 가지 방법이다.

서론

1   이 관점에 대해서는 Marie-Madeleine Million-Lajoinie, *Reconstruire son identité par le récit de vie*(Paris: L'Harmattan, 1999), p.146 참고.

2   Georges Gusdorf, "Conditions et limites de l'autobiographie," Philippe Lejeune, *L'autobiographie en France*(Paris: Armand Colin, coll. U, 1971)에서 재인용, p.223.

3   Philippe Lejeune, 앞의 책, pp.63~66.

4   Jean-Philippe Miraux, *L'Autobiographie: Ecriture de soi et sincérité* (Paris: Nathan, coll. 128. 1996), pp.23~26.

5   Alain Robbe-Grillet, "Je n'ai jamais parlé d'autre chose que de moi"(1986년의 강연), in Michel Contat, *L'auteur et le manuscrit*(Paris: P.U.F., 1991), pp.37~50.

6   *Autobiographie et biographie*(Colloque de Heidelberg, textes réunis et présentés par Mireille Calle-Gruber et Arnold Rothe)(Paris: Nizet, 1989), p.223.

7   Michael Sheringham, *French autobiography: Devices and Desires. Rousseau to Perec*(New York: Oxford University Press, 2001/1993), p.21.

1부 자서전이란 무엇인가?

1 자서전과 인접 장르

1 Philippe Lejeune, "Apprendre aux gens à écrire leur vie," in *Moi aussi* (Paris: Seuil, 1986), p.213.

2 장 마리 굴모, 「6. 문학 행위 또는 사생활의 공개」, 『사생활의 역사 3. 르네상스부터 계몽주의까지』, 로제 샤르티에 편집, 이영림 옮김(새물결, 2003), 501~507쪽 참고.

3 필립 르죈, 윤진 옮김, 『자서전의 규약』(문학과지성사, 1998), 61~62쪽 참고.

4 Philippe Lejeune, "Ecriture de soi et lecture de l'autre," *Ecriture de soi et lecture de l'autre* (Dijon: Editions Universitaires de Dijon, 2002), p.213 참고.

5 필립 르죈, 앞의 책, 1998, 26쪽.

6 André Gide, *Si le grain ne meurt* (Paris: Gallimard, Folio, 1984/1955), p. 280.

7 André Gide, 앞의 책, 1984(1955), pp.368~369.

8 동성식, 『앙드레 지드, 소설 속에 성경을 숨기다』(살림, 2008), 21~22쪽.

2 자서전의 주요 쟁점

1 Gérard Genette, *Fiction et diction* (Paris: Seuil, coll. Poétique, 1991); Nathalie Barberger, Michel Leiris. *L'écriture du deuil* (Villeneuve-d'Ascq: Presses Universitaires du Septentrion, coll. Objet, 1998); Elisabeth W. Bruss, "L'autobiographie considérée comme acte littéraire," *Poétique*, n° 7 (1974, février), pp.14~26.

2 필립 르죈, 앞의 책, 1998, 17쪽.

3 Daniel Couty, "Autobiographie," J.-P. de Beaumarchais(dir), *Dictionnaire des Littératures de Langue française* (Paris: Bordas, 1984), p.105.

4   Philippe Lejeune, 1971, pp.72~73.

5   Philippe Lejeune, "Le pacte autobiographique (bis)," 앞의 책, 1986, pp.13~35 참고.

6   Jean-Marie Goulemot, "L'autobiographie face à l'histoire," *Les collections du magazine littéraire*, Hors-série n° 11, *Les écritures du Moi. Autobiographie*, *journal intime*, *autofiction* (mars-avril, 2007), p.13.

7   Sébastien Hubier, *Littératures intimes. Les expression du moi*, *de l'autobiographie à l'autofiction* (Paris: Armand Colin, 2003), p.9.

8   필립 르죈, 앞의 책, 1998, 54쪽.

9   『아들』겉표지에서 두브로브스키는 오토 픽션을 "엄격하게 실질적인 사건과 사실로 이루어진 허구"라고 정의하고 있다. 두브로브스키는 허구를 만들기 위해 자신에 대해 이야기하는 이 역설적인 상황을 통해 현대 문학이 부딪힌 한계를 타파하고자 한다. 다시 말해 사실과 허구의 경계가 모호해진 가운데 무한히 자아를 생산함으로써 작가는 작가 자신을 생산해 내는 글쓰기라는 독특한 형식으로 새로운 허구의 가능성을 탐색한 것이다.

10   필립 르죈, 앞의 책, 1998, 24쪽.

11   Michel Raymond, *Le roman depuis la révolution* (Paris: Armand Colin, coll. U, 1967), pp.321~322에서 재인용.

12   필립 르죈, 앞의 책, 1998, 26쪽.

13   장 폴 사르트르, 정명환 옮김, 『말』(민음사, 2009/2008), 76~77쪽.

14   Paul John Eakin, *Touching the World: Reference in autobiography* (Princeton: Princeton University Press, 1992), p.27.

15   Jean-Jacques Rousseau, *Les Confessions,* Oeuvres Complètes (Paris: Gallimard, Bibliothèque de la Pléiade, 1991/1959), p.175.

16   Jean-François Chiantaretto, "De la parole à l'écriture," *Ecriture de soi et sincérité* (Paris: In Press Editions, 1999), p.14.

17   Chiantaretto, 위의 책, 1999, p.14.

18   Chiantaretto, 앞의 책, 1999, p.17.

19   Jean Starobinski, *Jean-Jacques Rousseau. La transparence et l'obstacle* suivi de *Sept*

essais sur Rousseau (Paris: Gallimard, 1976/1971), p.238.

20 필립 르죈, 앞의 책, 1998, '제1부 규약' 참고.

21 Philippe Lejeune, "L'irréel du passé," *Les brouillons de soi* (Paris: Seuil, 1998), p.102.

22 Michel Leiris, "Femme de preux," *L'Age d'homme* (Paris: Gallimard, 1973/1946), pp.57~58 참고.

23 Jean-Jacques Rousseau, 앞의 책, 1991(1959), p.3.

24 Jean-Jacques Rousseau, 같은 책, p.5.

25 Jean-Jacques Rousseau, 같은 책, p.278.

26 Georges Gusdorf, "Conditions et limites de l'autobiographie," Philippe Lejeune, 앞의 책, 1971, p.228 참고.

27 Noëlla Baraquin, "L'écriture de soi dans les quatre premiers livres des *Confessions* de Jean-Jacques Rousseau," *L'écriture de soi* (Paris: Librairie Vuibert, 1996), p.45.

28 Montaigne, *Essais*, Oeuvres Complètes(Paris: Gallimard, Bibliothèque de la Pléiade, 1962), p.9.

29 Jean-Jacques Rousseau, 앞의 책, p.5.

30 Leiris, 앞의 책, 1973(1946), p.15.

31 Leiris, 위의 책, p.18.

32 Leiris, *Journal 1922–1989* (Paris: Gallimard, 1992), p.168.

33 Leiris, *Langage Tangage ou ce que les mots me disent* (Paris: Gallimard, 1985), p.41.

34 Leiris, *Mots sans mémoires* (Paris: Gallimard, 1989/1969), p.108.

35 Leiris, *L'Age d'homme*, 1973, p.26.

36 Leiris, *L'Afrique fantôme* (Paris: Gallimard, 1988/1934), p.265.

37 필립 르죈, 앞의 책, 1998, 64쪽 참고.

38 Damien Zanone, *L'Autobiographie* (Paris: Ellipses, 1996), p.27.

39 Philippe Lejeune, 앞의 책, 1971, pp.65~71 참고.

40 Michel Beaujour, *Miroirs d'encre* (Paris: Seuil, coll. Poétique, 1980), pp.7~26.

41 Michel Neyraut, "De l'autobiographie," *L'autobiographie* (Paris: Les Belles Lettres, 1990), pp.7~47; Gisèle Mathieu-Castellani, *La scène judiciaire de l'autobiographie* (Paris: P.U.F.,

1996), pp. 204~212 참고.

42 Philippe Lejeune, 앞의 책, 1971, pp.63~65 참고.

43 John E. Jackson, "Mythes du sujet: à propos de l'autobiographie et de la cure analytique," *L'autobiographie* (Paris: Les Belles Lettres, 1990), p.168.

44 Jean-François Chiantaretto, *De l'acte autobiographique. La psychanalyse et l'écriture autobiographique* (Seyssel: Champ Vallon, coll. L'Or d'Atlante, 1995), p.261.

45 Sigmund Freud, "Le roman familial des névrosés," *Névrose, psychose et perversion* (Paris: P.U.F., coll. Bibliothèque de Psychanalyse, 1995/1973), p.158.

46 가족 소설의 개념에 대해서는 마르트 로베르, 『기원의 소설, 소설의 기원』(문학과지성사, 1996), 1 장~2장 참고.

47 Paul Ricoeur, *Soi-même comme un autre* (Paris: Seuil, coll. L'Ordre philosophique, 1990), pp.11~38.

48 Philippe Lejeune, 앞의 글, 2002, p.214 참고.

49 이야기 과정 속에서 만들어지는 정체성이라는 서사적 정체성에 대해서는 Georges Gusdorf, 앞 의 글, 1971; Philippe Lejeune, 앞의 책, 1971, pp.217~236; Gisèle Mathieu-Castellani, 앞 의 글, 1996; Sophie de Mijolla-Mellor, "Survivre à son passé," *L'autobiographie* (Paris: Les Belles Lettres, coll. *Confluents psychanalytiques*, 1990), pp.101~128 참고.

50 Robert Elbaz, *The Changing Nature of the Self: a Critical Study of the Autobiographic Discourse* (Iowa City: University of Iowa Press, 1987) pp.8~9 참고.

51 Vincent de Gaulejac, "Roman familial et trajectoire sociale," *Le Récit d'enfance en question*, *Cahiers de Sémiotique Textuelle*, n° 12(Nanterre: Université Paris 10, 1988), p.71 참고.

52 Jean-Jacques Rousseau, 앞의 책, pp.18~19.

53 Aliette Armel, *Marguerite Duras et l'autobiographie* (Paris: Le Castor Astral, 1990), p.37.

3 왜 자서전을 쓰는가?

1   Bruno Vercier, "Le mythe du premier souvenir: Loti, Leiris," *Revue d'histoire Littéraire de la France*, n° 6(1975), p.1033.

2   Michel Baude, "Le moi au futur: l'image de l'avenir dans l'auto-biographie," *Romantisme*, n° 56(1987), pp.29~36.

3   Philippe Lejeune, 앞의 책, 1986, pp.71~102.

4   Gisèle Mathieu-Castellani, 앞의 책, 1996.

5   Nathalie Sarraute, *Enfance* (Paris: Gallimard, Folio, 1991/1983), p.120.

6   Nathalie Sarraute, 위의 책, 1983, p.121.

7   Nathalie Sarraute, 앞의 책, 1983, p.130.

8   Nathalie Sarraute, 앞의 책, 1983, p.121.

9   Marie-Claire Kerbrat, *Leçon littéraire sur l'écriture de soi* (Paris: P.U.F., 1996), p.88.

10   Nathalie Sarraute, 앞의 책, 1983, pp.27~28.

2부 위대한 작가는 어떻게 자서전을 썼는가?

1 고대 그리스와 로마

1   Damien Zanone, 앞의 책, 1996, p.34.

2   Monique Trédé-Boulmer, "La Grèce antique a-t-elle connue l'autobiographie?" *L'invention de l'autobiographie d'Hésiode à Saint Augustin* (Paris: Presses de l'Ecole normale supérieure, 1993), p.16.

3   Michel Foucault, "L'écriture de soi" (1983), *Dits et écrits 1954–1988*, vol. IV(Paris: Gallimard,

1994), p.415. 「자기에 대한 글쓰기」라는 이 논문은 원래 1983년에 출판된 *Corps écrit* 5호, 자화상 특집호에 실려 있었다. 앞으로 다룰 「자기에 대한 글쓰기」에 대한 소개는 이 논문에 의거한다.

4   Michel Foucault, 위의 글, 1994, p.419.

5   Michel Foucault, 앞의 글, 1994, p.420.

6   마르쿠스 아우렐리우스, 천병희 옮김, 『명상록』(도서출판 숲, 2005), 21쪽.

7   마르쿠스 아우렐리우스, 위의 책, 21쪽.

8   마르쿠스 아우렐리우스, 앞의 책, 1권 8절, 23쪽.

9   마르쿠스 아우렐리우스, 앞의 책, 2권 9절, 35쪽.

10 마르쿠스 아우렐리우스, 앞의 책, 8권 27절, 135쪽.

2 성 아우구스티누스

1   게리 윌스, 안인희 옮김, 『성 아우구스티누스』(푸른숲, 2005), 5쪽.

2   Michel Zink, *La subjectivité littéraire* (P.U.F., coll. Ecriture, 1985), p.172.

3   어거스틴, 선한용 옮김, 『성 어거스틴의 고백록』(대한기독교서회, 2003), 45쪽.

4   Alain Boureau, "Ecrire sa conversion. Naissance de l'autobiographie spirituelle au Moyen Age," *Récits de vie IX* (sous la direction de Philippe Lejeune et Claude Leroy)(Nanterre: Université Paris X, 1995), pp. 36~46 참고.

5   움베르토 에코, 손효주 옮김, 『중세의 미학』(열린책들, 2009/1998), 35쪽.

6   Jacques Lecarme et Éliane Lecarme-Tabone, *L'Autobiographie* (Paris: Armand Colin, 1997), pp.141~143 참고.

7   Aron J. Gourevitch, *La naissance de l'individu dans l'Europe médiévale*(3장 'Persona à la recherche de la personne' 참고) (Paris: Seuil, coll. Faire l'Europe, 1997), pp.115~127 참고.

8   Gisèle Mathieu-Castellani, 앞의 책, 1996.

9   게리 윌스, 앞의 책, 2005, 47쪽.

10 Michel Zink, 앞의 책, 1985, p.198.

11 Georges Gusdorf, *Les écritures du moi. Autobiographie*, *Ligne de vie*(Paris: Odile Jacob,

1991), t. II, pp.210~211.

12 Jean Starobinski, "Le Style de l'autobiographie," *La Relation critique* (Paris: Gallimard, 1970), p.90.

13 Jean Starobinski, 위의 글, 1970, p.91.

14 Hugo Friedrich, *Montaigne* (Paris: Gallimard, coll. Tel, 1984/1949), p.237.

15 Montaigne, *Les Essais*, II. "12. Apologie de Raimond Sebond" (Paris: Gallimard, Bibliothèque de la Pléiade, 2007), pp.548~549.

16 Montaigne, 위의 책, Livre I, chapitre X, pp.41~42.

17 Montaigne, 앞의 책, Livre II. 6, "De l'exercitation," 2007, pp.398~399.

3 장 자크 루소

1 Damien Zanone, 앞의 책, 1996, p.34 참고.

2 Jean Starobinski, "Jean-Jacques Rousseau et le péril de la réflexion," *L'oeil vivant. Corneille, Racine, La Bruyère, Rousseau, Stendhal* (Paris: Gallimard, coll. Tel, 1999/1961), p.137.

3 필립 르죈, 앞의 책, 1998, p.142.

4 Jean-Jacques Rousseau, 앞의 책, 1991(1959), p.31.

5 Jean-Jacques Rousseau, 같은 책, 1991(1959), p.38.

6 Jean Starobinski, 앞의 책, 1999(1961), pp.131~142 참고.

7 Philippe Lejeune, 앞의 책, 1975, p.138.

8 Jean-Jacques Rousseau, 앞의 책, 1991(1959), p.33.

9 Philippe Lejeune, 앞의 책, 1998, p.53

10 Jean-Jacques Rousseau, 앞의 책 1991(1959), pp.84~85.

11 Paul De Man, *Allegories of reading: Figural language in Rousseau, Nietzsche, Rilke, and Proust* (New Haven: Yale University Press, 1979), p.285.

12 Philippe Lejeune, 앞의 책, 1975, p.55.

13 Jean-Jacques Rousseau, 앞의 책, 1991(1959), p.32.

14 Jean-Jacques Rousseau, 같은 책, 1991(1959), p.34.

15 Jacques Derrida, *De la Grammatologie* (Paris: Minuit, 1997/1967), pp.203~234.

16 Jacques Derrida, 위의 책, 1997(1967), p.208.

17 폴 드 망이 스타로뱅스키의 루소 연구를 비판하는 것 중의 하나가 이 지점이다. 드 망은 루소의 텍스트가 사건의 시점과 글쓰기의 시점을 동시에 이중으로 제시한다는 점을 언급하면서, 원래의 감정은 의식 작용에 의해 이해되고 해석됨으로써 매개되기 때문에 자서전은 상상력과 글쓰기 행위에 의해 허구화된 것이라고 주장한다. Paul De Man, *Romanticism and Contemporary Criticism* (Baltimore: The Johns Hopkins University Press, 1993), pp.38~39 참고.

18 Jean-Jacques Rousseau, 앞의 책, 1991(1959), p.7.

19 Philippe Lejeune, 앞의 책, 1975, p.111 참고.

20 Jean-Jacques Rousseau, 앞의 책, 1991(1959), p.17.

21 Philippe Lejeune, 앞의 책, 1975, p.111; Jean Starobinski, 앞의 책, 1976(1971), pp.152~153; Jacques Derrida, 앞의 책, 1997(1967), p.205 참고.

22 Jean-Jacques Rousseau, 앞의 책, 1959, p.269.

23 Jean Starobinski, 앞의 책, 1999(1961), p.158.

24 "La mère est un roman. Et tout roman sera retour à la mère, seul signe qui reste d'elle," Philippe Lejeune, 앞의 책, 1975, p.92.

25 Nicolas Bonhôte, *Jean-Jacques Rousseau. Vision de l'histoire et autobiographie. Etude de l'histoire de la littérature* (Lausanne: L'Age d'homme, 1992), p.198.

26 Jean-Starobinski, 앞의 책, 1976(1971), pp.221~223.

27 Jean-Jacques Rousseau, 앞의 책, 1991(1961), p.1150.

28 Nicolas Bonhôte, "Tradition et modernité de l'autobiographie: *Les Confessions* de J.-J. Rousseau," *Romantisme*, n° 56(1987), pp.13~20.

29 Jean-Jacques Rousseau, 앞의 책, 1991(1959), p.5.

30 Jean-Jacques Rousseau, 같은 책, 1991(1959), p.5.

31 Nicolas Bonhôte, 앞의 글, 1987, p.155.

32 Gisèle Mathieu-Castellani, 앞의 책, 1996, p.187 참고.

33 Jean-Jacques Rousseau, 앞의 책, 1991(1959), p.1153.

34 Jean-Jacques Rousseau, 같은 책, p.5.

35 Claude Burgelin, *Claude Burgelin commente Les Mots de Jean-Paul Sartre* (Paris: Gallimard, coll. Foliothèque, 1994), pp.15~17.

36 Jean-Yves Tadié, *Introduction à la vie littéraire du XIXe siècle* (Paris: Bordas, 1985/1970), p.11.

37 Jacques Lecarme et Éliane Lecarme-Tabone, 앞의 책, 1997, p.168.

38 François-René de Chateaubriand, *Mémoires d'outre-tombe* (Paris: Gallimard, Pléiade, 1972/1951), pp.525~526.

39 François-René de Chateaubriand, 위의 책, 1951, p.1046.

40 이 관점에 대해서는 Françoise Dousset, "1747, juillet, Pour servir à l'histoire," *Denis Hollier*, *De la littérature française* (Paris: Bordas, 1993), pp. 424~430와 Nicolas Bonhôte, 앞의 글, 1987, p.16 참고.

41 François-René de Chateaubriand, 앞의 책, 1951, p.1045.

42 François-René de Chateaubriand, 같은 책, 1951, p.1044.

43 François-René de Chateaubriand, 같은 책, 1951, pp.76~77.

4 미셸 레리스

1 Jacques Borel, *Propos sur l'autobiographie* (Paris: Seyssel, Champ Vallon), 1994, p.49.

2 Michel Leiris, *L'Age d'homme* (Paris: Gallimard, 1973/1946), p.25.

3 수전 손택, 이민아 옮김, 『해석에 반대한다』(이후, 2003), 100~109쪽 참고.

4 수전 손택, 위의 책, 2003, 109쪽.

5 Michel Leiris, 앞의 책, 1973(1946), p.25.

6 Michel Leiris, 앞의 책, 1973(1946), p.12.

7 Michel Leiris, 앞의 책, 1973(1946), p.76.

8 Olivier Houbert, "La vie fantôme de Michel Leiris," *La Nouvelle Revue Française*, no 480 (janvier, 1993), p.63.

9 Michel Leiris, *Miroir de la Tauromachie* (Montpellier: Fata Morgana, 1981/1938), p.71.

10 Michel Leiris, 위의 책, 1938, p.73.

11 Adriano Marchetti, "Le temps de l'écriture, l'écriture du temps" (Bruxelles: *Revue de l'Université de Bruxelles*, 1990/1–2), p.117.

12 François Cheng, *Vide et plein: Le langage pictural chinois* (Paris: Seuil, 1979), p.32.

13 Étienne Souriau, *Vocabulaire d'esthétique* (Paris: P.U.F., 1990), p.1387.

14 Catherine Maubon, "Au pied du mur de la réalité: Leiris et la peinture," *Littérature*, n° 79 (octobre, 1990), p.90.

15 Monique Borie, *Le fantôme ou Le théâtre qui doute* (Paris: Actes Sud, 1997), p.10.

16 Michel Leiris, *Fourbis* (Paris: Gallimard, 1990/1955), p.123.

17 Michel Leiris, 앞의 책, 1973 (1946), pp.10~11.

18 Michel Leiris, 앞의 책, 1939, p.157.

19 루이 르네 데 포레, 이기언 옮김, 『말꾼』(현대문학, 2002), 67~68쪽.

20 Louis-René des Forêts, *Le Bavard* (Paris: Gallimard, coll. L'Imaginaire, 1993/1946), p.28.

21 Marc Comina, *Louis-René des Forêts. L'impossible Silence* (Paris: Seyssel, Champ Vallon, 1998), p.217.

결론

1 Milan Kundera, *L'art du roman* (Paris: Gallimard, 1988), pp.185~186.

2 슬라보예 지젝, 이현우·김희진 옮김, 『실재의 사막에 오신 것을 환영합니다』(자음과모음, 2011), 134쪽.

참고 문헌

Barberger, Nathalie, Michel Leiris, *L'écriture du deuil* (Villeneuve-d'Ascq: Presses Universitaires du Septentrion, coll. Objet, 1998).

Baude, Michel, "Le moi au futur: l'image de l'avenir dans l'autobiographie," *Romantisme*, n° 56 (1987).

Beaujour, Michel, *Miroirs d'encre* (Paris: Seuil, coll. Poétique, 1980).

Bonhôte, Nicolas, "Tradition et modernité de l'autobiographie: *Les Confessions de* J.–J. Rousseau," *Romantisme*, n° 56 (1987).

Bonhôte, Nicolas, *Jean-Jacques Rousseau. Vision de l'histoire et autobiographie. Etude de l'histoire de la littérature* (Lausanne: L'Age d'homme, 1992).

Borel, Jacques, *Propos sur l'autobiographie* (Paris: Seyssel, Champ Vallon, 1994).

Boureau, Alain, "Ecrire sa conversion. Naissance de l'autobiographie spirituelle au Moyen Age," *Récits de vie IX* (sous la direction de Philippe Lejeune et Claure Leroy) (Nanterre: Université Paris X, 1995).

Borie, Monique, *Le fantôme ou Le théâtre qui doute* (Paris: Actes Sud, 1997).

Bruss, Elisabeth W., "L'autobiographie considérée comme acte littéraire," *Poétique*, n° 7 (1974).

Burgelin, Claude, *Claude Burgelin commente Les Mots de Jean-Paul Sartre* (Paris: Gallimard, coll. Foliothèque, 1994).

Chateaubriand, François-René de, *Mémoires d'outre-tombe* (Paris: Gallimard, Pléiade, 1972/1951).

Chiantaretto, Jean-François, *De l'acte autobiographique. La psychanalyse et l'écriture autobiographique* (Seyssel: Champ Vallon, coll. L'Or d'Atlante, 1995).

Chiantaretto, Jean-François, "De la parole à l'écriture," *Ecriture de soi et sincérité* (Paris: In Press Editions, 1999).

Cheng, François, *Vide et plein: Le langage pictural chinois* (Paris: Seuil, 1979).

Comina, Marc, *Louis-René Des Forêts. L'impossible Silence* (Paris: Seyssel, Champ Vallon, 1998).

Couty, Daniel, "Autobiographie," J.−P. de Beaumarchais(dir), *Dictionnaire des Littératures de Langue française*(Paris: Bordas, 1984).

De Beaumarchais, J.−P.(dir), *Dictionnaire des Littératures de Langue française*(Paris: Bordas, 1984).

De Man, Paul, *Allegories of reading: Figural language in Rousseau, Nietzsche, Rilke, and Proust*(New Haven: Yale University Press, 1979).

De Man, Paul, *Romanticism and Contemporary Criticism* (Baltimore: The Johns Hopkins University Press, 1993).

Derrida, Jacques, *De la Grammatologie*(Paris: Minuit, 1997/1967).

Des Forêts, Louis-René, *Le Bavard* (Paris: Gallimard, coll. L'Imaginaire, 1993/1946).

Eakin, Paul John, *Touching the World: Reference in auto-biography* (Princeton: Princeton University Press, 1992).

Elbaz, Robert, *The Changing Nature of the Self: a Critical Study of the Autobiographic Discourse*(Iowa City: University of Iowa Press, 1987).

Foucault, Michel, "L'écriture de soi," *Dits et écrits 1954-1988*, vol. IV(Edition établie sous la direction de Daniel Defert et François Ewald) (Paris: Gallimard, 1994).

Friedrich, Hugo, *Montaigne* (Paris: Gallimard, coll. Tel, 1984/1949).

de Gaulejac, Vincent, "Roman familial et trajectoire sociale," *Le Récit d'enfance en question*, *Cahiers de Sémiotique Textuelle*, n° 12(Nanterre: Université Paris 10, 1988).

Genette, Gérard, *Fiction et diction*(Paris: Seuil, coll. Poétique, 1991).

Gourevitch, Aron J., *La naissance de l'individu dans l'Europe médiévale* (Paris: Seuil, coll. Faire l'Europe, 1997).

Gusdorf, Georges, "Conditions et limites de l'autobiographie," Philippe Lejeune, *L'autobiographie en France* (Paris: Armand Colin, 1971).

Gusdorf, Georges, *Les écritures du moi. Autobiographie, Ligne de vie*(Paris: Odile Jacob, t. I. 1991).

Hollier, Denis, *De la littéraure française*(Paris: Bordas, 1993).

Houbert, Olivier, "La vie fantôme de Michel Leirism," *La Nouvelle Revue Française*, no. 480 (janvier, 1993).

Hubier, Sébastien, *Littératures intimes. Les expression du moi, de l'autobiographie à l'autofiction*(Paris: Armand Colin, 2003).

292

Jackson, John E., "Mythes du sujet: à propos de l'autobiographie et de la cure analytique," *L'autobiographie* (Paris: Les Belles Lettres, 1990).

Kerbrat, Marie-Claire, *Leçon littéraire sur l'écriture de soi* (Paris: P.U.F., 1996).

Kundera, Milan, *L'art du roman* (Paris: Gallimard, 1988).

Laffitte, J.—P., T. J. Laffitte, B. Baraquin, J. Bontemps, Y. Touchefeu, *L'écriture de soi* (Paris: Librairie Vuibert, 1996).

Lecarme, Jacques, Éliane Lecarme-Tabone, *L'Autobiographie* (Paris: Armand Colin, 1997).

Leiris, Michel, *L'Age d'homme*, précédé de "De la littérature considérée comme une tauromachie" (Paris: Gallimard, 1973/1946).

Leiris, Michel, *Miroir de la Tauromachie* (Montpellier: Fata Morgana, 1981/1938).

Leiris, Michel, *Langage Tangage ou ce que les mots me disent* (Paris: Gallimard, 1985).

Leiris, Michel, *L'Afrique fantôme* (Paris: Gallimard, 1988/1934).

Leiris, Michel, *Mots sans mémoires* (Paris: Gallimard, 1989/1969).

Leiris, Michel, *Fourbis* (Paris: Gallimard, 1990/1955).

Leiris, Michel, *Journal 1922–1989* (Paris: Gallimard, 1992).

Lejeune, Philippe, *Le pacte autobiographique* (Paris: Seuil, 1975).

Lejeune, Philippe, *L'autobiographie en France* (Paris: Armand Colin, 1971).

Lejeune, Philippe, *Exercices d'ambiguïté. Lecture de Si le grain ne meurt* (Paris: Les Lettres modernes, coll. Langues et styles, 1974).

Lejeune, Philippe, "Le pacte autobiographique (bis)," *Moi aussi* (Paris: Seuil, 1986).

Lejeune, Philippe, "L'irréel du passé," *Les brouillons de soi* (Paris: Seuil, 1998).

Lejeune, Philippe, "Ecriture de soi et lecture de l'autre," *Ecriture de soi et lecture de l'autre* (Dijon: Editions Universitaires de Dijon, 2002).

Marchetti, Adriano, "Le temps de l'écriture, l'écriture du temps" (Bruxelle: *Revue de l'Université de Bruxelles*, 1990/1–2).

Mathieu-Castellani, Gisèle, *La scène judiciaire de l'auto-biographie* (Paris: P.U.F., 1996).

Maubon, Catherine, "Au pied du mur de la réalité: Leiris et la peinture," *Littérature*, n° 79 (octobre, 1990).

de Mijolla-Mellor, Sophie, "Survivre à son passé," *L'auto-biographie* (Paris: Les Belles Lettres, coll. Confluents psychanalytiques, 1990).

Million-Lajoinie, Marie-Madeleine, *Reconstruire son identité par le récit de vie* (Paris:

L'Harmattan, 1999).

Miraux, Jean-Philippe, *L'Autobiographie. Ecriture de soi et sincérité* (Paris: Nathan, coll. 128, 1996).

Montaigne, *Essais*, Oeuvres Complètes (Paris: Gallimard, Bibliothèque de la Pléiade, 1962).

Neyraut, Michel, "De l'autobiographie," *L'autobiographie* (Paris: Les Belles Lettres, 1990).

Raymond, Michel, *Le roman depuis la révolution* (Paris: Armand Colin, coll. U, 1967).

Ricoeur, Paul, *Soi-même comme un autre* (Paris: Seuil, coll. L'Ordre philosophique, 1990).

Robbe-Grillet, Alain, "Je n'ai jamais parlé d'autre chose que de moi" (1986년의 강연), Michel Contat, *L'auteur et le manuscrit* (Paris: P.U.F., 1991).

Rousseau, Jean-Jacques, *Les Confessions*, Oeuvres Complètes (Paris: Gallimard, Bibliothèque de la Pléiade, 1991/1959).

Sarraute, Nathalie, *Enfance* (Paris: Gallimard, Folio, 1991/1983).

Sheringham, Michael, *French autobiography: Devices and Desires. Rousseau to Perec* (New York: Oxford University Press, 2001/1993).

Souriau, Étienne, *Vocabulaire d'esthétique* (Paris: P.U.F., 1990).

Starobinski, Jean, *La Relation critique* (Paris: Gallimard, 1970).

Starobinski, Jean, *L'oeil vivant. Corneille, Racine, La Bruyère, Rousseau, Stendhal* (Paris: Gallimard, coll. Tel, 1999/1961).

Starobinski, Jean, *Jean-Jacques Rousseau. La transparence et l'obstacle* suivi de *Sept essais sur Rousseau* (Paris: Gallimard, 1976/1971).

Tadié Jean-Yves, *Introduction à la vie littéraire du XIXe siècle* (Paris: Bordas, 1985/1970).

Tap, Pierre, "Marquer sa différence (entretien avec Pierre Tap)," *L'identité, l'individu, le groupe, la société* (Coordonné par Jean-Claude Ruano-Borbalan) (Paris: Editions Sciences humaines, 1998).

Trédé-Boulmer, Monique, "La Grèce antique a-t-elle connue l'autobiographie?" *L'invention de l'autobiographie d'Hésiode à Saint Augustin* (Paris: Presses de l'École normale supérieure, 1993).

Vercier, Bruno, "Le mythe du premier souvenir: Loti, Leiris," *Revue d'histoire Littéraire de la France*, n° 6 (1975).

Zanone, Damien, *L'Autobiographie* (Paris: Ellipses, 1996).

Zink, Michel, *La subjectivité littéraire* (Paris: P.U.F., coll. Ecriture, 1985).

Autobiographie et biographie (Colloque de Heidelberg, textes réunis et présentés par Mireille Calle-Gruber et Arnold Rothe) (Paris: Nizet, 1989).

Le récit d'enfance en question, Cahiers de Sémiotique Textuelle, n° 12(Nanterre: Université Paris 10, 1988).

Les collections du Magazine littéraire, Hors-série n° 11, *Les écritures du Moi. Autobiographie, journal intime, autofiction*(mars-avril, 2007).

게리 윌스, 안인희 옮김, 『성 아우구스티누스』(푸른숲, 2005).

루이 르네 데 포레, 이기언 옮김, 『말꾼』(현대문학, 2002).

수전 손택, 이민아 옮김, 『해석에 반대한다』(이후, 2003).

슬라보예 지젝, 이현우·김희진 옮김, 『실재의 사막에 오신 것을 환영합니다』(자음과모음, 2011).

어거스틴, 선한용 옮김, 『성 어거스틴의 고백록』(대한기독교서회, 2003).

움베르토 에코, 손효주 옮김, 『중세의 미학』(열린책들, 2009/1998).

장 마리 굴모, 로제 샤르티에 편집, 이영림 옮김, 『사생활의 역사 3. 르네상스부터 계몽주의까지』(새물결, 2003).

장 폴 사르트르, 정명환 옮김, 『말』(민음사, 2009/2008).

장 폴 사르트르, 정명환 옮김, 『문학이란 무엇인가』(민음사, 1998).

지그문트 프로이트, 임진수 옮김, 「덮개 – 기억에 대하여」, 『끝이 있는 분석과 끝이 없는 분석』(열린책들, 2005).

지그문트 프로이트, 김정일 옮김, 「가족 로맨스」, 『성욕에 관한 세 편의 에세이』(열린책들, 2003).

지그문트 프로이트, 윤희기·박찬부 옮김, 「쾌락 원칙을 넘어서」, 『정신분석학의 근본 개념』(열린책들, 2003).

지그문트 프로이트, 이윤기 옮김, 「토템과 타부」, 『종교의 기원』(열린책들, 2003).

필립 르죈, 윤진 옮김, 『자서전의 규약』(문학과지성사, 1998).

용어 사전

가족 소설 roman familial

가족 소설은 프로이트의 개념이지만 후에 마르트 로베르가 발전시켜 정신분석학에서 제시할 수 있는 소설의 발생론으로 정립했다. 가족 소설은 나는 '누구의 누구인가?(who's who?)'라는 방식으로 정체성에 관한 질문을 바꾸어 제기한다. '나는 누구의 자식인가? 나의 아버지 또는 나의 어머니에게 나는 어떤 존재였는가?'가 문제라는 것이다. 윤리적 차원을 강조할 때에는 "나는 어떤 행동을 해야 하는가?"라는 질문이 곧 자기 정체성에 대한 질문과 연결된다.

레리스 Michel Leiris

20세기 프랑스 자서전 작가로 1939년에 첫 자서전 『성년』을 출간한 이후, 『게임의 규칙』 4권, 『올랭피아 목의 리본』, 『소란스럽게』에 이르기까지 자서전을 출판할 때마다 과거를 기술하는 방법론이나 문체 등을 바꿔 가며 평생 동안 자서전을 기술했다. 그는 초현실주의자였고 시인이었고 민속학자였으며, 소설가, 예술 비평가였다. 그는 자신의 삶이 하나의 고정된 의미로 확정되는 것을 극도로 경계했는데, 이는 전통적인 자서전 작가들이 삶의 일관성을 확보하기 위해 자서전을 쓴 것과는 정반대의 입장이다. 그의 자서전은 자서전 장르의 형식과 목표를 일신했다는 평가를 받고 있다.

루소 Jean-Jacques Rousseau

프랑스의 계몽주의자, 철학가로 볼테르와 함께 프랑스 혁명의 아버지로 존중받고 있다. 많은 철학자가 이성을 강조한 반면 루소는 감성의 권리와 자연으로의 회귀를 주장하여 문명의 모순을 드러냈다. 그의 주요 저서인 『학문 예술론』과 『인간 불평등 기원론』, 그리고 『사회 계약론』은 계몽주의 시대의 주요 저술로 꼽힌다. 18세기 중엽에 이르러 각 학문 분과에서 기원에 대한 관심이 고조되던 상황에서 그는 유년기를 인간의 기원으로 제시함으로써 그 누구도 관심을 기울이지 않던 유년기가 문학적인, 더 나아가 인간학 연구의 토대임을 강조했다. 또한 성장 소설의 관점을 자서전에 도입하여 삶을 하나의 드라마 형태로 제시했다. 『고백록』이 독자로부터 이해받지 못하고 다른 철학가들로부터 탄압받고 있다는 피해망상이 커져 감에 따라 내면 성찰의 욕구와 자기 변호 욕구가 더욱 커져 『루소가 장 자크를 판단한다』를 집필했고, 이후 『고독한 산책자의 몽상』을 쓰지만 완성하지는 못했다.

르죈 Philippe Lejeune

프랑스 자서전 연구가들 사이에서는 자서전 연구의 개척자로 인정받고 있다. 그는 자서전을 비롯하여 인접 장르, 예를 들면 서간문, 일기, 회고록, 자전적 소설 등 '자기에 대한 글쓰기'와 관련한 연구에 관여하고 있다. 그는 처음에는 자서전에 관심을 기울였지만 그 관심은 자서전의 인접 장르인 일기로, 더 나아가 그림, 초상화, 영화에 나타난 자기 재현의 문제로까지 점차 확대되었다. 최근에는 인터넷상에 올려진 일기에도 각별한 관심을 기울이고 있다. 그가 자서전 연구의 대부로 인정받는 것은 자서전의 정의를 제시하는 등 이 분야의 토대가 되는 연구를 수행했기 때문만은 아니다. 그는 장르 연구가인 동시에 루소와 사르트르, 페렉, 레리스 등 현대 자서전의 개념 자체를 바꿔 놓은 작가들을 연구하면서 그때마다 한 작가에 대한 새로운 연구 방향을 정립한 섬세한 분석가이기도 하다.

법정 장면 scène judiciaire

지젤 마티유-카스텔라니는 『자서전의 법정 장면』에서 거의 대부분의 자서전에 등장하는 법정 장면에 주목하고 과거의 자신을 솔직하게 고백하는 과정에서 필연적으로 전개되는 죄의식의 담론이 자서전의 주요 주제라는 점을 지적하고 있다. 이때 자서전 작가는 자신을 피고의 상황으로 제시하고 자서전을 자신의 결백을 증명할 증거물로 간주한다. 이를 통해 죄악의 고백과 자기 정당화의 욕구는 같은 욕망에서 비롯된 것임을 알 수 있다.

서사적 정체성 narrative identity

이 개념은 원래 리쾨르의 『시간과 이야기』 3권에서 앞으로 해결해야 할 난제의 형태로 제기되었다가, 『타자와 같은 자기 자신』에서 개인의 정체성을 규명할 수 있는 하나의 가능성으로 재조명되었다. 리쾨르는 이야기로부터 한 존재가 구성되며 그 존재는 이야기와 구별되지 않는다고 하면서 개인의 정체성뿐 아니라 국가나 민족의 정체성을 이야기하기 - 읽기와 밀접하게 연결시키고 있다. 리쾨르는 유대인의 정체성을 예로 들면서, 그들의 정체성은 구약 성서를 읽으면서 강화되고 강화된 정체성 때문에 다시 구약 성서를 읽을 필요성이 제기되는 순환 과정으로 설명한다.

성 아우구스티누스 Saint Augustinus

성 아우구스티누스(354~430)가 살았던 4세기 말 5세기 초는 교부들의 시대였다. 『고백록』에 따르면 그는 정신적으로나 육체적으로 매우 혼란스러운 삶을 살았지만 끊임없이 삶의 의미를 추구했고 그 의미를 기독교에서 발견했다. '고백'이라는 용어의 어원에는 죄의 고백이라는 의미 외에도 찬양이라는 이중의 의미가 있어서 성 아우구스티누스는 고백을 통해 구원을 얻고 신을 찬양할 수 있을 때 비로소 진실에 도달할 수 있다고 믿었다. 자기 성찰을 구원의 방식으로 설정했다는 점에서 자서전을 문학 이상의 것으로, 즉 존재의 완성이라는 측면에서 조감하고 있다.

스타로뱅스키 Jean Starobinski

루소 전문가인 스타로뱅스키는 자신의 논문 「자서전의 문체」에서 자서전을 "자신이 쓴 한 사람의 전기"라고 정의한다. 스타로뱅스키는 비록 작가 차원을 끌어들이지 않고 있지만 화자와 주인공의 동일성을 전제하고 있다. 또한 삶의 여정을 드러내기 위해 소설은 주로 묘사를 하는 반면 자서전은 서술을 사용하고 있다고 강조하고 있다. 그러나 스타로뱅스키는 자서전의 화자 '나'는 현실에 존재하는 '나'가 아니며 단지 글 쓰는 자에 의해 창조된 이미지에 불과하다고 지적한다. 그래서 현재의 '나'와 과거의 '자아' 사이에 시간적 거리와 정체성의 거리가 만들어지며, 그 거리 때문에 '문체'가 만들어진다고 지적한다. 자서전에서 문체를 고려하는 것은 자서전을 일종의 창조물로 간주하는 것이다. 이 논문은 글쓰기가 처해 있을 수밖에 없는 조건, 즉 변형의 문제를 자서전이 어떻게 받아들이고 있는지를 규명하고 있다는 점에서 중요하다.

오토 픽션 autofiction

이 용어는 문학 비평가이자 소설가인 세르주 두브로브스키가 자신의 소설 『아들』을 지칭하기 위해 만들어 낸 신조어다. 이 소설에 서술되어 있는 작가의 삶이나 사건은 모두 실제 사건이며 작가 - 화자 - 주인공의 이름이 동일하기 때문에 자서전의 규약을 만족시키고 있다. 그러나 작가는 자기에 대한 모든 서술이 허구임을 분명히 한다. 자서전과 유사하지만 자서전으로 분류할 수 없는 이러한 작품들을 통해 작가들은 자신의 경험을 허구화할 수 있는 가능성을 확보하게 되었다. 이것은 자서전 장르가 내포하고 있는 소설화 - 허구화의 유혹이라고 하는 난점을 고발할 수 있다는 장점이 있다. 자서전이 허구와 맺고 있는 복잡한 관계 자체가 이 장르의 토대인 것이다. 최근에는 사실

(fact)과 허구(fiction)를 조합한 팩션(faction)이라는 용어가 사용되기도 한다.

자기에 대한 글쓰기 ecriture de soi

플로베르가 보바리 부인에 대해 언급하면서, "보바리 부인은 나다."라고 밝힌 데 대해 여러 가지 해석이 있다. 그중에서 등장인물들이 작가가 관찰한 결과물일 뿐 아니라 작가의 가장 내밀한 자아가 드러나 있는 결과물이라는 해석이 널리 받아들여지고 있다. 『보바리 부인』에 등장하는 모든 인물을 묘사하기 위해 플로베르는 자신의 특성을 많이 부각시켰다는 것이다. 이런 의미에서 모든 소설은 다소간 자기에 대한 글쓰기라고 할 수 있다. 그러나 장르적 의미에서 자기에 대한 글쓰기는 고대 그리스에서 금욕주의자들이 썼던 자기 성찰의 글쓰기를 기독교의 종교적 자서전과 구별하기 위해 푸코가 제안한 용어다. 여기에는 자기 성찰을 위한 비망록이나 편지와 같은 유형의 글이 포함된다. 푸코는 자기에 대한 글쓰기를 자신과 타인의 관계를 정립하기 위한 실천 행위와 연결시키고 있다.

자서전 autobiographie

자서전은 지금까지 인접한 장르와 구분되지 않은 채 자신이 자신의 삶에 대해 쓴 이야기 정도로 모호하게 규정되어 왔다. 르죈은 이러한 현실 때문에 자서전이 하나의 독립적인 장르로 규정되지 못했다고 생각하고 1975년에 『자서전의 규약』에서 새로운 정의를 제안했다. 이후 엄격한 의미에서 자서전이 문학적으로 연구 대상이 되었다. 자서전은 정신분석학의 영향으로 더욱 발전했고, 특히 유년기의 경험은 그 자체로 하나의 장르로 인정될 정도로 깊은 관심의 대상이 되었다. 자서전은 과거의 경험과 사건을 증언하고자 하는 욕구와 자기 정체성을 구성하고 자신을 정당화하고자 하는 욕구에 의해 촉발된다는 것이 일반적인 평가다.

자서전의 규약 pacte autobiographique

르죈은 자서전을 정의하지 않으면 자서전 장르를 규정할 수 없다고 생각했다. 그는 표지에 적힌 이름이 화자와 등장인물의 이름과 동일하다는 형태적 동일성을 제외하면 자서전을 허구와 구별할 수 없다고 『자서전의 규약』에서 지적했다. 텍스트 밖에 존재하는 실제 인물(작가)을 장르가 성립하기 위한 기본 조건으로 제시함으로써 자서전은 독특한 장르적 특성을 확보하게 된다. 그중에서 자서전은 상상의 작품이 아니라 사실 관계를 확인할 수 있는 진실의 담론이라는 관점, 따라서 글쓰기가 도덕적 책임을 지는 행위라는 관점을 특히 주목할 수 있다. 이러한 형태적 특성이 강조되면서 자서전의 문학적 탁월성은 어디에서 확보되는가 등의 논의가 활발하게 전개되었고 그 결과 1980년대 들어 자서전 장르 자체가 크게 활성화되었다.

자서전적 공간 espace autobiographique

르죈이 『자서전의 규약』에서 제기한 용어로, 한 작가의 작품에는 이것은 자서전이고 저것은 소설이라고 엄격하게 분리할 수 없을 정도로 보완적인 상호 관계가 내재해 있어서 작가가 아무리 한 작품을 소설이라고 주장해도 그것을 자서전의 독서 방법으로 읽을 수 있다는 견해다. 지드는 자서전보다 소설이 더 진실되다고 말하면서 자신의 개인사를 공공연하게 드러내는 것을 혐오했지만 자서전적 공간의 관점에서 소설이 진실되다는 것이 어떤 의미인지 다시 한 번 생각해 볼 필요가 있다.

자화상 autoportrait

'자기 묘사의 글쓰기'로 옮기기도 한다. 텍스트가 시간의 흐름에 따라 연대기적으로 구성되지 않고 현재의 순간이 병렬적으로 나열된 것처럼 보이는 일련의 텍스트를 통칭하는 용어로 1980년에 미셸 보주르가 『잉크의 거울(Miroirs d'encre)』에서 전통적인 자서전과 구별되는 자서전을 가리키기 위해 사용했다. 이 용어는 회화에서 영감을 얻어, 자아의 통일성을 현재의 시점에서, 다시 말해 자신에 대해 시선을 던지는 그 순간에서 파악하고자 했다. 시간의 연속성 개념이 부정되면서 주제에 따라 또는 연상되는 것에 따라 텍스트가 구성되는 특성이 있고, 과거를 기억하는 작업이 갖는 한계를 노출시키는 등 화자가 개입하여 장르적 특성이나 한계를 기술하는 몫이 더 부각되기도 한다. 몽테뉴의 『수상록』, 루소의 『고독한 산책자의 몽상』, 레리스의 『게임의 규칙』 등이 대표적이다. 이들 텍스트가 자서전과는 다른 글쓰기 전략에 근거해 있는 것은 분명하지만 레리스 같은 작가는 자신의 텍스트를 자서전으로 분류하고 특별히 자화상 장르로 구분하지 않았다.

정체성 identity

'나는 누구인가?'라는 정체성의 문제는 자서전에서 핵심적인 문제다. 피에르 탑은 개인의 정체성을 구성하는 요소로 '시간 속의 동일성의 감정을 의미하는 연속성', '자아의 일관성을 의미하는 통일성', '유일성', '다양한 행위에 의한 자기 실현', '자기 존중감'을 들고 있다.

자서전

서양 고전에서 배우는
자기표현의 기술

1판 1쇄 찍음 2015년 3월 25일
1판 1쇄 펴냄 2015년 3월 30일

지은이 유호식
발행인 박근섭, 박상준
편집인 양희정
펴낸곳 (주)민음사

출판등록 1966. 5. 19. (제16-490호)
서울시 강남구 도산대로 1길 62 (신사동)
강남출판문화센터 5층 (135-887)
대표전화 515-2000
팩시밀리 515-2007
www.minumsa.com